SUBMISSÃO

MAYA BANKS

SUBMISSÃO

LIVRO DOIS DA TRILOGIA SURRENDER

Tradução
Alline Salles

LeYa

Título original: *Giving in*

Preparação de texto: Gabriela Hengles
Revisão de texto: Denise R. Camargo
Diagramação: Eduardo Amaral
Capa: Ideias com Peso

DADOS INTERNACIONAIS DE CATALOGAÇÃO NA PUBLICAÇÃO (CIP)
ANGÉLICA ILACQUA CRB-8/7057

Banks, Maya
Submissão / Maya Banks; tradução de Alline Salles. - São Paulo: LeYa, 2015.
288 p. (Surrender, v.2)

ISBN 978-85-441-0213-8
Título original: Giving in

1. Literatura norte-americana 2. Romance erótico I. Título II. Salles, Alline

14-0749 CDD 813.6

Índices para catálogo sistemático:
1. Literatura norte-americana - romance erótico

2015
Todos os direitos desta edição reservados a
Editora Leya Ltda.
Rua Desembargador Paulo Passaláqua, 86
01248-010 – Pacaembu – São Paulo – SP – Brasil
www.leya.com.br

Para Sandra,
a mãe do meu coração.

1

— Você está um lixo — disse bruscamente Jensen Tucker da porta da sala de Kylie Breckenridge.

Kylie lançou-lhe um olhar fuzilante que trucidaria qualquer homem comum. Mas, infelizmente, Jensen não era afetado pela forma fria como ela o tratava. Ele agia como se não tivesse ideia de que a irritava, mas não, ela imaginava que ele sabia exatamente o quanto a incomodava, e ele apenas escolhia ignorar esse fato. Um homem teimoso, impossível, totalmente arrogante. Exatamente o tipo de cara que ela ignorava com todas as forças.

Só que ele era seu chefe. Lembrar disso colocou outra expressão amarga em seu rosto. Carson tinha sido seu chefe, ele e Dash. E, então, quando seu irmão faleceu três anos atrás, Dash se tornou seu único chefe, e ela gostava que fosse dessa forma.

Jensen deveria contratar sua maldita própria assistente, mas ele parecia perfeitamente feliz em jogar sua carga de trabalho em Kylie e a aborrecer durante o processo.

— Caramba, obrigada — ela disse em um tom que combinava com seu olhar. — É bom saber que passo por inspeção por aqui.

Jensen passeava pela sala de Kylie, sem ser convidado. Mas se ele esperasse ser convidado, nunca entraria lá. Kylie havia deixado claro que não o queria por perto. Outra coisa que ele escolheu ignorar.

Ele se sentou em uma das cadeiras em frente à mesa dela, e ela fez uma anotação mental de se livrar delas. Aquelas cadeiras eram desnecessárias. Jensen e Dash cuidavam de todas as apresentações para os clientes. Não era necessário que ninguém entrasse em sua sala. Ela fazia seu trabalho de maneira silenciosa e eficiente, nunca chamando a atenção para si mesma. Só que, por alguma razão, Jensen parecia determinado em invadir seu espaço pessoal, um fato que a estava frustrando cada vez mais desde que ele se juntou a Dash na empresa de consultoria.

— Você não está dormindo — ele disse naquele mesmo tom curto e grosso que usou ao dizer que ela parecia um lixo.

Seu olhar fixo, analisando seus traços, a penetrou, e ela sabia o que ele tinha visto. O que ela via no espelho toda manhã. Olhos assombrados pelo passado. Sombras profundas que pareciam cicatrizes permanentes sob seus olhos. Ela sabia como estava sua aparência. Não precisava que aquele babaca arrogante dissesse a ela.

— Eu não sabia que minha aparência ou meu sono interferiam de alguma maneira em minhas obrigações aqui.

Seu sarcasmo foi em vão, pois Jensen fingiu que não ouviu, como fazia com todo o resto. Nenhuma vez ela havia presenciado aquele homem expressar qualquer tipo de emoção. Ele não ficava chateado ou bravo, mas também nunca o vira expressar felicidade ou entusiasmo. Nada além daquele olhar estável, que via coisas demais, descobrindo as camadas de sua pele — e de sua mente. Ela o odiava. Sentia-se como um inseto sendo observado em um microscópio. Kylie não duvidaria de que ele soubesse até quando ela ia ao maldito banheiro.

Era um homem do qual nada escapava. Era quieto, observador. Ficava afastado e observava os outros. Combinava bem com a carreira que ele escolhera. Mas isso a desconcertava. Ele poderia guardar suas observações minuciosas para os trabalhos de consultoria que fazia com Dash; aquelas empresas sim precisavam de seu olhar crítico e imparcial. Ela, com certeza, não precisava e nem queria aquilo.

— Você faz um trabalho muito bom, Kylie. Não acredito que alguma vez já tenha dado motivo para duvidar da minha confiança em suas habilidades. Se fiz isso, então me perdoe. Dash e eu certamente estaríamos perdidos sem você.

Ela piscou, surpresa com o elogio inesperado, e uma cor indesejada surgiu em suas bochechas, esquentando sua pele. Ela não queria demonstrar a breve onda de prazer que aquele elogio velado havia lhe causado.

— Quando foi a última vez que dormiu? — ele perguntou pontualmente, ainda observando, estudando-a com atenção.

— A noite passada — ela disse gentilmente. — Assim como faço todas as noites.

— Mentira.

Ela arregalou os olhos quando ele resmungou.

— Se você estivesse ao menos dormindo algumas horas, já seria difícil de acreditar. Por que não tira uma folga? Vá a algum lugar. Relaxe. Tire férias. Dash disse que você nunca tirou. Só quando Carson morreu.

Kylie estremeceu, sem ser capaz de controlar o sentimento de luto que surgiu em seu peito.

— Você pode falar sobre isso — Jensen disse em um tom quase brutal. — Ele está morto, Kylie. Joss seguiu em frente, então por que você não consegue?

Ela bateu a palma das mãos na mesa e levantou, olhando para baixo para encará-lo, não cedendo nem um centímetro.

— Ele era minha família — ela soltou. — Minha única família. Ele era tudo que tinha me restado no mundo. Ele foi a única pessoa que me amou, que me protegeu, e agora ele se foi. Se você acha que eu consigo simplesmente esquecer isso e seguir em frente com minha vida como se a morte dele não me afetasse, pode ir para o inferno.

— Aí está. Finalmente, alguma emoção, Kylie. Mesmo que esteja cuspindo fogo. Mas pelo menos não está agindo como um maldito robô trabalhando no piloto automático. Ser humana como o resto de nós mataria você? Merdas acontecem. Você lida com elas, junta os pedaços que sobraram e segue em frente. Assim como todo mundo da raça humana. Você não é especial. Não é a única pessoa que teve um passado de merda e que perdeu alguém que amava.

A fúria embaçava sua visão, fazendo com que o escritório ficasse nebuloso. A raiva comprimiu cada traço seu e, por um momento, ela ficou paralisada, incapaz de responder por causa do nó que havia se formado em sua garganta.

— Como você se atreve? — Ela se enfureceu. — Quem você acha que é para me julgar? Você não sabe nada sobre mim. Suma da minha sala e não volte mais. Se você precisar ou quiser alguma coisa, pode me enviar uma porcaria de e-mail, me ligar ou mandar uma mensagem. Mas *não* volte à minha sala.

Ele não reagiu ao seu ataque. Para seu espanto, um leve sorriso surgiu em seus lábios.

— Eu sei muito mais sobre você do que pensa. Mas você está certa, não sei de tudo. Mas planejo mudar isso. Começando agora. Você e eu vamos trabalhar muito próximos nas semanas seguintes porque Dash e Joss vão para a lua de mel. Estamos tentando firmar um contrato com a Simpson & Gerrick Oil, e será dos grandes. Eles estão enxugando os custos e querem cortar os excessos, se livrar dos trabalhadores improdutivos, rearranjar funções. Decidir quem vai e quem fica. E isso vai sobrar para mim e para você.

Kylie arregalou os olhos.

— Não tenho nenhuma experiência em lidar com isso. Trabalho nos bastidores, Jensen. Você sabe disso. Administro o escritório. Você e Dash são os predadores.

E você não tem a coragem para isso, não é, Kylie?

Ela ruborizou. Admitir suas fraquezas não estava na sua lista de coisas a revelar.

— Você age como uma megera. É dura na queda, até com as pessoas que amam você. E me pergunto por quê. Você tem tanto medo de amar alguém, de chegar perto de alguém e perder essa pessoa como perdeu Carson? Você não me engana, Kylie. Não mesmo. Por baixo dessa casca dura formada de mentiras há uma mulher vulnerável, com um coração grande, que quero tirar daí. E eu vou. Pode escrever isso, querida. Você e eu nos veremos muito mais, então acostume-se com isso.

— Saia daqui — ela disse cerrando os dentes. — Não tenho que ficar ouvindo isso na minha própria sala.

Ele deu de ombros.

— Não importa onde estamos. Não mudará o que vai acontecer. E o que vai acontecer será você e eu, Kylie. Eu corro atrás do que quero e não falho. Nunca.

Ela bufou, sua pressão estava subindo, sua respiração ficou presa em sua garganta. As palavras dele a aterrorizaram e havia algo nelas que fizeram seu pulso palpitar.

Jensen Tucker era tudo o que ela não queria em um homem. Não que ela quisesse qualquer homem. Mas especificamente não um macho alfa, dominante e autoritário. Não havia nenhuma chance de algum dia ela se colocar em uma posição vulnerável novamente e, não importava qual mulher estivesse com Jensen, essa mulher definitivamente deveria ser vulnerável. Merda, ela seria comida viva. Jensen a mastigaria e a cuspiria em dez segundos.

— Espere sentado — ela respondeu friamente. — Nunca vai acontecer. Então, colabore, porque se você um dia sequer insinuar isso novamente, vou abrir um processo de assédio sexual contra você que irá rapidamente fazer sua cabeça rolar.

Ele sorriu, surpreendendo-a com essa reação. Ele a encarou preguiçosamente, seu olhar atingindo seu corpo de cima a baixo, fazendo com que ela se sentisse nua.

— Outra coisa que você deveria saber sobre mim, querida. Adoro um desafio. Dizer *não* para mim é como balançar uma bandeira vermelha na frente de um touro irritado.

— Não sou sua querida. Guarde isso para uma mulher que se importe, porque eu não sou ela.

Seu sorriso aumentou e ela jurava que essa era a primeira vez que o via realmente sorrindo. Ele era sempre tão quieto e pensativo.

Não ficava bravo, mas também não sorria. Jensen sempre tinha uma expressão indecifrável que a deixava louca, pois ela nunca tinha a mínima ideia do que ele estava pensando.

Só agora ela tinha a nítida impressão de que ele estava pensando nela. E muito.

Mentalmente, ela pensou em cada um de seus palavrões favoritos e adicionou alguns outros para causar o efeito que queria.

— Me deixe facilitar as coisas para você, já que adora um desafio. Não sou a porra de um desafio, Jensen. Nunca serei um desafio porque você não tem a mínima chance comigo. Você está totalmente fora de si, de qualquer forma. O que diabos um homem como você veria em mim? De acordo com você, eu tenho medo da minha própria sombra. Sou tímida, aparentemente estou um lixo e tenho tantos problemas quanto a revista *People*.

Ele se levantou, ignorando seu ataque, o que apenas a enfureceu mais. Parecia não se importar nem um pouco com suas observações. Então, ele se inclinou sobre a mesa até ficarem cara a cara. Para a surpresa dela, Jensen passou o dedo sobre as manchas escuras abaixo de seus olhos.

— Procure ajuda, Kylie — ele disse suavemente. — Vá ao médico. Tome alguma coisa para ajudá-la a dormir. Consulte um psiquiatra, se for necessário. Não pode continuar assim para sempre. Cedo ou tarde, você vai quebrar. E aí vai cair e se despedaçar. Se não fizer isso por si mesma, faça pelas pessoas que te amam e que estão muito preocupadas com você.

E então, antes que ela pudesse responder àquela observação sem sentido, ele se virou e saiu da sala, fechando a porta suavemente.

Ela caiu em sua cadeira e apoiou o rosto nas mãos, tão cansada, de repente, que não conseguia nem manter a cabeça no lugar certo.

Ele estava certo e aquilo a irritou ainda mais. Ela estava quase ultrapassando a linha tênue entre sanidade e loucura. Não estava mesmo dormindo. Seu sono era interrompido por muitos pesadelos.

Do passado. Os demônios de seu passado e como eles ainda controlavam seu presente.

Mas procurar um psiquiatra? Pedir ao seu médico comprimidos para dormir? Aquilo seria admitir a derrota, e ela não era uma derrotada, merda. Não ela. Havia sobrevivido ao inferno e havia conseguido superar aquilo. Certo?

Ou era a mesma prisioneira agora que havia sido quando criança? O abuso de seu pai era tão recente quanto o dia anterior em sua cabeça. Porque ela não conseguia esquecer, não conseguia superar. Não conseguia fazer as pazes com seu passado.

Kylie fechou os olhos, outra onda de cansaço quase a enfraqueceu. Dormir. Precisava apenas de uma noite sem os pesadelos que a visitavam frequentemente. Talvez ela pararia no caminho de casa e compraria algum remédio para dormir na farmácia. Assim, não haveria situação embaraçosa, o andar de *derrotada* até o médico, e certamente sem visitas a algum psiquiatra onde ela se deitaria em um sofá e despiria sua alma.

Ah, não. O inferno congelaria antes que ela permitisse que alguém soubesse de seu tormento e sua vergonha.

O que foi aquilo com a mulher que o levou à beira da insanidade? Jensen estava absorto em seus pensamentos enquanto voltava à sua sala. Ele tinha uma montanha de papéis, contratos para olhar e assinar, caso não precisassem de mudanças. Pelas duas semanas seguintes, ele estaria definitivamente no comando enquanto Dash viajava com Joss para a lua de mel.

Dash estava feliz. Repugnantemente feliz agora que tinha planejado sua foda de proporções monumentais. Joss era uma mulher boa. A melhor. Dash era um maldito sortudo por ter o que desejava. Uma mulher linda, submissa, que dava tudo a ele. Sua confiança, seu amor e sua completa rendição.

Em outras palavras, o completo oposto da mulher que ocupava os pensamentos de Jensen ultimamente.

Kylie Breckenridge era tão espinhosa quanto um cacto e, ainda, toda vez que ela lhe lançava um de seus olhares fulminantes, ele ficava com um pênis duro do inferno. Ele a queria tanto que não conseguia respirar quando estava com ela. E isso o irritava muito.

Ela era uma mulher que fugia dos seus padrões. A antítese completa das mulheres com as quais ele gostava de foder. E ele disse *foder* porque era isso o que acontecia. Seu coração certamente nunca estava envolvido. Sua necessidade de controle impedia qualquer pensamento ardente e confuso.

Não que ele fosse um imbecil com as mulheres que dominava. Fazia questão de que elas se sentissem bem cuidadas, providenciava que elas ficassem sexualmente satisfeitas.

Mas Kylie?

Inferno. Um macho alfa e dominador era a última coisa que ela queria. Isso se ela quisesse algum homem. Não que ele pudesse culpá-la. Dash havia lhe dito sobre a infância de Kylie. Ele tremeu de raiva ao saber que ela tinha sido tão abusada, tão destruída pela única pessoa em sua vida a quem ela deveria ter confiado sua proteção. Seu pai.

Mas quando ele a olhou, enxergou através de sua casca abrasiva, e o que ele viu fez seu coração amolecer até sentir dor. Fez com que ele quisesse segurá-la, aninhá-la, mostrar-lhe como poderia ser com um homem que tivesse as melhores intenções no coração. Um homem que se importava com ela.

Droga, ele se *importava*? Essa era a pergunta de um milhão de dólares. Ele se importava, mas quanto? Ela era, como ele disse, simplesmente um desafio? Algo que se conquista e depois segue para a próxima? Ele era um homem que se dava bem com desafios. Foi o que o tornou bem-sucedido tão cedo. Então, o quanto ele se importava com Kylie Breckenridge? Porque ela não era mulher para brincar. Já tinha sido magoada suficientemente por duas vidas inteiras, e ele com certeza não queria ser outro homem que a destruiria.

Ele não se enganava pensando que poderia "consertá-la". Ninguém poderia fazer isso além dela mesma. Mas ela precisava *querer* ser ajudada, e até agora não havia dado nenhum sinal de fazer isso por si própria. Isso só aumentou seu desejo de se intrometer, assumir o controle e obrigá-la.

A urgência por dominação era poderosa. Batia como seu pulso, forte e ansioso, mesmo que ele soubesse que Kylie não era mulher de se dominar. Ela não era uma mulher que seria submissa. Nunca. Não fisicamente. Mas dominação era muito mais do que amarras físicas que frequentemente acompanhavam um relacionamento. Rendição emocional era muito mais poderosa, e talvez fosse isso que ele desejava quando viu aqueles olhos em brumas.

Ela precisava de um homem que cuidasse dela, que a protegesse de qualquer e toda mágoa, que providenciasse abrigo para ela. Um lugar de refúgio do resto do mundo. Ela precisava de um homem em quem pudesse olhar e confiar plenamente em sua habilidade de protegê-la de qualquer ameaça. Até aquelas que não fossem físicas, mas emocionais, porque essas machucam muito mais do que as físicas.

Ela era infinitamente frágil. Tão vulnerável. Ele a observava. Ele a observava muito, e quando ela não percebia que a estavam observando, desmanchava a fachada congelada e ele tinha uma ideia da jovem amedrontada que estava atrás daquela casca.

Ela era complexa, um quebra-cabeça que ele tinha a intenção de solucionar. Mas como?

Seu método usual certamente não funcionaria com ela. Não havia chance de se aproximar dela, assumir o controle, impor as regras que quisesse e dizer a ela como seria. Havia tentado fazer exatamente isso momentos antes e foi como se batesse em um muro.

Kylie removeria suas bolas com uma faca enferrujada se ele forçasse a barra novamente e, bem, ele não poderia culpá-la.

Ela não tinha nenhum motivo para confiar nele, mas ele não queria ficar atrás daquelas barreiras erguidas cuidadosamente por ela. Só com as pessoas mais próximas ela baixava a guarda e dava a ele uma ideia de como era a Kylie real.

Gentil. Doce. Ferozmente leal e protetora daqueles que ama.

Ele queria ensiná-la que nem todos os homens eram imbecis. Ele queria mostrar para ela que dominação não era a mesma coisa que dor e humilhação. Aquela dominação era muito mais. Rendição emocional era a mais poderosa de todas, mas também tornava as pessoas muito vulneráveis. E isso iria aterrorizá-la totalmente, tanto quanto os aspectos físicos da dominação e submissão.

Aquela era uma mulher com a qual ele teria que lidar de maneira bem suave. Sua antiga forma de aproximação teria que ser jogada pela janela e ele precisaria criar algo novo. Ela era, como ele disse, um desafio. Um que ele tinha total intenção de superar. *Como* faria isso, não sabia. Ainda. Mas ele não era um perdedor. Falou muito sério quando disse a ela que corria atrás do que queria e não falhava. Nunca.

Havia uma primeira vez para tudo, ou era o que dizia o ditado. Mas ele estaria condenado se sua primeira falha fosse Kylie Breckenridge.

2

Kylie, você pode vir à minha sala? — Jensen pediu pelo seu ramal.

Ele sabia que a convocação a incomodaria, mas Kylie havia sido clara sobre o querer fora de sua sala — seu espaço —, então ele a faria ir até a sala dele. Não era um pedido absurdo, visto que vinha de um chefe para a sua assistente.

— Agora mesmo, senhor — ela respondeu em um tom decidido que o fez sorrir.

Ela estava determinada a manter seu relacionamento, se é possível dizer que eles tinham um relacionamento, estritamente impessoal e restrito entre chefe e funcionária.

Ele sabia que ela detestava que Dash estivesse fora do escritório por um longo período, pois Dash normalmente agia como um mediador entre Jensen e Kylie. Muitos dos pedidos vinham de Dash, até aqueles que envolviam Jensen, porque Dash procurava proteger Kylie.

Mas já era o bastante. Se eles iriam trabalhar juntos por muito tempo, e ele tinha total intenção de fazer exatamente isso, Kylie precisava aprender a lidar com Jensen. E ele pretendia dar uma forcinha. Ela era extremamente inteligente. Tinha MBA e, do ponto de vista dele, aquela formação era desperdiçada em seu cargo atual. Era um cargo no qual Kylie estava confortável, e ele sabia que ela gostava das coisas como estavam.

Ela não gostava de nada que a tirasse de sua zona de conforto. Gostava de rotina — uma característica que compartilhavam, apesar de o fato de terem algo em comum a irritasse muito.

Mas, na verdade, eles tinham muito mais coisas em comum do que Kylie sabia ou gostaria de admitir. Ambos eram pessoas disciplinadas que gostavam de controle. Ele estava totalmente preparado para se envolver em uma batalha acirrada, a qual pretendia ganhar. Jensen apenas esperava que não a forçasse tanto a ponto de ela pedir demissão do emprego.

Pouco tempo depois, Kylie apareceu na porta, com uma expressão séria e impassível enquanto olhava friamente para ele.

— Precisa de alguma coisa, senhor?

— Pode pular a parte do *senhor* — disse ele firmemente. — Você não chama Dash de senhor. Meu nome é suficiente. Me chame de Jensen ou não me chame de coisa alguma.

Kylie apertou os lábios e ele suspirou.

— Tudo será uma batalha com você, Kylie? Foi um simples pedido. Diga. Diga meu nome — ele desafiou. — Não vai matá-la.

— Precisa de alguma coisa... Jensen?

Seu nome saiu em um som sufocado, como se ela tivesse que forçar seus lábios ao dizê-lo. Foi um começo.

Ele gesticulou indicando para que ela se sentasse em frente à sua mesa. Relutante, ela caminhou e se sentou na ponta da cadeira, com as mãos dobradas formalmente no colo, mas tinha o olhar de um animal preparado para correr ao primeiro sinal de perigo. Ele duvidava que ela soubesse como o medo que sentia era tão evidente. Seus olhos estavam arregalados, suas narinas dilatadas, e ele conseguia ver seu pulso acelerado saltado em seu pescoço.

— Não vou pular sobre a mesa e atacá-la — ele murmurou.

Ela virou os olhos mostrando irritação.

— Eu chutaria sua bunda, caso tentasse.

Ele jogou a cabeça para trás e gargalhou, e os olhos dela se arregalaram de surpresa. Ela parecia... chocada.

Ele se recompôs e olhou curiosamente para ela.

— Por que me olhou desse jeito?

Imediatamente, ela baixou seu olhar e permaneceu em silêncio.

— Kylie? — ele insistiu.

Ela suspirou e então ergueu a cabeça, com seu olhar rebelde e o queixo erguido.

— É só que nunca vi você rir. Ou sorrir, na verdade. Em minha sala, mais cedo, foi a primeira vez que vi que parecia ligeiramente interessado. Você não demonstra muito seus sentimentos. Ninguém consegue dizer o que você está pensando.

Ele levantou a sobrancelha. Então, ela o esteve estudando. Kylie sabia o suficiente sobre ele para que Jensen percebesse que ela havia passado muito tempo observando-o e analisando suas reações.

Jensen relaxou sua expressão em um sorriso, enquanto observou novamente a surpresa dela.

— Já fui acusado de ser um cretino sem emoções por mais de uma pessoa — disse ele se divertindo. — Talvez você desperte outro lado meu que ninguém nunca conheceu.

Ela pareceu contrariada com o comentário.

— Você precisa de alguma coisa? — perguntou ela, obviamente ansiosa pelo fim daquela conversa.

Ele não tinha planos de deixá-la fugir para a segurança de sua sala, onde trancava todo o resto do mundo para fora. Jensen sabia que Kylie ia direto para casa todos os dias. Não tinha vida social, a não ser que levasse em consideração seus almoços com Chessy e Joss, suas duas melhores amigas. Na verdade, seu círculo de amigos eram as únicas pessoas com quem Kylie tinha algum tipo de contato.

Tinha uma vida solitária, e ele odiava isso nela. Detestava que seu passado houvesse lapidado seu presente — comprometendo seu futuro —, e que ela não parecesse capaz de se livrar dos laços de sua infância.

Ele juntou a pilha de papéis que estavam à sua frente.

— Quero que você analise estas propostas. Como eu disse na sua sala, S&G Oil está diminuindo uma de suas refinarias. Eles precisam cortar cem milhões em despesas, então estão procurando formas de acumular funções. Querem eliminar no mínimo trinta cargos e cortar despesas desnecessárias, e precisam que nós encontremos um jeito de fazer isso.

Ela estava claramente boquiaberta com seu pedido.

— Mas, Jensen, não sei nada sobre isso. Sou uma assistente administrativa.

Ele sorriu novamente, observando a reação dela para o seu sorriso. Ela não era indiferente a ele, e isso a irritava mais do que tudo.

— Quero que você aprenda — disse ele, gentilmente. — Quando Carson estava vivo, ele e Dash queriam encontrar um terceiro sócio. Eles tinham muito trabalho, mas depois que Carson morreu, foi muita coisa para Dash lidar sozinho, e ele teve que se esforçar muito para manter a empresa até me trazer para cá. Ainda há necessidade de um terceiro sócio, e você tem as credenciais. Só o que lhe falta é experiência.

Ela continuou com a boca aberta e não sabia o que dizer. Ele ficou presunçoso por ter causado aquela reação anormal. Aquela mulher sempre sabia o que falar.

— Você quer que eu seja uma sócia? — ela perguntou, praticamente gritando, assustada.

— Não posso prometer isso — ele respondeu suavemente. — Considere isso sua prova de fogo. Não será hoje, amanhã e nem nos próximos meses, mas não há motivo para procurar outro sócio fora da empresa quando já temos uma pessoa perfeitamente capaz conosco. Você sabe tudo o que acontece no escritório, Kylie. Toda informação passa por você. Conhece todos os nossos clientes, agenda nossas reuniões, sabe todos os prós e contras da empresa. Não há motivo para não ter a oportunidade de ser promovida.

Ela olhou para os papéis que ele havia arrastado pela mesa em direção a ela. As informações que ela coletou e organizou para ele e Dash. Certamente, ela estava familiarizada com o processo.

Ele podia jurar que via entusiasmo em seu olhar, mas havia se esvaído quase antes que pudesse ter certeza.

— O que você quer que eu faça? — perguntou ela, com uma voz rouca.

— Teremos uma reunião com o diretor financeiro da S&G em três dias. Quero que você vá comigo. Você tem três dias para se familiarizar com a empresa deles. Os cargos, os salários e as funções de cada empregado listado. Suas despesas gerais e cada centavo que eles têm em gastos. Quero que crie seu próprio plano e apresente para mim em dois dias. Quero suas ideias e então as discutiremos antes de nos reunirmos com o diretor financeiro.

Ela olhou boquiaberta para ele, incrédula.

— Você confiaria este grande contrato a mim?

— Não disse que vou concordar com suas ideias — ele disse, suavemente. — Apenas que quero vê-las. Vamos juntar nossas propostas e ver com o que concordamos e do que discordamos, e então criaremos um plano que incorpore nossas ideias antes de irmos à reunião.

— Eu não esperava por isso — ela murmurou.

Mas ele conseguia ver o brilho nos olhos dela. Kylie adorava um desafio tanto quanto ele. Ele não estava enganado. Ela estava sendo desperdiçada naquele cargo de assistente administrativa. Era muito seguro, pois poderia fazer aquele trabalho de olhos fechados. Ela precisava disso. Algo que fizesse seu sangue acelerar e que a fizesse lembrar que estava viva.

— Acredito em você, Kylie. Pode dizer que acredita em si mesma?

Neste momento, o fogo reluziu em seus olhos e ela precisou conter o sorriso de triunfo. Ah, sim, ela adorava um bom desafio, e talvez nunca tivesse encontrado uma oportunidade desse tipo. Dash pegava muito leve com ela. Não que Jensen esperasse que Dash fosse um babaca insensível, mas ele envolveu Kylie em uma redoma de vidro depois da morte de Carson, e por tudo que Dash disse, Carson fazia a mesma coisa quando estava vivo. Nenhum deles queria fazer qualquer coisa que machucasse aquela mulher frágil.

Mas sua fragilidade disfarçava a mulher inteligente e capacitada que estava debaixo daquela casca, e Jensen pretendia tirá-la de lá. Dash o colocaria para fora se soubesse o que ele estava fazendo, mas, pelas duas semanas seguintes, Jensen estava no controle e Dash estaria completamente alheio a qualquer coisa relacionada a trabalho — como deveria. E Jensen pretendia fazer tudo nessas duas semanas.

— Consigo fazer isso — disse ela, e havia firmeza em sua voz. — Quando você quer se reunir para analisar minha proposta?

— Quarta-feira à noite. Jantar no Capitol Grill. Sei que você e as garotas gostam do Lux Café, mas quero um lugar mais silencioso e reservado, pois vamos discutir algo confidencial. Posso reservar uma mesa em um canto isolado onde não será possível sermos ouvidos.

Kylie franziu o cenho formando uma carranca e ele podia imaginar o que se passava dentro de sua cabeça.

— Onde seria mais seguro do que aqui no escritório? — perguntou ela. — Certamente, não é necessário um jantar.

— Não mesmo — concordou ele. — Mas é o que eu quero.

Ela não podia dizer nada quanto a isso, apesar de Jensen perceber que ela não havia gostado da ideia de jantarem juntos.

— Farei uma reserva para às sete — ele continuou, como se houvesse ignorado seu desconforto. — Lerei sua proposta anteriormente e discutiremos no jantar. Prepararei a versão final antes de nossa reunião com o diretor financeiro. Pegarei você na sua casa às oito na quinta de manhã e vamos juntos para a reunião no escritório do diretor financeiro da S&G.

Ele poderia dizer que ela estava presa em uma batalha épica contra si mesma. Ela não queria jantar com ele ou ter um encontro fora do ambiente de trabalho, mas não estava disposta a deixar passar a oportunidade que ele lhe dera.

Ela mordeu o lábio mostrando preocupação, e ele nunca quis tanto algo quanto ir até o outro lado da mesa, libertar seu lábio e beijá-la para acabar com o dano que ela estava causando à sua tenra carne. Seu pênis reagiu àquela imagem, e Jensen agradeceu por estar sentado atrás da mesa, onde ela não pudesse ver sua reação física. Kylie teria se assustado e corrido para as montanhas, e provavelmente teria escrito sua carta de demissão em uma hora.

Jensen suspirou, comandando silenciosamente que seu pênis se comportasse. Não conseguia explicar por que reagia daquela forma àquela mulher. Desafio. Ela era um desafio. Tinha que ser isso, porque ele simplesmente não conseguia resistir a um desafio. Mesmo ao tentar descobrir o mistério que o fazia ser atraído por uma mulher que não o correspondia, ele sabia que era um maldito mentiroso.

Ela despertava cada um dos seus instintos protetores. Ela o fazia querer tratá-la gentilmente, aninhá-la e protegê-la de qualquer coisa que pudesse machucá-la, física ou emocionalmente.

Droga, ele queria mostrar para ela que nem todo homem era babaca. Nem todo homem dominador estava focado tão especificamente nos aspectos físicos da dominação. Rendição emocional era o que ele queria com Kylie. Ele nunca a marcaria, nunca a amarraria. Nunca açoitaria sua carne macia. Nunca faria nada para amedrontá-la ou fazê-la se sentir tão vulnerável quanto se sentiu no passado nas mãos daquele monstro. Jensen nunca faria nada que a fizesse lembrar de seu abuso anterior. Ele preferia morrer a deixar que aquilo acontecesse. Ele também tinha que lutar contra seus demônios, sentia-se fisicamente ferido pela ideia de fazer algo que qualquer mulher interpretasse como abuso.

Ele apenas queria... Kylie.

— Tudo bem — ela concordou finalmente, com a voz trêmula, o que o fez ficar mais excitado. Porque havia rendição em sua voz. Não submissão, mas era algo próximo, e aquilo esquentou o sangue que corria em suas veias, porque, só dessa vez, ele ganhara.

— Encontrarei você no restaurante às sete — disse ela.

Ela ergueu o olhar, provocando-o, como se o desafiasse a contradizê-la. Ele simplesmente sorriu de volta. Permitiria esta pequena vitória dela, porque a maior já era dele. Jantar, só os dois. Sim, eles falariam sobre negócios, mas ele também planejava investigar mais a fundo aquela mulher intrigante. Descobrir o que a fazia arrepiar. E ele iria buscá-la no dia seguinte e seguiriam para a reunião, o que significava que ela ficaria dependente dele o dia todo.

Jensen gostou daquela ideia. Gostou muito. Kylie dependente dele. Ele nunca a decepcionaria ou a faria se arrepender de confiar nele. Ah, ele sabia que ela ainda não confiava nele. Aquele seria o maior obstáculo a ser superado. Pequenos passos. Uma pequena vitória por vez.

— Sete horas, então — concordou ele.

Ela ficou surpresa e demonstrou isso. Kylie já havia se armado de um argumento, seus ombros estavam altos e o queixo erguido, desafiando-o. Até isso o provocava, quase violentamente.

Ele gostava de mulheres submissas, mas ser submissa não significava ser um capacho. Jensen amava uma mulher independente perfeitamente capaz de fazer suas próprias escolhas. Mulheres submissas, ou pelo menos aquelas com quem ele esteve, *escolhiam* ser submissas. *Escolhiam* oferecer sua rendição para ele. E aquilo era, de fato, muito poderoso.

Jensen queria uma mulher forte. Alguém que não precisasse dele e do que ele oferecia, mas, sim, *quisesse* isso. Aquilo fazia toda diferença. Queria uma mulher que conseguisse falar por si mesma e não se curvasse. Alguém que o encarasse de igual para igual.

Em troca? Ele colocaria o mundo aos seus pés. Kylie poderia querer qualquer coisa, Jensen daria para ela. Ele a mimaria, a amaria completamente, a valorizaria e lhe daria carinho.

Ele ansiava em fazer isso por Kylie. Desejava isso desde a primeira vez que se encontrou com ela no jantar na casa de Dash em outra noite. Ele vira suas olheiras, o tormento que ela escondia do mundo. E queria nada mais que ser uma cura para a agonia que ela vivera e ainda vivia.

Mas isso exigiria paciência infinita da parte dele. Paciência nunca estivera no topo da lista de suas qualidades, mas pela mulher certa? Ele poderia exercer a paciência de Jó.

Ela juntou todos os papéis, já olhando rapidamente seu conteúdo. Ele conseguia ver sua mente trabalhando furiosamente, absorvendo toda aquela informação. Jensen bem sabia que Kylie era extremamente inteligente, com um dom para os negócios. Assim como sabia que estava sendo desperdiçada em seu cargo atual. Mesmo que as coisas nunca dessem certo entre eles da forma que ele planejava, ela ainda seria valiosa como sócia um dia. Se ele não a amedrontasse antes disso.

— Se isso é tudo — disse ela distraidamente, ainda absorta nos papéis —, voltarei para minha sala e vou começar a trabalhar com isso. Finalizarei minhas ideias antes do nosso jantar na quarta à noite.

Ele sorriu de novo, observando sua feição adorável. Por apenas um momento, as sombras que pareciam permanentes abaixo de seus olhos foram removidas e uma chama de determinação as substituiu. Ele podia sentir sua empolgação, sua ansiedade. Kylie queria provar a si mesma, aceitou seu desafio lindamente e ele estava ansioso para ver os resultados.

Jensen sabia que ela não o decepcionaria, que era muito mais inteligente que Carson ou Dash pensavam. Não que os dois a menosprezassem ou não acreditassem em suas habilidades. É só que eles eram muito envolvidos emocionalmente e seus instintos eram de proteção. Ele entendia o lado deles, até concordava de certa forma.

Mas eles não tinham feito nenhum favor em abrigá-la tão vigorosamente. Kylie precisava de mais desafios. Precisava de uma válvula de escape para sua mente analítica e inteligente. Um macaco treinado podia fazer sua função atual. Atender telefonemas, agendar compromissos, organizar contratos para serem assinados e administrar o escritório.

Mas ele estava lhe oferecendo muito mais que isso.

Igualdade.

E quando, em sua vida, Kylie havia se sentido igual a alguém? Ela vivera sua vida como uma vítima. Com muita razão. Mas era hora de ir além da vítima e se tornar sobrevivente. Uma sobrevivente que supera seu passado e toma as rédeas do seu presente.

Se ele pudesse fazer parte de alguma coisa nisso tudo, independentemente se eles tivessem um relacionamento ou não, ele ficaria verdadeiramente orgulhoso dela.

3

Kylie não conseguia acreditar que estava dando continuidade àquela loucura. Ela parou em frente ao Capitol Grill e o funcionário do estacionamento abriu a porta e a ajudou a sair. Após pegar seu cartão do estacionamento, entrou no ambiente escuro.

O restaurante só tinha *velhos babões ricaços*, ou pelo menos era o que combinava com os clientes que ali estavam. Os móveis eram bem masculinos e fotos de velhos babões ricaços pontilhavam as paredes. Ela baixou o olhar percebendo que não sabia se estava vestida apropriadamente para o local. As outras mulheres na sala de espera usavam vestidos elegantes e penteados presos elaborados.

Kylie usava seu cabelo solto. Era isso ou um rabo de cavalo, e até isso ela não tinha muito jeito de fazer para ir a um restaurante como aquele. Mas ela estava usando um pretinho básico, sem brilho ou acessórios. Ia até seus joelhos abrindo-se suavemente, possibilitando ao menos que ela andasse, diferente daquelas roupas agarradas em que a pessoa precisa dar minúsculos passos ou pode cair de cara no chão.

E seus sapatos não tinham salto, apesar de terem um pouco de brilho. Sapatos brilhantes eram sua única fraqueza. Qualquer coisa com saltos? Não. Ela pagaria mico tentando andar sobre eles. Mas rasteirinhas ou chinelos? Tinha um armário cheio deles. Todos os dias ela usava um par diferente para trabalhar, e sua outra fraqueza, graças a Joss, era ter as unhas dos pés pintadas. Toda semana era uma cor diferente, mas sua favorita era rosa-choque. Havia algo malicioso em ter as unhas dos pés pintadas de rosa-choque, e era o mais ousado que ela conseguia ser.

O resto de seu guarda-roupa era composto de peças que não chamassem a atenção. Especificamente a atenção masculina.

Jensen chegou aparentemente do nada, surgindo das sombras para parar à sua frente. Ela se assustou, de repente sua boca ficou seca, porque normalmente ele vestia uma roupa mais casual, geralmente uma camisa — sem gravata — e calças normais, mas aquela noite ele estava vestindo um terno preto que exibia riqueza e posses, e a cor escura do tecido só enfatizava o que ela já sabia. Aquele não era um homem para se brincar. Ele era uma pessoa que poderia esmagá-la como um inseto sem nenhum esforço.

Mas então ele sorriu, transformando os traços firmes do rosto em uma beleza quase cruel, tornando-se mais acessível. Alguém que não a comeria viva. Talvez.

Ela era uma tola por simplesmente pensar nisso. Por baixar a guarda para aquele seu sorriso raro. Kylie precisava se lembrar de que ele era um predador natural. Forte. Implacável. E facilmente capaz de feri-la.

— Fico feliz que você tenha vindo — disse ele despreocupadamente, oferecendo seu braço para conduzi-la para o interior do restaurante escuro.

Eles passaram por mesas grandes, cheias de pessoas de negócios e outras vestidas mais formalmente. Casais tendo jantares reservados, garçons rondando com vinhos caros para completar suas taças. Este era o mundo de Carson — o mundo que ele criou para si mesmo. Mas nunca foi o lugar dela, mesmo que Carson estivesse determinado a compartilhá-lo com ela.

Carson estava resoluto a superar as expectativas e ir na direção oposta à infância deles. E Kylie? Ela parecia estar mantendo um padrão, um padrão que podia reconhecer mesmo em sua negação.

Ela nunca se entregou completamente ao presente, e nem tentou fazê-lo. Ainda estava muito enraizada no pesadelo do passado, paralisada e incapaz de virar a página.

O fato de Jensen tê-la pressionado tão precisamente na sua sala há dois dias só fez com que ela se sentisse mais desconfortável com sua análise minuciosa e aqueles olhos perspicazes.

Gentilmente, Jensen a acomodou, empurrando a cadeira para frente assim que ela se ajeitou, e então deu a volta para se sentar na cadeira à sua frente. Pelo menos ele não tinha se sentado ao lado dela. Mas desse jeito ela seria obrigada a realmente olhá-lo nos olhos e encontrar aquele olhar intenso.

Kylie olhou rapidamente ao redor, notando, para seu desconforto, o quanto aquele lugar era reservado. Um canto aconchegante em um restaurante pouco iluminado, sem ninguém ocupando as mesas perto deles. Era, como ele prometeu, um lugar onde não poderiam ser ouvidos. Será que Jensen planejou para que ninguém mais se sentasse perto deles ou ele simplesmente teve sorte?

Mas não, ele não era o tipo de homem que tinha sorte. Não era uma pessoa que deixaria acontecer. Havia planejado aquilo assim como planejava tudo na vida, de acordo com seu gosto e suas especificações. Um arrepio leve desceu pela espinha de Kylie devido ao poder carnal que ele emanava. Isso — e ele — a aterrorizava demais.

Sim, era para ser um jantar de negócios, e após colocar isso em mente, ela seria capaz de passar por aquilo. Mas agora, sentada em frente a ele em um lugar decididamente reservado, ela sabia muito bem que o encontro poderia facilmente ter sido marcado no escritório.

Kylie detestava o fato de ele deixá-la tão nervosa. Odiava admitir sua fraqueza para si mesma. Passara sua vida inteira sendo fraca, apesar de disfarçar esse fato sendo desagradável e até má. Ela não tinha orgulho disso, mas preferia ser assim a mostrar vulnerabilidade por outra pessoa.

— Relaxe, Kylie — Jensen disse, chamando a sua atenção para ele.

Ela viu cordialidade em seu olhar e ponderou aquela situação esquisita. Não era como se Jensen fosse um cretino frio e sem coração. Mas ele tinha o olhar perfeito. Qualquer um pensaria duas vezes para cruzar com ele. Geralmente, seus olhos eram impenetráveis, não mostravam nenhuma emoção, mesmo que ele sentisse algo.

Mas agora? Havia uma gentileza estranha em seus olhos, e parecia ser direcionada a ela. Era um pingo de empatia, o que a fez se recompor porque a última coisa que ela queria daquele homem era sua pena.

— Você fez essa careta para mim? — ele perguntou, com os lábios curvando-se, pois estava se divertindo.

— Não. Sim. Talvez — balbuciou ela.

— Relaxe — ele disse novamente, com o tom gentil assim como seus olhos estavam momentos antes. — Não vou mordê-la. A não ser que me peça. Gentilmente — adicionou ele com um sorriso largo.

Sua expressão ficou pior ainda antes que ela percebesse que ele estava simplesmente querendo provocá-la. Algo que ele começou a fazer com mais frequência desde que foi trabalhar com Dash.

— Talvez eu morda — disse ela com um sorriso sarcástico, sem perceber a conotação sexual de sua fala até ser tarde demais. Ela havia se imaginado agarrando-o como um cachorro feroz. Não mordendo-o... *sexualmente* falando.

Mas é óbvio que foi desse jeito que ele entendeu porque, de repente, seus olhos estavam em chamas, que a fizeram arrepiar de novo. Sim, aquele homem era perigoso. Muito perigoso para ela arriscar. A melhor coisa era ignorá-lo. E falar apenas sobre trabalho, o motivo de eles estarem naquele maldito restaurante para começo de conversa.

Felizmente, ele não respondeu à sua observação mal pensada. Mas aquele olhar... Ainda estava em seus olhos, seu olhar brilhando positivamente, quase como se ele estivesse imaginando que ela o estava mordendo e gostando muito daquele ato.

Ah, ela precisava interromper essa cadeia de pensamento e levar a conversa para outro rumo.

— Então, você leu minha análise — disse ela em um tom frio de negócios. — O que você achou?

Ele parou por um instante e, então, evidentemente deixou que ela guiasse a conversa. De novo, algo que ela tinha certeza de que era raro acontecer. Ele aparentava ser um controlador obsessivo. Será que ela estava cercada deles? Tate, o marido da sua melhor amiga, era um total controlador. Chessy havia se rendido voluntariamente ao relacionamento. Mas Dash... Ela ainda não acreditava no que ele havia se tornado. Só recentemente ele mostrou — pelo menos para ela — que era tão dominador quanto Tate, e o mais chocante é que era o que Joss queria.

Sua forma de viver dentro de uma bolha a tornou ignorante em muitos aspectos, e ela era feliz daquele jeito. Não era?

Havia tanta coisa mudando ao redor dela, em seu único e pequeno círculo de amizade. Dash e Joss se casaram. Felizes. Jensen apareceu, substituindo Carson. E apenas Kylie continuava a mesma. A Kylie previsível, tediosa, com medo até da sua sombra.

Ela fez uma careta de desgosto e as sobrancelhas de Jensen se ergueram.

— Você acha que eu não gostei?

Kylie balançou a cabeça, negando.

— Desculpe. Estava pensando em outra coisa.

— Se importa em compartilhar? Não deve ter sido muito agradável.

— Apenas refletindo no quanto sou covarde e como vivo dentro de uma bolha.

Sua sincera admissão a chocou. Ela não estava acreditando que tinha confessado aquilo, pois nunca fazia coisas desse tipo. O fato de ela ter revelado suas fraquezas para um completo estranho a assustou. Não, talvez ele não fosse um completo estranho, mas certamente não era uma pessoa com quem ela devesse se abrir. E ela não podia nem colocar a culpa no álcool, já que eles não estavam bebendo vinho.

— Você se cobra muito, Kylie — disse ele, gentilmente.

Ela balançou a cabeça, mexendo a mão em um gesto de desprezo.

— Por favor. Vamos apenas esquecer que eu disse isso. Não posso acreditar que fiz isso. Era para falarmos sobre negócios. O *que* você achou da minha análise?

Ele a olhou daquele jeito como se procurasse alguma coisa, aquele olhar que lhe dizia que ele conseguia ver, além daquela casca espinhosa, o seu coração. Seu coração receoso e assustado. E aquela não era a pessoa que ela queria que vissem. Nunca mais. Somente Carson a havia visto daquele jeito. Ele e seu pai.

Ela precisou se acalmar para evitar o tremor que apenas o pensamento naquele monstro lhe causava. Precisou usar toda sua energia para continuar sentada ali, olhando para Jensen, parecendo esperançosa, calma e controlada, enquanto seu interior estava fervendo e se contorcendo.

— Achei bem detalhado — disse ele. — E pontual. Admito, principalmente quando você disse que não tinha coragem para esse tipo de coisa, que pensei que não seria objetiva e não iria direto ao ponto quando o assunto fosse cortar cargos.

As bochechas de Kylie esquentaram por causa do elogio. Suas mãos tremiam e ela as apoiou no colo para que ele não percebesse o que tinha causado. Como se precisasse ou desejasse sua aprovação.

Então, ela deu de ombros, dando a impressão de que suas palavras não causaram nenhum efeito nela.

— Procurei os setores nos quais eles conseguiriam reduzir custos e, sinceramente, há muita coisa totalmente desnecessária. Podem reduzir os privilégios dos funcionários, as coisas que realmente não são fundamentais, e não reduzir seus benefícios, coisas que *são* fundamentais.

Ele assentiu, concordando.

— Também vi muitas despesas desnecessárias e, ao focar nesses setores, não será preciso cortar alguns dos cargos, apesar de existirem alguns que poderiam facilmente ser acumulados com outras funções.

Ela o olhou pensativa por um momento.

— Você não gosta de cortar cargos. Quero dizer, eles não são apenas nomes, pessoas sem rosto para você, não é?

Ela não tinha certeza do que tinha lhe dado essa ideia sobre Jensen. Era algo em seu tom, e um breve vislumbre, quase uma expressão de desgosto, em seus olhos. Talvez ele fosse mais humano do que ela pensava.

— É claro que não — ele murmurou. — Não sou um babaca sem sentimentos, Kylie. Aquelas pessoas têm famílias para sustentar. Crianças para alimentar e mandar para a faculdade. Precisam de seus empregos, não importa o quanto são desnecessárias para a sobrevivência da empresa.

Kylie se contraiu devido à culpa que esfaqueava seu peito. Ela o julgou totalmente e jogou aquilo na cara dele. Ele a fez se sentir contrariada e, no começo, ela não sabia por quê. O primeiro encontro deles a havia deixado desequilibrada, e ela ainda se sentia assim até entender melhor essa reação.

Jensen a assustava. Não fisicamente, mas em seu lado feminino; ele a assustava como mulher. Ele a amedrontava. Enervava seus instintos de autodefesa, aqueles com que ela estava tão acostumada. E ela odiava aquela sensação, havia jurado que ninguém — nenhum homem — a faria se sentir vulnerável e assustada de novo.

— Se sugeri que você não tinha coração, me perdoe — disse ela baixinho, esperando que ele pudesse ouvir e perceber sua sinceridade.

Ela tirou as mãos do colo e as apoiou na mesa, e Jensen segurou uma delas, surpreendendo-a com a velocidade que fizera isso antes que ela pudesse se afastar. Quase como se ele soubesse qual seria sua reação.

— Não achei que sugeriu nada. Não houve nenhuma ofensa.

Kylie ficou completamente imóvel enquanto a mão dele continuava a cobrir a dela. Ele não apertou os dedos em volta de sua mão. Ela não podia nem considerar aquilo como segurar a mão, mas a mão dele cobriu a dela, quente e pesada. Felizmente, seu punho não estava virado para cima ou com certeza ele seria capaz de sentir como o pulso dela estava rápido.

Desesperada em continuar com o tópico "negócios", ela casualmente retirou sua mão para pegar o copo como se quisesse apenas beber água, e não ficar fora de seu alcance. O breve sinal de diversão na expressão dele mostrou a ela que não tinha conseguido enganá-lo. Nada escapava da atenção daquele homem?

Como se conhecesse seus pensamentos, ou talvez porque o desespero dela *transparecia*, ele se afastou e retomou a conversa.

Jensen a estudou intensamente, sua análise mais profissional do que antes. Essa dinâmica era uma situação com a qual ela estava mais confortável. Chefe e funcionária. Não um homem e uma mulher compartilhando um jantar reservado. Um encontro, pelo amor de Deus! Ela torcia para que aquilo não se qualificasse como um encontro.

— Incorporei muitas das suas ideias em minha proposta final, já que estavam alinhadas com as minhas. Terei a análise completa para você olhar no caminho para a reunião amanhã.

Ela tinha se esquecido completamente que já haviam pedido a comida e que isso era, de fato, um jantar, quando o garçom chegou com as entradas. O silêncio pairou enquanto seus pratos eram servidos, taças eram preenchidas com vinho, e a garrafa fora deixada na mesa a pedido de Jensen. Então o garçom saiu, deixando os dois novamente sozinhos.

Ela olhou para o filé e a lagosta que havia pedido. Pareciam suculentos, perfeitamente preparados, e ela ainda estava tão nervosa por causa de... Jensen. Era ele. Ela certamente conseguia lidar com outros homens. Não era como se tivesse evitado qualquer e total contato com eles na vida adulta. Mas nenhum deles a fizera se sentir totalmente vulnerável como Jensen fazia. E ele era realmente o tipo de homem cruel que exploraria qualquer fraqueza, se aproveitaria disso e agiria como um deus vingativo.

Mentalmente, ela virou os olhos. *Meu Deus, Kylie. Não está sendo muito dramática? Você é uma perfeita idiota. Fica lisonjeada só de imaginar que ele tem algum interesse em você. Ele apenas gosta de te encher o saco e você é um alvo fácil. Coma sua maldita comida e desista de fingir que isto é um encontro e não uma reunião de negócios antes que enlouqueça.*

Após dar bronca em si mesma, algo que parecia fazer mais frequentemente depois que conheceu Jensen, ela se acabou naquela comida com cheiro maravilhoso. O sabor explodiu sobre suas papilas gustativas e ela gemeu de prazer antes que pudesse conter o som.

— Bom? — Jensen perguntou.

Ela olhou para cima para ver que ele estava observando especificamente sua boca. Seguindo o movimento para cima e para baixo que sua mandíbula fazia ao mastigar. Seus olhos brilharam de maneira predadora e, por um instante, ela não conseguia engolir.

Finalmente, forçando a comida para baixo, seguida de vinho do qual ela nem conseguiu sentir o gosto, ela assentiu.

— Está maravilhoso — disse com uma voz engasgada que ela mesma não reconheceu.

Deus, ela estava agindo como se estivessem em um encontro. Sendo meiga e se sentindo estranha devido ao silêncio repentino.

— Fico feliz que tenha aprovado — disse ele. — É um dos meus lugares favoritos para comer.

Ela realmente virou os olhos dessa vez.

— De alguma forma, isso não me surpreende.

Jensen arqueou uma das sobrancelhas escuras, questionando-a.

— Por que está dizendo isso?

Kylie deu de ombros.

— Combina com você. Bem... masculino. O mesmo tipo de gente.

Ele a encarou com um olhar autoritário.

— E que tipo seria este?

— Poderoso — disse ela após ficar um pouco pensativa. — Rico. Quando entrei, eu pensei "Este é um lugar que combina com velhos babões ricaços".

Ele riu, assustando-a com o som alto e vibrante que saiu de sua garganta. Ela nunca imaginaria que sua risada seria tão linda. O riso era algo estranho para ela, de qualquer forma, mas vindo de um homem que raramente sorria, soou quase mágico. Ela queria ouvi-la novamente. Saborear o som pelo breve prazer que lhe deu.

— Você acha que sou um velho babão ricaço?

Ela sorriu, então, com os dentes reluzindo, e torceu para que não tivesse nenhuma comida entre eles. O quão vergonhoso seria isso?

— Velho não, definitivamente.

— Então um ricaço babão. Me sinto muito melhor — disse ele resoluto.

— Você tem que admitir, tudo neste lugar combina com riqueza e poder.

Ela apontou para as paredes.

— Quantos restaurantes você conhece que penduram fotos de homens velhos que parecem juízes ou políticos ou banqueiros ou algum outro cara que fundou uma empresa e tem rios de dinheiro?

Os lábios dele se contraíram e ele tomou outro gole do vinho, lambendo seu lábio superior para limpar o que sobrou. A respiração dela ficou presa e ela arrancou seu olhar da boca dele.

— Não sei nada sobre as extravagâncias do proprietário, ou quem ele quer atingir. Tudo que sei é que eles servem um maldito de um bife bom e o serviço é impecável. Simples assim.

— Você gosta de conforto. De comida boa e de ser servido dos pés à cabeça.

Ela não quis que parecesse um insulto, e torceu para que ele não tivesse achado isso. Era uma mera observação, expressada em alto e bom som, apesar de que talvez fosse melhor não tê-la feito. Kylie não queria encorajá-lo a tentar um relacionamento mais do que estritamente profissional. Ela tinha amigos — bons amigos —, e não queria aumentar aquele pequeno e reservado grupo. Mas talvez não tivesse escolha já que Jensen seria incluído em mais reuniões com sua turma.

Ele deu de ombros.

— Quem não gosta? A vida é curta. Prefiro aproveitar os prazeres dela, até esses menores.

Kylie puxou sua respiração de volta, causando dor em seu peito. Com certeza ele tinha razão nisso. Por que *ela* não podia ser tão simples quanto ele? Ela, mais do que ninguém, sabia que deveria seguir em frente, parar de viver no passado, se agarrar ao lado *bom* da vida. O ruim estava em seu passado, certo? Ela havia se livrado do passado. E ainda continuava presa igual a um caminhão na lama, enterrado até os para-choques, ainda permitindo que seu passado e seus medos dominassem seu presente.

Fraca. Ela era fraca e estava cansada de se sentir assim. Fingir ser forte não a tornaria forte. Só a tornou uma idiota desagradável e distante, e ela não se orgulhava disso. Felizmente, seus amigos — as pessoas que a amavam — aceitavam-na como era. Não conseguia nem imaginar sua vida sem eles, sem aquele amor e apoio incondicionais.

Quase conseguiu estragar tudo com Joss. Ela disse coisas imperdoáveis para sua cunhada. Coisas que machucaram Joss e fizeram Kylie se sentir um pouco superior. Mas Joss era... Bem, era Joss. Um coração doce e amável incapaz de guardar rancor ou negar perdão. Kylie desejava, com todo o coração, ser mais parecida com Joss.

— Essa é uma filosofia muito boa de se seguir — disse ela, capaz de admitir que concordava com a filosofia, mesmo que não a praticasse. Ainda. Mas estava determinada a chegar lá. Um dia. E *logo*, droga.

Ele assentiu. E como ela suspeitava, Jensen disse:

— Você deveria aderir a ela.

— Estávamos falando sobre você, não sobre mim — disse ela suavemente, tirando-se do foco da conversa. Sempre fugindo da conversa. Qualquer coisa além dos prazeres superficiais para ela estava estritamente fora de cogitação. Já havia permitido que ele visse mais do que qualquer pessoa poderia ver.

— Vai querer sobremesa?

Ela piscou devido à sua indelicadeza e aceitação instantânea para desviar a atenção de si mesma. Parecia que ele sabia lidar com isso. Quem saberia dizer?

Então, ela olhou para seu prato ainda com metade da comida e sorriu pesarosamente.

— Não. Não sei se conseguirei nem terminar meu bife e a lagosta. Está delicioso e acho que não sobrará mais espaço. Além disso, deveríamos ir embora logo. Acordaremos cedo amanhã.

Kylie tentou manter o tom suave para não parecer que estava com pressa, que estava tentando se livrar dele. Mas, novamente, aquele brilho em seus olhos mostravam que ele via mais do que ela transparecia. Ela estava começando a pensar que Jensen era um maldito leitor de mentes com percepção extrassensorial.

— Termine, então, mas não tenha pressa. Amanhã não acordaremos mais cedo do que geralmente acordamos. Sei muito bem que horas você chega ao escritório e com certeza não é às oito.

É claro que ele sabia. Ela não batia cartão. Era registrada e Dash sempre fora totalmente flexível com seus horários, apesar de ela não se aproveitar disso. Era fácil para Kylie se envolver com o trabalho e esquecer da hora depois que Carson morreu. Isso a mantinha ocupada, era uma fuga. No trabalho, podia esquecer seu luto e sua tristeza. Em casa, ela não tinha outra distração. E, em casa, ficava sozinha. Dolorosamente sozinha. Então, ela sempre chegava ao escritório entre seis e meia e sete horas da manhã. Normalmente, antes de Dash.

Mas desde que Jensen apareceu, para sua irritação, ele sempre chegava antes e estava em sua sala quando ela chegava.

Kylie estava quase terminando sua refeição suculenta quando olhou para cima e viu um homem andando ao longe, à direita do restaurante, em direção a uma mesa nos fundos. Não muito longe de onde ela e Jensen estavam sentados.

Ela gelou, a comida que tinha consumido agora caíra como uma pedra em seu estômago. A bile subiu e sua mão começou a tremer tanto que deixou o garfo cair, o barulho interrompendo o silêncio.

Ela sabia que seu rosto ficara pálido. Ficou imediatamente paralisada e não conseguia respirar. Não conseguia jogar o ar para seus pulmões. Seu peito se contraiu tanto que sua garganta fez a mesma coisa até ela sofrer completamente um ataque de ansiedade.

Sua testa e seu lábio superior transpiravam. O desejo de fugir, de correr o mais rápido que podia e chegar no lugar mais longe possível dali tomava conta dela. Mas suas pernas não lhe obedeciam. Ela não conseguia nem controlar o simples ato de respirar, muito menos fazer o que queria para sair dali.

E então Jensen estava bem na cara dela, ajoelhado no chão ao lado de sua cadeira. Sua mão sacudiu seu queixo para que ela fosse forçada a olhar para ele e não olhar para aquele homem que agora estava sentado, sozinho, várias mesas longe deles.

— O que aconteceu? — perguntou ele, rapidamente. — Droga, Kylie, respire. Você vai desmaiar se não começar a respirar agora.

Kylie tentou obedecer ao comando mesmo que o fato de Jensen presenciar a cena dela se despedaçando completamente a humilhasse. Mas seus pulmões estavam congelados, seu peito tão contraído que ela não tinha nenhuma esperança de respirar.

Um garçom preocupado apareceu imediatamente, oferecendo assistência, perguntando se ela precisava de ajuda. Jensen virou para ele, seu rosto estava sombrio.

— Vá embora — esbravejou ele. — Ela ficará bem.

Será? Ela não se sentia bem. Não sentia que algum dia ficaria bem. Uma onda de desespero a atacou e o restaurante oscilou à sua volta. Kylie sabia que estava bem perto de desmaiar.

— Preciso ir — resmungou ela. — Agora, eu preciso ir. *Agora* — disse ela novamente, com mais ênfase.

Foi difícil formar as palavras com o ar faltando ao pulmão, o nó em sua garganta fez sua voz sair rouca e áspera.

Jensen olhou em volta no restaurante rapidamente, seguindo a direção de onde ela estava olhando quando surtou. A vergonha tomou conta dela, humilhação atrás de humilhação.

— Quem é ele? — perguntou Jensen em um tom ameaçador. — O que diabos ele fez com você?

A violência mal controlada em sua voz a fez tremer. Pontos pretos dançavam em frente aos seus olhos e ela tentou novamente puxar o ar, qualquer coisa para amenizar aquela dor horrível no peito.

— Ninguém — resmungou ela. — Ele só parecia... — sua voz sumiu e para completar o horror, lágrimas rolaram pelo seu rosto. — Ele me lembrou alguém. Por favor, podemos ir embora?

— Nunca que vou deixar você dirigir nessas condições.

Ele levantou, jogou algumas notas na mesa e, então, a colocou de pé, instantaneamente guiando-a para a saída, sem parar até que estivessem fora do restaurante, ar fresco soprando nela como se fosse um bálsamo refrescante.

Um pouco da tensão se aliviou. Seu medo tenebroso começou a diminuir, sobrando a vergonha gritante.

— Respire — ordenou Jensen do mesmo jeito que vociferou uma ordem para o funcionário do estacionamento pegar o carro dele.

Ela sugou o ar, engolindo-o ferozmente até, finalmente, a tensão diminuir e os pontos de sua visão se desmancharem. O mundo interrompeu sua revolta doentia, mas quando ela tentou dar um passo para longe de Jensen e do poder que ele tinha sobre ela, seus joelhos bambearam e, xingando, ele a puxou de volta para seu lado, com seu braço apoiando-a, para que ela não conseguisse se mover.

O calor dele drenou sua pele fria e gelada, criando uma camada ao redor dela.

— Meu c-carro — gaguejou ela. — Não posso deixar meu carro aqui.

— Foda-se seu carro — disse ele rudemente. — Você não vai dirigir para nenhum lugar hoje à noite. Vou levá-la para casa. Pegaremos seu carro amanhã depois da reunião.

4

O caminho até a casa de Kylie foi silencioso e tenso. Jensen xingava sem parar toda vez que olhava de canto para ela e via seu rosto pálido e seus olhos cheios de sofrimento. Ela estava sentada rígida no banco, com as mãos enroladas formando uma bola em seu colo. Seu olhar estava direcionado para frente, como se estivesse em transe, sem notar a presença dele.

Ela quase o matara de susto no restaurante. E então seu medo se transformou rapidamente em raiva quando ele percebeu que aquele homem sentado a algumas mesas de distância a tinha assustado daquela forma. Ele queria bater naquele cara até acabar com ele, mas aí ela disse que ele apenas a *lembrou* alguém. Como o homem era mais velho, Jensen podia muito bem imaginar quem ele lembrava e então xingou de novo.

Seu instinto lhe dizia para levá-la para casa. Para a casa *dele*, onde ele sabia que a protegeria de qualquer coisa que pudesse machucá-la. Mas ela não aceitaria de jeito nenhum. Era provável que ela tivesse outro ataque de pânico, e aquele já tinha despertado uma tensão cruel nela.

Então, ele a levaria para a casa dela. Mas nunca que a deixaria sozinha naquele estado. Ela não ia querê-lo lá, mas foda-se. Não tinha chance de ele deixá-la aguentar seu inferno particular sozinha.

Kylie precisava de alguém, apesar de não admitir. Ela via aquilo como uma fraqueza, e era uma mulher que morreria antes de deixar que outros notassem suas fraquezas. Droga, ela não percebia que todo mundo precisava de alguém em algum momento da vida?

E ele queria ser aquela pessoa da qual ela precisava, mesmo sabendo que era todo errado para ela. Não era o homem que ela queria, isso era óbvio. Mas ela precisava dele. Ele sabia muito bem disso. Com toda a certeza do mundo.

Jensen só precisava quebrar aquelas barreiras e tirar as camadas para encontrar a mulher frágil e vulnerável por trás daquela fachada de ferro.

Não ia ser fácil. Ele não era tão estúpido para achar que seria. Mas nada que valesse a pena ou que fosse bom era fácil. E ele sabia, no fundo, que independentemente do quanto aquilo o deixasse louco, ela valia a pena.

Ele tinha que pisar em ovos, e teria que fazer algo que nunca esteve disposto a fazer antes. Especialmente por uma mulher. Esquecer o controle que mantinha — ou pelo menos a ilusão do controle — e entregá-lo a ela.

Era uma experiência nova para Jensen. Uma experiência que ele não tinha completa certeza de que gostaria de ter. Seria difícil para um homem como ele, acostumado a estar no controle em todos os aspectos de sua vida. Mas Kylie precisava de segurança. Precisava de... confiança. Ela precisava ser capaz de confiar nele, e se ele pretendia ganhar sua confiança teria que dar o braço a torcer. Porque ela não faria isso. Ela se recusava a ser submissa a ele até finalmente se destruir. E ela estava quase chegando a esse ponto a cada noite sem dormir. Porque se ela estivesse dormindo, ele não se chamava Jensen Tucker.

Ele era capaz de apostar tudo o que tinha que o passado dela penetrava em seus sonhos toda noite, pois tinha testemunhado a consequência disso muitas vezes. As sombras permanentes em seus olhos e embaixo deles. Sua palidez. A fadiga que a atacava de maneira implacável, que ele podia sentir a cada respiração dela.

Aquela noite ela dormiria, e dormiria sabendo que estava segura. Porque ele não a deixaria daquele jeito. Sem chance.

E então ele se preparou para o confronto seguinte, sabendo que ela negaria a presença dele em sua casa. No espaço dela. Talvez o único lugar em que ela se sentisse segura. Mas não, isso também não era verdade, porque, enquanto dormia, mesmo em seu santuário guardado a sete chaves, seus sonhos a torturavam.

Não aquela noite. Não se ele tivesse qualquer coisa a ver com o assunto.

Quando eles chegaram na rua dela, ele saiu antes que ela pudesse dizer qualquer coisa e deu a volta para abrir a porta para ela, sem esperar que ela aceitasse se apoiar em sua mão estendida. Ele simplesmente a alcançou, gentilmente pegou aqueles dedos gelados e a puxou para fora do carro.

O caminhar dela estava instável e, então, como ele fizera fora do restaurante, puxou-a para o seu lado, em segurança, mantendo-a sobre seu ombro conforme a guiava até a porta.

Ele sabia que ela esperava enxotá-lo assim que chegassem na porta. Falaria "boa noite" de forma educada e fria e talvez um "obrigada" engasgado por sua ajuda. Mas então ela se retiraria para dentro e voltaria ao seu inferno particular, fechando a porta, barrando-o de entrar em seu domínio.

Foda-se.

Ele arrancou as chaves da mão dela e abriu a porta, levando-a consigo, certificando-se de que ela estivesse com ele o caminho todo, e só então fechou a porta e a trancou.

— Jensen — protestou ela. — Estou bem. Obrigada, mas estou bem agora. Foi estúpido. E embaraçoso. Mas prefiro ficar sozinha agora. Vejo você de manhã.

— Você me verá agora — disse ele, severamente.

Mesmo enquanto falava, ele a direcionava ao cômodo que achava ser o quarto. A casa dela, como ele suspeitava, era a imagem da tranquilidade. O paraíso dela. Nem uma única coisa fora do lugar. Um reflexo de calma e paz.

Ela resistiu quando eles chegaram no quarto, virando com um brilho teimoso e cruel nos olhos.

— Pode ir agora, Jensen. — Em seus olhos não havia nenhum sinal do ataque de pânico que teve mais cedo.

Mas havia as linhas rígidas em seus lábios. A tensão em sua testa e seu rosto pálido diziam o contrário a ele. Ela não estava bem e ele não iria embora.

— Vista-se para dormir enquanto preparo uma bebida para nós. Seu bar tem bebida? Acho que precisamos de alguma bebida forte.

Ela empalideceu e então balançou a cabeça.

— Só vinho, raramente bebo. Geralmente, só quando saio com Chessy e Joss ou se vou à casa de alguma delas.

— Então tomaremos vinho. Você precisa de alguma coisa para relaxar. Dou cinco minutos para se trocar se não quiser que eu entre no quarto quando estiver sem roupas.

Depois daquela ordem, ele saiu do quarto dela fechando a porta, assim ela ficaria assegurada de que teria privacidade completa. Propositalmente, ele demorou mais do que cinco minutos porque sabia que ela, provavelmente, passara os primeiros minutos discutindo consigo mesma e pensando em todos os jeitos em que podia mandá-lo se foder.

Ele deu de ombros. Já tinha ouvido coisas muito piores. E já havia descoberto que ela ladrava mais ferozmente do que mordia. Sob aquela casca dura, havia um coração mole e uma alma mais mole ainda.

Ele encheu duas taças, apesar de não estar com vontade de beber. Seus pensamentos estavam consumidos por Kylie e a cena que presenciou no restaurante. Querendo ou não, ela ia explicar para ele exatamente que diabos havia provocado aquele ataque de pânico. Ele tinha uma ideia, mas queria ouvir dela. Queria que ela confiasse nele o bastante para se abrir e, talvez, falar sobre coisas que nunca falou com ninguém.

Era uma expectativa irreal, mas não impedia que ele desejasse isso.

Quando ele voltou para o quarto, ela estava sentada na beirada da cama, pálida, tremendo, vestindo pijamas recatados, de manga comprida, que cobriam cada centímetro de sua deliciosa pele.

Foi no momento em que ela estava de guarda baixa, porque ainda não tinha percebido sua presença, que ele viu através da fachada que ela apresentava para o resto do mundo.

Ela parecia infinitamente frágil e muito vulnerável. Parecia... *solitária*. A tristeza a agarrava como uma neblina, envolvendo-a com tanto peso que fazia o coração dele doer. Então, Kylie olhou para cima, seus olhos se arregalaram quando percebeu que não estava mais sozinha.

E, rapidamente, as barreiras estavam de volta, seu rosto se tornara impenetrável. Mas ele já havia visto através daquilo. Sabia o que havia por baixo.

— Isso realmente não é necessário — protestou ela quando ele lhe entregou a taça de vinho. — Estou bem, Jensen. Foi muito gentil da sua parte me trazer até em casa, mas me sinto uma tola. Foi estúpido o que aconteceu e agora estou envergonhada.

Jensen ignorou seus protestos e se ajeitou na cama ao lado dela, com suas coxas se tocando levemente.

— Quem o cara no restaurante a lembrou, Kylie? — perguntou ele gentilmente.

Ela perdeu a cor e imediatamente desviou o olhar. Deu um grande gole no vinho, bebendo quase como se precisasse da coragem que o líquido traria para conseguir suportar a lembrança do episódio no restaurante.

— Meu pai — ela deixou escapar.

Imediatamente ela apertou os olhos, demonstrando arrependimento. Chacoalhou a cabeça, desnorteada, obviamente se perguntando por que havia confessado aquilo.

— Ele ainda está vivo? — perguntou Jensen.

Ela assentiu, confirmando.

— E ele mora aqui? Você encontra com ele? — cutucou ele.

— Não sei — sussurrou ela. — E não, não encontro com ele. Nunca. Não quero. Queria que ele estivesse morto. Queria que tivesse sido ele e não Carson. Não é *justo*.

As lágrimas atrapalharam sua voz e desceram pelo seu rosto. Ela parecia envergonhada, mas ele não se mexeu, não reagiu. Jensen não queria chamar mais a atenção para o sentimento que ela tentava esconder dele. Queria que ela continuasse. Que falasse dos demônios que a assombravam. Queria entender cada aspecto de sua dor e de seu medo para saber como ajudá-la.

— Por que Carson tinha que morrer? — disse ela em meio a um soluço. — Ele era tão bom. Nunca fez nada para machucar alguém. Amava e adorava Joss. Ele me amava e me protegia. Foi o único que me protegeu. E ele morre e nosso pai vive. É injusto — disse ela novamente, a raiva se misturando com o luto.

Jensen gentilmente pegou a mão dela, envolvendo-a na dele, bem maior, acariciando seus dedos.

— A vida não é justa, meu amor. E você está certa. Não é justo que o filho da puta do seu pai esteja vivo e bem enquanto Carson está morto. Mas nada na vida faz sentido. Temos que lidar com o que temos diante de nós.

— Odeio que não consigo seguir em frente — sussurrou ela. — Odeio isso, Jensen. Detesto ser tão fraca. Você entende isso? Eu *odeio* isso!

Ele apertou a mão dela, oferecendo segurança, quando o que ele mais queria era pegá-la nos braços e simplesmente segurá-la. Nada mais. Apenas segurá-la.

— Você não é fraca — negou ele. — Não sei de tudo pelo que você passou, mas sei o suficiente para reconhecer uma sobrevivente. Você não se deixou abater. É mais forte do que pensa.

Ela se encostou nele e, conscientemente ou não, ele não se queixou. Aproveitou a chance, soltou a mão dela e a envolveu com seu braço, puxando-a mais firmemente contra ele. Kylie descansou a cabeça em seu ombro e ele pôde sentir sua exaustão a consumindo. A necessidade de simplesmente descansar sem medo ou memórias do passado interferindo.

Há quanto tempo ela não dormia de verdade? Uma noite em que sua mente estivesse limpa e ela tivesse se entregado ao descanso total e absoluto?

— Às vezes, não acho que sobrevivi a tudo — disse ela em uma voz tão baixa que ele precisou se esforçar para ouvir. — E me pergunto se ele não ganhou, na verdade. Costumava pensar que eu ia ganhar dele. Que o que ele fez não me prejudicou, mas isso não é verdade, não é? Ele *ganhou* mesmo porque até agora, quando ele não faz mais parte da minha vida, do meu presente, ele ainda está lá, como se estivesse parado na minha frente. E não importa o que eu faça, não consigo me livrar dele ou da lembrança de tudo o que ele fez.

Ele beijou o topo de sua cabeça, incapaz de conter aquele pequeno gesto. Ela ficou rígida e ele xingou em voz baixa. Porque qualquer brecha que ela havia dado, um pequeno momento onde ela seria capaz de se render à necessidade de confiar em alguém, agora havia acabado e ela estava muito consciente do fato de que ele estava em seu quarto e ela em seus braços, e os lábios dele beijaram sua cabeça.

Ela se afastou, incapaz de olhar para ele, mas ele podia ver a vergonha e o embaraço em seus olhos, e isso o dilacerava. Porque ele não queria que ela se sentisse daquele jeito com ele. Queria que ela se sentisse confortável o suficiente para quebrar as barreiras e deixá-lo chegar ao seu coração.

— Você deveria ir agora — disse ela em um tom engasgado e baixo. — Já tomei muito seu tempo.

— Não vou deixá-la sozinha hoje — disse ele, abruptamente.

Ela virou a cabeça, chocada, seus olhos arregalados encontraram o olhar dele. A surpresa era evidente, sim, mas o que o entristeceu foi o terror naqueles olhos enormes. Ele podia ver que outro ataque de pânico era iminente e isso era a última coisa que queria.

— Você n-não p-pode ficar aqui — balbuciou ela.

— Sim, eu posso — disse ele, calmamente. — E vou.

Ela balançou a cabeça, o pânico se espalhou sobre seu rosto.

Ele colocou a mão no ombro dela, sentindo o tremor violento que ela tentava controlar com todas as forças.

— Não vou deixá-la sozinha, querida — disse ele com uma voz suave. — Sei que está assustada e receosa. Mas juro que você não tem nada a temer de mim.

Sua boca ficou aberta e ela engoliu em seco como se não conseguisse pensar em nada para falar.

— Não preciso que você fique — protestou ela.

Ele colocou um dedo em seus lábios e simplesmente balançou a cabeça.

— Você não *quer* que eu fique aqui — emendou ele. — Mas, sim, você *precisa* que eu fique. Essa é a diferença.

— Você não entende — disse ela, desesperada.

— Shh. Entendo muito mais do que você pensa. Não acha que sei o quanto está com medo de mim? O quanto isso acaba comigo e como eu queria que fosse diferente? A última coisa que eu quero é que tenha medo de mim, e custe o que custar, Kylie, vou provar para você que está completamente segura comigo. Mais segura do que estará com qualquer outra pessoa. Nunca vou machucá-la. Nunca.

As lágrimas encheram seus olhos.

— Não *quero* ter medo de você.

Seu coração amoleceu com sua confidência. Não, ela não queria ter medo dele, mas o medo era irracional. Desafiava a lógica e não era pessoal. Ela teria medo de qualquer homem que chegasse mais perto dela. No quarto dela, dormindo na cama dela. Mas, antes da noite acabar, ela saberia que não havia nada que ele não fizesse para lhe assegurar que não precisava temê-lo.

— Vou dormir aqui esta noite. Com você. Nesta cama — disse ele em uma voz calma, como se estivessem conversando sobre qualquer coisa.

O terror atingiu os olhos dela e sua respiração acelerou. Seu pulso falhou e o pânico tomou conta dela. Ele podia ver sua luta para respirar, suas narinas alargando com o esforço.

— Escute-me, Kylie. Entendo você muito melhor do que pensa. Você quer controlar tudo, porque já teve esse controle tomado de você. Eu o darei de volta a você, hoje à noite. Vou dormir aqui, com você, para saber que está segura. Quero que descanse. Uma noite sem sonhos ou pelo menos com alguém que a conforte quando os sonhos a torturarem. Então você está totalmente no controle e agora sabe que não tem nada a temer. Você vai amarrar minhas mãos na cabeceira da cama, assim, para todos os efeitos, não poderei fazer nada.

5

Kylie encarou Jensen totalmente surpresa.

— Isso é loucura!

Era mais do que loucura. Era uma insanidade completa. Amarrá-lo à cama? Apesar do fato de ele ser um homem que ela nunca imaginou que se colocaria em uma posição vulnerável com ninguém, especialmente uma mulher, só a ideia de amarrar *qualquer um* à cama era maluca!

— Faria com que se sentisse mais segura? — perguntou ele suavemente, como se não tivesse acabado de propor tal extravagância. — Pense nisso, Kylie. Você teria total controle. Nada a temer. Eu estaria, para todos os efeitos, completamente incapacitado. Mas não vou deixá-la sozinha esta noite. Então suas duas opções são: confiar em mim o bastante para deitar na mesma cama que eu ou amarrar minhas mãos na cabeceira.

A cabeça dela estava a milhão. Seus pensamentos estavam um caos. O altruísmo absoluto que aquele ato envolvia era irresistível.

Sem esperar pela resposta dela, ele de repente se levantou e saiu do quarto. Talvez tenha decidido que estava passando por um breve período fora da realidade e agora realmente iria embora. Kylie não sabia se estava aliviada ou decepcionada.

Independentemente do quanto ela rejeitasse a ideia ou do quanto seus instintos gritassem que aquele homem era perigoso para ela, o pensamento de passar a noite sozinha, como tantas outras noites, era mais do que ela podia suportar.

Ela havia acabado de decidir que ele *tinha* fugido para se esconder quando ele retornou, passando pela porta como se pertencesse àquele lugar, com um par de algemas na mão.

Algemas.

Seus olhos saltaram para fora enquanto ela o encarava boquiaberta.

— Quem, por um acaso, anda com algemas, a não ser que seja um policial? — perguntou ela.

O canto da boca dele arqueou em um sorrisinho.

— Nunca se sabe quando poderemos precisar delas.

Os olhos dela se estreitaram.

— Você é adepto dos fetiches? Aquelas práticas dominadoras das quais Dash e Tate participam? Você é como eles?

Seu olhar estava calmo e ele não parecia perturbado com sua suspeita.

— Posso lhe garantir que não sou como eles. Eu sou eu. Jensen. Não preciso nem quero moldar meus desejos de acordo com os outros ou copiá-los. O que Dash e Tate fazem é da conta deles, entre eles e suas parceiras. Só o que eu faço, do que preciso e o que quero, é da minha conta.

— Você quer que eu as coloque. Em você — disse ela quase em um sussurro.

Ele se sentou ao lado dela, a ponta de seus dedos passeando pelos ombros dela até chegar no cotovelo. Mesmo com o tecido do pijama, o calor de seu toque a queimou.

— O que eu quero é que você se sinta segura — corrigiu ele. — E se isso permitir que você se sinta segura comigo... Então, sim, é exatamente o que quero fazer. Me algeme à sua cama.

Considerar aquela proposta bizarra faria dela uma lunática? Mas ela não queria que ele fosse embora. Ela não queria ficar sozinha. Ficava sozinha por tanto tempo. Queria ter o que ele prometeu, só por uma noite. Paz. Um descanso do medo e da agonia de seus sonhos. Uma fonte de conforto, que ele estava oferecendo tão solidariamente. Ela seria uma tola se recusasse?

— Talvez apenas uma mão — murmurou ela. — Não quero que fique tão desconfortável.

Seus olhos cintilaram, o único sinal aparente de seu triunfo. Ele continuou parado e quieto, quase como se estivesse esperando que ela mudasse de ideia e voltasse atrás. Ela não era covarde e estava tentando de tudo para deixar de ser fraca. Era uma noite. E ele ficaria algemado à sua cama. Mesmo assim, ela não acreditava nem por um minuto que ele a machucaria. Seu coração sabia disso, mas sua mente estava impregnada com um sentimento de autodefesa. Sua mente gritava para que ela o fizesse ir embora. Seu coração e sua mente ficavam em constante guerra quando o assunto era aquele homem. Um fato incomum, já que geralmente eles trabalhavam em perfeito alinhamento. Não confiar em ninguém. Tinha sido seu mantra por muito tempo. Só agora seu coração estava enviando sinais diferentes de seu cérebro e a batalha era exaustiva.

— Você tem algo para vestir? — perguntou ela, estranhamente.

— Posso dormir com estas roupas mesmo.

Suas sobrancelhas se estreitaram.

— Mas e amanhã? Na reunião, quero dizer. Sei o quanto é importante. Não quero atrapalhar você em nada, Jensen.

— Acordarei mais cedo para ir para casa, tomar banho e me trocar, e então voltarei aqui para buscá-la — respondeu ele normalmente.

— Hum... tudo bem — finalmente ela cedeu e fechou os olhos, pensando no que estava acontecendo. Talvez, definitivamente, ela estivesse perdendo o pouco de sanidade que lhe restara.

Ele tirou os sapatos jogando-os longe, desabotoou o colarinho de sua camisa e tirou o cinto, jogando tudo para o lado. Então sinalizou para que ela entrasse debaixo das cobertas. Ele foi para o outro lado, cuidadoso para manter a distância entre eles conforme entrava debaixo das cobertas com ela. Então, encarando-a, levantou seu braço esquerdo e entregou as algemas a ela com sua mão direita, apontando para que algemasse seu punho na cabeceira.

Meu Deus, realmente chegou a esse ponto? De que ela não conseguisse ter um homem na sua cama sem algemá-lo para que não se tornasse uma ameaça? Ela queria ser corajosa o suficiente para dizer que não seria necessário. Sua parte racional lhe dizia que era exatamente isso que deveria fazer, e não responder à generosidade e à preocupação dele com desconfiança. Mas a parte irracional controlava a maioria de seus pensamentos e suas ações e lhe dizia que seria um tola se *não* garantisse sua segurança.

Cuidadosamente, ela algemou seu punho em uma das tiras da cabeceira e então se afastou, mordendo o lábio inferior.

— Não parece confortável — disse ela, preocupada.

— Vou sobreviver — ele respondeu firmemente. — Já dormi em condições muito piores.

— Sinto muito — ela disse de forma suave.

Ele a olhou curioso, esticando-se para tocar seu queixo com a mão livre. — Por que você sente muito, querida?

Ela fechou os olhos.

— Porque não sou corajosa o suficiente para deixá-lo dormir aqui sem as algemas. Que sou muito covarde por recusar seu gesto solidário. Eu sou a egoísta, Jensen. Sinto muito não ser tão forte como você.

A expressão de Jensen suavizou conforme acariciava o rosto dela com a ponta do polegar.

— Já é um começo me deixar ficar em sua cama, com ou sem algemas. Aceitarei este presente, independentemente de como foi dado.

Ela ruborizou com a promessa em sua voz. A promessa de que ele iria lá novamente, de que haveria outra ocasião e que aquela não era uma situação incomum. Não, não aconteceria novamente. Ela não deixaria, pois concordou com aquela loucura em um momento de fraqueza. Fraqueza esta que ela tanto abominava. Porque não queria ficar sozinha, apenas por uma noite. Mas ela *não* permitiria outra vez.

— Pronto para o escuro? — perguntou ela, gentilmente.

Ele assentiu, seu olhar a cobria como um cobertor quente.

Ela se virou para apagar a luz e então voltou, ajeitando-se debaixo das cobertas, tentando não se concentrar no fato de que Jensen estava a poucos centímetros de distância. Ela podia ouvir sua respiração suave. Conseguia sentir seu calor chegando até ela, envolvendo-a em um abraço afetuoso.

— Não vai apagar a luz do *closet* também? — perguntou ele.

Ela estava aliviada que não havia tanta luz para que ele conseguisse ver seu rubor de vergonha.

— Não — disse ela baixinho. — Deixo acesa. Não gosto de dormir na escuridão. Isso o incomoda?

— Qualquer coisa que a conforte não me incomoda — disse ele, deixando-a envergonhada com a declaração.

Jensen a estava deixando confusa. Por semanas ele a atormentou, irritou, encheu seu saco, e agora a estava tratando de maneira tão gentil. Como se ela fosse preciosa e frágil. Ela estava totalmente perdida e, apesar de ele dizer que ela teria total controle aquela noite, ela sentia tudo, *menos* que estava no controle. Sua mente — e seu coração — estava passando por uma situação caótica. Sua cabeça estava trabalhando tão rápido que ela não sabia se conseguiria respirar. Não, definitivamente ela não estava no controle.

Porque mesmo algemado à sua cama, duvidava um pouco de que Jensen não estivesse no controle da situação.

Isso deveria aterrorizá-la totalmente. Ela deveria estar correndo o mais rápido possível para a direção oposta. Mas alguma coisa a impedia. E ela não sabia o quê. Havia a promessa de algo em seus olhos que a fazia querer descobrir *o que* era. E se ela ainda tinha chance de parar de viver o passado e viver o presente.

* * *

Jensen acordou assustado e praguejou como sempre em um sussurro. Kylie estava enrolada como uma bola do outro lado da cama. Fora de seu alcance. Um gemido saiu da garganta dela seguido de sons de terror.

Ela parecia uma criança assustada. E, de muitas formas, ainda *era* a mesma criança vulnerável e assustada que sofrera o abuso nas mãos do pai.

Foi por isso que ele insistiu em ficar com ela. Depois de seu ataque de pânico no restaurante, tinha certeza de que ela teria pesadelos, que seu passado permanecia no fundo de sua consciência, só esperando quando ela estivesse dormindo e vulnerável para atacar.

E ele não conseguia *chegar* até ela, condenado a lhe assistir enquanto ela lutava contra seus monstros invisíveis. Que ideia besta de insistir nas algemas, embora ele teria feito qualquer coisa para ela se sentir segura. Mas agora ele não podia segurá-la, não podia acalmá-la enquanto ela estava sendo torturada pelo medo.

— Kylie. Querida, acorde. Você está segura. Está comigo. Acorde, querida.

Por um momento ela estava muito envolvida em seu pesadelo para responder ao seu pedido gentil. Então, ela acordou com um sobressalto, sentando na cama, com os olhos assustados e arregalados em seu delicado rosto. Ela olhava para frente, puxando os joelhos para seu peito, balançando-se para frente e para trás.

Então, ela enterrou o rosto nos joelhos, e ele conseguia ouvir o som abafado de seus soluços.

Partiu seu coração. Cortou-o em dois. Seu coração estava tão despedaçado quanto o dela, sua agonia e seu coração partido eram o mesmo. Ele nunca se sentiu tão impotente, tão aflito por perceber que aquela mulher frágil e linda ainda era prisioneira de seu passado.

— Venha aqui, querida — disse ele gentilmente, rezando para que ela aceitasse sua oferta.

Para sua surpresa, ela não discutiu e virou quase mergulhando em seu abraço de um braço só. Então, ela se esticou para alcançar o criado-mudo e pegar a chave das algemas, tentou abri-las desajeitadamente, arrancando-as desesperada, até que ele ficasse livre.

Instantaneamente, ele a envolveu com os dois braços, puxando-a contra seu corpo. Ela se agarrou a ele como se fizesse parte dele, seus corações batendo juntos. Seu rosto estava molhado com as lágrimas e sua respiração permanecia irregular enquanto ela tentava se controlar.

— Shhh.... Estou com você — ele a acalmou. — Nada pode machucá-la agora. Juro. Livre-se disso. Não deixe que a controle nem mais um minuto.

Ele acariciou seu cabelo, beijando o topo de sua cabeça, esperando que ela se acalmasse e percebesse que estava segura e que ele estava com ela. Que nada lhe faria mal enquanto ele estivesse por perto.

— Desculpe-me. Desculpe, desculpe — gritava ela, suas palavras abafadas em seu peito.

— *Não*, querida. Não se desculpe. Nunca se desculpe por isso.

Ele deslizou a mão em suas costas até embaixo, afagando e acariciando até sentir que alguns nós de tensão haviam se desmanchado. Ela se encolheu, apoiando-se nele, enterrando o rosto em seu peito.

Seus ombros ainda balançavam e ele sabia que ela ainda estava chorando. Cada lágrima o dilacerava, fazia seu coração doer por todo o sofrimento que ela passara. Pelo sofrimento que ela *ainda* experienciava todas as noites.

— Apenas me deixe abraçá-la — disse ele suavemente, expressando todo o carinho que sentia por ela naquelas palavras. — Volte a dormir agora. Estou com você. Nada pode machucá-la agora.

Ela deu um pequeno suspiro e se ajeitou, seu corpo se abrigava no dele. Suas pernas se entrelaçaram e ela se contorceu como se estivesse tentando ficar o mais perto dele possível.

Ele pensou, por um momento, que ela seguiria sua sugestão e se deitaria para dormir. Mas então ela paralisou. Ele podia sentir seu pulso batendo rapidamente contra seu peito. Ficou tensa como se estivesse juntando coragem para dizer alguma coisa.

Instintivamente, ele apertou os braços em volta dela, oferecendo-lhe um silencioso incentivo.

— Odeio isso — disse ela com a voz arrastada. Uma frase que ela falava milhões de vezes quando o assunto eram suas fraquezas, como ela julgava.

Ele esfregou a mão em seu braço para cima e para baixo, do ombro ao punho, antes de entrelaçar seus dedos com os dela, apertando-os para que ela sentisse o apoio que ele oferecia.

— Odeio *ele* — sussurrou ela. — Pelo que fez comigo. Conosco. Eu e Carson. Odeio minha mãe por largar a gente com ele. Entendo por que ela foi embora. Mas por que nos deixou, sabendo o monstro que ele era? Às vezes penso que a odeio mais do que a ele. O quanto isso é confuso?

Jensen sabia que ele estava vendo um lado de Kylie que ela escondia do resto do mundo. Que ela estava abrindo para ele a parte que escondeu perfeitamente de todos.

Ele estava agradecido e feliz por ela tê-lo escolhido. Ele sabia que era por causa da proximidade e pelo fato de ele ter se oferecido para ficar na cama dela, mas ele faria qualquer coisa que tivesse ao seu alcance para conseguir isso. Na hora certa, ela iria até ele voluntariamente. Iria se abrir para ele sem restrição ou hesitação. Até lá, ele se satisfaria com qualquer migalha que ela deixasse escorregar sobre as barreiras que ela mantinha.

— Não é nada confuso, meu bem. Ela a abandonou. E não só a abandonou como a deixou com um homem que ela sabia que iria prejudicá-la. Você tem toda razão em odiá-la. Torço muito para que você não passe nem um minuto com culpa pelo que sente por sua mãe. Você não deve se sentir culpada por odiar as duas pessoas que deveriam tê-la amado e protegido. Duas pessoas que você deveria ter a oportunidade de procurar quando não pudesse recorrer a mais ninguém. Eles a traíram, Kylie. Você não os trai agora por odiá-los e odiar o que fizeram com você.

— Obrigada — disse ela tão baixo que ele quase não ouviu a dor suave em sua voz.

Ele a apertou, segurando-a, não querendo mais soltá-la.

— Não precisa agradecer, querida. Mas quero que me prometa uma coisa, tudo bem?

Ela se virou em seus braços e afastou a cabeça para olhar para ele, apesar de seus lábios estarem tremendo e ele saber que era difícil para ela olhá-lo nos olhos. Ela se sentia humilhada por deixar que ele presenciasse seu momento mais vulnerável. Fez com que ele quisesse beijá-la ainda mais, mas se recusava a aproveitar-se dela quando estava tão dolorosamente frágil. Faria dele um grande babaca.

Quando ele sabia que tinha toda a atenção dela, passou o dedo em sua bochecha e então pelo seu queixo.

— Pela manhã, quando esta noite não passar de uma lembrança e você pensar em tudo o que aconteceu, prometa que não se arrependerá de nada em nenhum momento. Prometa que não ficará envergonhada ou desconfortável com tudo o que aconteceu entre nós. Prometa que não vai começar a me evitar mais do que já me evita. Algumas coisas são inevitáveis, Kylie. Você e eu somos assim. Independentemente do quanto lute contra isso. Não importa o quanto negue. *Nós* fomos feitos um para o outro. O que você está me dando hoje à noite é muito precioso, e serei para sempre grato por você ter confiado em mim. Por ter me permitido entrar cuidadosamente pelas barreiras que ergueu para se proteger do resto do mundo. Mas eu vi por dentro. Vi você de verdade, querida. E essa é a pessoa que eu quero.

Ela franziu o cenho, prestando atenção, e seus lábios se contraíram e então se abriram, como se ela não conseguisse pensar em uma resposta.

Ele colocou seus dedos naqueles lábios suculentos, sem querer ouvir nada a não ser sua aprovação.

— Prometa — sussurou ele em um tom rouco.

Ela fechou os olhos, mas finalmente assentiu.

— Dê sua palavra, sua promessa. Preciso ouvi-la. Nós dois precisamos. Porque uma coisa que eu sei sobre você, querida, é que é fiel. E honesta. E uma vez que me der sua palavra, não voltará atrás. Então prometa. Quero ouvir. Faça isso por mim.

— Prometo — sussurrou ela, sua voz quebrando a tensão de ter que se render.

Ele se inclinou e encostou seus lábios nos dela. Apenas um beijo suave. Nada como ele realmente queria. Apenas algo quente e reconfortante, que servia para acalmar, e não causar qualquer reação.

— Agora durma, querida. Aqui nos meus braços, onde nada pode machucá-la. Estarei bem aqui. Desta vez, quando sonhar, sonhe comigo.

Ela se ajeitou novamente em seus braços para sua grande satisfação e suspirou suavemente, fechando os olhos conforme descansava a cabeça em seu ombro.

Ele continuou lá acordado por muito tempo depois de ela finalmente ter pego em um sono sem sonhos. Olhando para o teto enquanto refletia o quebra-cabeça que era Kylie Breckenridge. O que ele faria com ela?

Ele sabia que não podia fugir dela, e não se enganava pensando que as coisas iriam, milagrosamente, mudar depois daquela noite. Se havia uma coisa que ela ficaria mais determinada do que nunca era jamais deixar que ele a visse tão vulnerável novamente.

De alguma forma, de algum jeito, ele tinha que quebrar aquelas barreiras. Destruí-las para o bem dela e para se infiltrar em seu coração e em sua alma. Ele já tinha resolvido que valia muito a pena lutar por ela, e sabia que realmente seria uma batalha.

Mas ele não desistiria. Kylie era teimosa. Orgulhosa. Desafiadora. Mas ele era tão teimoso e determinado quanto ela. Pela primeira vez em sua vida, ela encontrara alguém do seu nível. Porque com certeza ele não desistiria. Essa era uma batalha que ele iria ganhar, não importava o quanto custasse.

6

Kylie acordou com uma sensação totalmente incomum. Ela ficou deitada, tentando descobrir o que estava diferente. Ela se sentia... descansada. Sem a duradoura escuridão que os pesadelos provocavam. Ela se sentia... segura.

Foi então que ela se lembrou de que não estava sozinha na cama. Não apenas que não estava sozinha, mas que um homem com o corpo bem definido a estava abraçando de forma protetora e que sua cabeça descansava em seu ombro musculoso.

Jensen.

Ah, meu Deus.

As memórias da noite anterior — memórias humilhantes — passaram por sua cabeça como uma avalanche. Ela tinha sido uma idiota. Se desmoronado totalmente na frente dele. Pelo amor de Deus, ela o algemara na *cama*.

— Se lembre de sua promessa, Kylie.

Sua voz surgiu de seu peito, trazendo com ela outra memória, a da promessa repentina de que não se arrependeria, não se envergonharia ou ficaria acanhada. Não surtaria. Não tinha noção se manteria a promessa porque tudo naquela situação era completamente insano.

— Que horas são? — resmungou ela. Uma pergunta totalmente neutra, que os lembraria que tinham assuntos importantes para resolver aquela manhã que não tinham nada a ver com o fato de estarem na cama, juntos.

— Seis horas ainda — disse ele com uma calma irritante na voz. Ele parecia muito tranquilo pelo fato de estarem entrelaçados como dois ursos pandas.

— Quer café? — perguntou ela enquanto se forçava a se levantar e se afastar, mantendo distância dele.

Ele riu, quase como se já soubesse que ela entraria em pânico.

— Café iria bem. Tomarei uma xícara e então irei direto para minha casa, tomar banho e me trocar. Depois vou voltar correndo e pegar você.

— Não é necessário — disse ela, rapidamente. — Posso encontrá-lo lá.

— Você esqueceu que está sem carro? — Lembrou ele. — Além disso, pensei em almoçarmos juntos depois e discutirmos os resultados da reunião. Depois a levo até o restaurante para pegar seu carro.

Ele fez parecer negócios, tudo negócios, mas ela sabia que era diferente. Havia um tom em sua voz que parecia estar ausente até agora. De alguma forma, mais íntima e... gentil. Ele olhava para ela tão ternamente que fazia seu coração doer, e fez com que ela ficasse mais desesperada por aumentar a distância entre eles.

Ela foi para a beirada da cama e se levantou, indo até o *closet* para pegar seu *hobby*. Seu pijama fazia muito bem o papel de cobri-la, mas ela ainda se sentia vulnerável e queria — e muito — aquela barreira extra de tecido.

— Farei o café em alguns minutos — murmurou ela. — Não tenha pressa. Fique à vontade para usar o banheiro.

Ela se virou antes de poder ver sua expressão, aquele sorriso familiar. Seu mundo parecia se desequilibrar. Ela não tinha ideia de como agir com essa mudança abrupta no seu relacionamento. Qual relacionamento? Ele era seu *chefe*. Bem, um deles. Ela era sua funcionária. Certamente não sua parceira de cama, mesmo que ele tenha passado a noite, ou parte dela, algemado à sua cama.

O calor correu como fogo por suas bochechas. Deus, que humilhante. O que passou pela cabeça dela que a fez algemar um homem à sua cama? O quão fraca era ela que precisava daquilo para se sentir segura? Mais fraca ainda porque, na agonia de seu pesadelo, ela libertou o braço dele para que pudesse segurá-la.

Jensen Tucker a havia segurado, a havia envolvido completamente nele durante toda a noite, e Deus a ajude, ela adorou cada minuto daquilo. Ela não se lembrava de quando havia dormido tão em paz. Ou havia se sentido tão segura. Depois do primeiro pesadelo, quando ele a puxou para seus braços, ela caiu em um sono profundo e sem sonhos, completamente despreocupada com os demônios que a assombravam frequentemente. Quem precisava de terapia? Aparentemente, tudo de que ela precisava era o abraço forte de Jensen Tucker. Não que algum dia ela fosse admitir isso para ele. Isso só daria a ele muito mais poder sobre ela, e Kylie jurou nunca mais deixar alguém ter esse tipo de poder sobre ela. Nunca mais.

Ela se ocupou fazendo café, com pensamentos desequilibrados e caóticos. Ele provocara aquilo nela. O que diabos ele queria? Ele não deixou muito claro o que esperava. Disse que eram algumas das coisas contra as quais ela ainda estava lutando. Ela não fazia ideia do que eram aquelas coisas. Ou talvez soubesse muito bem e era muito fraca para lidar com a situação como uma mulher adulta.

Mas por que parecia que ele a queria? Por que ele sequer se importaria? Ela era uma bagunça. Um caso complexo. E pior, ele sabia disso. Aceitava aquilo tranquilamente como se fosse a coisa mais normal do mundo. Ele queria ser seu... protetor? Com certeza parecia que aceitava esse papel. Se envolvera. Ele nem se afetou pelo fato de que eram... como ele disse? Feitos um para o outro?

Ele era tão louco quanto ela, aparentemente. Dois casos complexos juntos? Certamente seria a receita para o desastre. Ele era forte. Ela, fraca. Não eram os ingredientes para um relacionamento de sucesso, com certeza. E ele era um controlador obsessivo. Ela tinha certeza disso. O mundo dele era meticulosamente bem planejado. Sem caos. Sem bagunça. Ele era tão dominador quanto Tate e Dash, independentemente do que dissera sobre não ser igual a eles.

Pareceu que ele não gostou da comparação, mas ela pôde entender por quê. Ele criava as próprias regras. Certamente não havia dois Jensen Tuckers. Ainda bem, um já era suficiente. Mais do que suficiente.

Ele chegou alguns momentos mais tarde e ela passou os olhos por ele, percebendo sua roupa amarrotada. O fato era que ele ainda vestia as mesmas roupas da noite anterior. Mas mesmo amassado e despenteado, aquele homem era extremamente *sexy*.

Ela podia admitir para si mesma agora. Caramba, passara a noite com ele. Não, eles não fizeram sexo, mas, de alguma forma, o que fizeram foi muito mais íntimo do que sexo. Ele apenas lhe ofereceu conforto. O que ela mais precisava. Ela não seria uma idiota mal-agradecida, mesmo que aquela fosse sua reação instintiva, de autodefesa. Sua reação para qualquer coisa que pudesse machucá-la.

Ela tinha consciência disso. Podia ver a si mesma como os outros provavelmente a viam, e isso a envergonhou. Era um milagre que ainda tivesse amigos, porque Deus sabia que ela não tinha sido uma amiga muito boa. Mas ela podia mudar isso. Começando agora. Ela podia se curvar sem quebrar. Era hora de começar a retribuir o amor incondicional e o apoio que os amigos lhe ofereceram desde que Carson morreu.

Estava tão envolvida em seu próprio luto e sua miséria que havia se tornado uma vaca egoísta. Não gostava muito de si mesma, assim, como poderia esperar que gostassem dela? Por que diabos parecia que Jensen gostava dela? Com certeza não foi nem um pouco receptiva a nenhuma de suas investidas. Ela retribuiu cada gesto de gentileza que ele lhe ofereceu com uma bela grosseria. E, mesmo assim, ele ficou com ela a noite anterior, oferecendo apoio incondicional e inquestionável. *Por quê*?

Ele era masoquista?

Ele se sentou ao balcão e ela empurrou uma xícara de café em sua direção. Por um momento, pairou um silêncio estranho entre eles, mas então ela tomou coragem e enfrentou.

— Obrigada pela noite passada — disse ela em voz baixa. — Significou... muito. Você não precisava fazer isso, mas estou feliz que tenha feito. Que tenha... ficado. Obrigada.

Os olhos dele estavam quentes conforme olhavam para ela, seu olhar atingia seu rosto como se ele a tivesse tocado. Ela quase desejava que fizesse isso. Que a tocasse. Sua pele se revigorou só de pensar e seus pensamentos a levaram à noite anterior. Como foi maravilhoso ficar em seus braços, rodeada pela sua força e a promessa de que nada a machucaria enquanto estivesse com ele.

— Não foi nada, Kylie. Estou feliz em ter ficado, assim você não precisou sofrer sozinha como faz todas as noites, tenho certeza.

Ela ruborizou, sem se preocupar em negar. Ele saberia que estava mentindo.

— Você vai tomar café? — perguntou ele, percebendo que ela não tinha se servido.

Ela balançou a cabeça.

— Não. Já estou nervosa o suficiente. Cafeína só pioraria.

— Deixo você tão nervosa assim? — perguntou ele, suavemente. — Com certeza, depois da noite passada, você já percebeu que não sou nenhum monstro.

Ela sentiu o calor traidor subindo pelo pescoço de novo. — Não, não acho isso de jeito nenhum — disse ela delicadamente. — Isso só é... desconfortável para mim. Você tem que entender. Não deixo que os outros me vejam como me viu ontem à noite. Isso me incomoda. Me sinto... vulnerável, e odeio esse sentimento.

Ele soltou a xícara e alcançou o outro lado do balcão para pegar a mão dela.

— Não quero fazer você se sentir desse jeito, querida. Quero que sinta o contrário. Pode ser você mesma comigo. Eu a entendo. Muito mais do que pode imaginar. Todos temos demônios para combater. Não está sozinha.

Ela levantou a cabeça, curiosa devido ao tom estranho de sua voz.

— E quais são seus demônios, Jensen?

Ele comprimiu o rosto e seus olhos se estreitaram. Instantaneamente, ela se arrependeu de ter feito aquela pergunta inocente, mas ele a tinha visto na pior situação. Ela não merecia saber algo sobre ele? Alguma coisa que o tornasse vulnerável?

Ele olhou a hora no relógio de pulso, claramente se esquivando da pergunta.

— Preciso ir se pretendo voltar na hora certa para dar tempo de pegar você e irmos à reunião. Meia hora é suficiente para ficar pronta?

Ela assentiu.

Jensen se levantou e, para sua surpresa, deu a volta, andou até onde ela estava e a puxou para seus braços. Ele a beijou delicadamente. Só encostou os lábios nos dela, mas ela sentiu o calor dos pés à cabeça. Seu corpo todo estremeceu. Seus seios ficaram pesados e dolorosos, seus mamilos, rígidos. Ela ficou aliviada que o *hobby* disfarçava sua reação a um simples beijo.

— Voltarei logo — murmurou ele.

E então se virou e saiu da cozinha, abrindo e fechando a porta depois de passar.

Ela ficou lá parada por um longo tempo, pousando seus dedos sobre a boca, que estava formigando. O que diabos acabara de acontecer ali? Na noite anterior? No tempo todo que esteve com ele? Como foi possível o relacionamento deles ter tido essa reviravolta dramática?

Ela saiu do estado de transe em que estava e foi direto para o banho se arrumar para a reunião com a S&G. Ela acreditava em si mesma. Talvez pela primeira vez na vida. E ela não decepcionaria nem ele nem ela mesma.

7

— Você foi muito bem hoje, Kylie. Estou muito orgulhoso de você — disse Jensen assim que encontraram um lugar para se sentarem no Lux Café. — O diretor financeiro ficou muito impressionado com suas sugestões. Diria que estamos a um passo de fechar o contrato.

Kylie ruborizou com o elogio e baixou a cabeça, mas ela sabia que seus olhos brilhavam de felicidade. Seu estômago esteve contorcido durante toda a reunião, principalmente quando Jensen a deixou assumir o controle e fazer a apresentação. Ele ficou sentado no fundo, como um espectador, enquanto ela detalhava suas sugestões para minimizar os custos da empresa.

Ela ficou extremamente chocada por ele tê-la deixado assumir uma reunião tão importante. Esse era um contrato grandioso para ele e Dash. Dash provavelmente teria um ataque cardíaco se soubesse quanta liberdade Jensen tinha dado a ela na reunião.

Ficou insegura no começo, mas com o olhar de confiança que Jensen transmitia ela assumiu o controle e falou sobre as recomendações com o diretor financeiro de forma rápida, direta e eficiente.

— Obrigada — disse ela honestamente. — Por me dar essa chance, quero dizer. Significa muito para mim. Não fazia ideia de que conseguiria. Estava aterrorizada.

— Mas não parecia — disse ele. — Você transbordava confiança. Estava com o diretor na palma da mão. Porra, ele provavelmente teria comido na palma da sua mão! Fiquei tentado a dar uma joelhada nas bolas dele se ele não guardasse aquela maldita língua dentro da boca.

Ela franziu o cenho.

— Então, você acha que ele estava tão concentrado porque sou uma mulher?

Jensen riu.

— Não, eu acho que ele estava concentrado porque você é extremamente inteligente, além de ser uma mulher linda. Não me entenda mal, Kylie. Com certeza, sua aparência é fora de série, mas nenhum empresário que se preze tomaria uma decisão importante baseado em atração sexual. Ele pode ter gostado do que viu, mas você chamou a atenção dele por ser inteligente e detalhista.

Ficando um pouco mais calma, ela relaxou na cadeira enquanto o garçom se aproximava para anotar o pedido deles.

— Você não precisa provar nada, Kylie — disse ele com a voz suave assim que o garçom se afastou. — A única pessoa que não acredita em você é você mesma.

Ela baixou o olhar porque ele tinha razão. Ela não tinha a confiança que deveria ter. Mas, que droga, ela queria confiar. Queria tanto que podia até sentir o gosto. Queria pegar o mundo e segurá-lo com as duas mãos. Queria não ter medo de entrar em uma sala como se dominasse tudo. Mas aprendera, desde pequena, a ser o mais discreta possível e chamar o mínimo de atenção para si mesma. Era questão de sobrevivência. Ou autopreservação.

Como se lesse seu pensamento, ele alcançou o outro lado da mesa e entrelaçou os dedos aos dela. O que aquela reação, que não a assustava mais quando ele a tocava, significava para ela? Que ela viria a gostar daquilo. Desejava, até.

— Você vai chegar lá, querida. Não será de uma hora para outra, mas vai conseguir. Consigo enxergar a Kylie verdadeira dentro de você. Sei que ela está aí esperando para se libertar. E vai. Um dia.

— Como sabe tanto sobre mim? — sussurrou ela. — Coisas que nem eu sei sobre mim mesma? Você não trabalha com Dash há tanto tempo assim.

Ele sorriu.

— Observo as pessoas. Eu as estudo. É útil para minha linha de trabalho, bem, para a vida como um todo. Sou bom em ler pessoas. Saber quando são sinceras e quando estão mentindo para mim. E meus instintos dizem que você é uma mulher corajosa e ardente, que enfrentou infinitas adversidades na vida, mas que acabou ficando mais forte.

Ela riu, o som de irritação e não de alegria.

— Mais forte? Discordo disso. Tenho medo da minha própria sombra. Ou você se esqueceu de que o algemei na cama ontem à noite?

A expressão dele ficou suave. Ela amava o jeito que os olhos dele a aqueciam só de olhar para ela.

— Mas você tirou as algemas depois — indicou ele. — Confiou em mim suficientemente para retirá-las mesmo quando estava no momento mais vulnerável. Diria que foi muito corajoso da sua parte.

Ela corou porque ele sempre encontrava um jeito de mudar totalmente seu ponto de vista. Fez com que o que ela considerava ser fraqueza fosse força. Se ao menos ela tivesse tanta confiança em si mesma como aparentemente ele tinha.

— Gostaria de levá-la para jantar amanhã à noite — disse ele casualmente. — Não um jantar de negócios. Um encontro. Você, eu, sem conversas profissionais. Só nós dois, para vermos aonde isso irá nos levar.

— Não há "nós" — soltou ela, atordoada com seu convite.

Ele levantou uma sobrancelha.

— Passei a noite passada em sua cama, meu bem. Diria que isso faz de nós alguma coisa.

— Você não me deu opção — balbuciou ela. — Isso é o básico de um encontro!

Ele sorriu.

— Então esqueça a noite passada, já que a incomoda tanto. Mas você sabe e eu sei que vou voltar lá. É só uma questão de tempo.

Sua garganta ameaçou fechar. Ela mal podia respirar em volta do nó que crescia a cada segundo. Aquele homem a intimidava completamente. Ela percebeu isso quando viu que ele não a assustava. Não fisicamente. No fundo, ela sabia que ele nunca levantaria um dedo para ela. Parecia que só de pensar em alguém ou qualquer coisa a machucando ele já ficava irritado. Mas havia outras formas de machucar. Algumas até mais dolorosas que as físicas.

— Não vou entrar no seu jogo — sussurrou ela.

Seus olhos perderam o brilho brincalhão e paquerador e de repente ele fechou a cara e ficou muito sério.

— Não há nenhum maldito jogo, Kylie. Não comigo, nunca comigo. Você não é um jogo. Você não é um desafio, um troféu para minha cama. Eu não saio fodendo por aí. Não passei a vida comendo inúmeras mulheres e não sou um babaca entediado que vê o fato de ficar com você apenas como uma vitória.

Ela estava sem palavras. Completamente sem palavras. Suas mãos tremiam tanto que ela teve que soltar o copo de água porque estava derrubando todo o líquido.

— O que você quer de mim? — resmungou ela.

Seu olhar estava penetrante e inflexível. Sombrio e implacável.

— Você. Só você, Kylie. E tudo o que você tem para dar.

Ela estava tonta por ter prendido a respiração por tanto tempo e forçou-se a respirar quando começou a ver pontos brilhantes à sua frente. Ela precisou se segurar para não desabar no meio do restaurante.

— Não tenho nada para lhe dar — disse ela suavemente.

Por algum motivo, a aridez em sua declaração a fez querer chorar. As lágrimas queimavam seus olhos, mas ela se recusava a deixá-las cair. Ela não tinha nada a oferecer àquele homem. A qualquer um. Mas certamente não algum como Jensen, que podia ter qualquer mulher que quisesse. Que nunca precisaria procurar por uma companhia feminina. Provavelmente havia uma fila na porta de seu quarto.

— Você está errada — disse ele tão suavemente quanto ela.

Ele não explicou. Só continuou encarando-a com aquele olhar intenso, seus olhos nunca deixavam o rosto dela, assimilando cada pensamento, cada reação. Ela tinha certeza de que ele conseguia ver suas lágrimas brilhando nos olhos, queimando, implorando para cair. Ela engoliu em seco, sua cabeça doía com o esforço de não permitir que ele visse o quanto estava afetada... por ele.

Mas ele sabia. Maldito homem, ele sabia. Pelo menos não era convencido. Não parecia triunfante. Apenas a encarava gentilmente, como sempre fazia, como se soubesse exatamente a batalha que ela estava travando contra si mesma. Vendo cada medo. Escutando cada dúvida. E ainda a queria.

Isso a deixava perplexa e maravilhada ao mesmo tempo.

— É só um encontro — disse ele delicadamente. — Jantar. Talvez um filme. Poderíamos alugar algum e relaxar no sofá. Não vou tentar entrar em suas calças. Ainda — adicionou ele com um sorriso malicioso.

Sua ironia deveria enfurecê-la, mas ela ficou aliviada porque sua piadinha fez com que seus olhos parassem de arder e diminuíssem sua necessidade de enxugá-los.

Era só um jantar. Qual era o problema? Enquanto ela se fazia essa pergunta estúpida, já sabia qual era a resposta. Submeter-se a ele seria como abrir os portões para o exército inimigo. Se desse a ele um centímetro, ele tomaria cada pedaço sangrento.

— Você está começando a ferir meu ego — disse ele resoluto. — Definitivamente não sou tão horrível.

— Não — disse ela baixinho, sem permitir que ele pensasse daquela forma. Ele tinha feito tanta coisa por ela. Tinha sido tão gentil e compreensivo. Havia visto seu pior momento. Como ela poderia pensar que ele era horrível?

— Bom, já é alguma coisa — disse ele, soltando o ar com um alívio exagerado. — Agora, sobre o jantar. Prometo não levá-la de novo ao lugar que combina com velhos babões ricaços. É um encontro?

Ela riu, incapaz de conter a reação. Ele conseguia ser bastante charmoso quando não era observador e intenso — o que era na maior parte do tempo. Por que ela pensava que ninguém mais via esse lado dele? Isso era terrivelmente egoísta da parte dela e mesmo assim esse pensamento não saía de sua cabeça. Ela tinha presenciado o jeito que ele era com os outros. Educado, mas distante. Observador. Sempre atento.

— Tudo bem — cedeu ela, finalmente.

Ela tinha jurado não mais ser covarde, e dar um fora nele seria o ápice da covardia. Especialmente depois da noite anterior. Ela se recusou a pegar suas coisas e fugir mesmo que fosse aquilo que seus instintos gritavam para fazer. Mas era hora de rever sua visão da vida e parar de se esconder ao menor conflito que aparecesse. Ela não podia evitar o resto do mundo para sempre. Talvez, sair com Jensen lhe devolveria um pouco de si mesma. Ou talvez acabaria perdendo cada parte de si mesma para ele.

— Ah, droga — murmurou ela, fechando os olhos.

— O quê?

Ela reabriu os olhos, esperando que ele visse como ela estava sendo sincera.

— Não posso jantar com você sexta à noite.

Ele franziu o cenho.

— Por que não?

Ela suspirou.

— Prometi jantar com a Chessy. Tate está cuidando de um cliente importante e, com Joss fora, ela está se sentindo sozinha. Não posso furar com ela, Jensen. Tate está trabalhando muito e eu me preocupo com ela.

Jensen sorriu para ela.

— Você é uma amiga muito fiel. Ela tem sorte de ter você. Vou deixá-la se safar só se sair comigo no sábado à noite.

Um alívio correu em suas veias.

— Fechado.

— Perfeito, então. Pegarei você às seis e meia. Vista-se casualmente. Quer assistir a filmes na sua casa ou na minha?

Era estúpido aquele pânico que lhe invadia com a ideia de ir para a casa de Jensen. De ficar sozinha com ele em sua casa. Ele ficara sozinho com ela na casa dela! Merda, ele havia dormido na cama dela, abraçou-a firmemente.

— Minha casa — disse ela rapidamente, torcendo para que ele não tivesse percebido o pânico repentino em sua voz e levado para o lado pessoal.

Mas ele apenas deu aquele mesmo sorriso maldito que dizia a ela que sabia exatamente o que ela estava pensando *e* sentindo.

— Na sua casa, então. Se preferir não sair, eu posso cozinhar na sua casa e então podemos assistir aos filmes — disse ele em um tom casual.

Ela franziu o cenho.

— Isso não parece nem um pouco justo. Não deveria ser eu cozinhando para você?

Ele levantou uma sobrancelha.

— Eu a convidei para sair e, se você vai ceder a sua casa, o mínimo que posso fazer é cozinhar para você. Além disso, sou um cozinheiro excelente, modéstia à parte.

Ela levantou as mãos.

— Tudo bem, tudo bem. Você venceu. Me dê a lista de tudo o que precisa que irei ao supermercado no sábado de manhã.

Ele balançou a cabeça.

— Eu vou cuidar disso. Tudo o que peço é que fique sentada e me faça companhia enquanto realizo minha mágica na sua cozinha.

— Realmente parece que só ficarei com a melhor parte deste acordo — disse ela seriamente.

— Pelo contrário — disse ele suavemente. — Eu terei sua companhia. Acho isso muito melhor do que um jantar.

Novamente, ela estava sem palavras, uma aflição que parecia sofrer frequentemente com ele. E o pior é que ele parecia totalmente sincero.

— Juro que não sei o que vou fazer com você, Jensen Tucker — disse ela com uma voz confusa.

Ele sorriu.

— Se você não sabe, ficarei feliz em lhe mostrar.

8

Se Kylie esperava que seu relacionamento com Jensen ficasse restrito ao escritório, ela estava enganada. Ela esperava um clima estranho. Até mesmo desconforto. Ela não era boba e não estava tão determinada a negar aquele sentimento a ponto de conseguir ignorar a atração entre ela e Jensen.

Qual era o velho ditado? Que os opostos se atraem?

No caso deles, havia como eles serem mais opostos? Ela e Jensen eram *polarmente* opostos. Ele era forte, seguro, corajoso e confiante. Nada o destruiria, nunca. Ele respirava autoridade e autoconfiança e ela o invejava por isso. Ela era fraca, covarde, e confiança nunca poderia ser a primeira de sua lista de qualidades.

Ela sentou na cadeira de sua sala, observando um dos muitos relatórios que precisava verificar e devolver a Jensen em uma hora. Mas estava paralisada, sua mente estava em branco. E se ela fosse honesta, o que certamente não tinha sido consigo mesma ainda, admitiria que estava aterrorizada de ter que encontrá-lo.

Eles teriam um encontro na noite seguinte. Ele passara a noite em sua cama. Haviam almoçado juntos, onde ele a chamou para um encontro de verdade. E deixou claro que não teria nada a ver com negócios.

Como ela deveria agir perto dele? Quase riu da ideia de que, de alguma forma, ela estava vivendo um daqueles romances proibidos que lera sobre diretores e suas secretárias. Chefes e suas assistentes pessoais. Na vida real, a maioria das pessoas sabia bem sobre as consequências em misturar trabalho e prazer, e a maioria das empresas tinha regras restritas sobre o envolvimento pessoal entre seus funcionários.

Mas Dash e Jensen não respondiam para ninguém, além de eles mesmos. Eles não eram uma empresa tradicional e Kylie condoía-se pela pessoa que tentasse dizer a eles como administrar seu negócio.

Eles não tinham um manual do funcionário e certamente não havia uma regra sobre o relacionamento de um empregado. Mas isso não significava que Kylie não era uma completa idiota por se envolver com Jensen Tucker.

— Vamos encarar o fato de que ele é seu chefe — murmurou Kylie sombriamente para si mesma. — Esse é o item mais óbvio da categoria "proibido".

Também havia o fato de que ele era a antítese do que ela queria ou precisava em um homem. Ela não conseguia dizer o que realmente queria, apesar de tudo. Porque a verdade era que não procurava se relacionar com os homens. Claro que ela teve alguns encontros casuais aqui e ali, mas havia ficado claro, rapidamente, que os problemas de Kylie não eram cativantes para os homens que a chamavam para sair.

Ela não podia culpá-los. Kylie refletia objetivamente e percebia que ela era difícil. Megera, irritada, defensiva e tímida. Não tinha as características de uma mulher excitante e desejável que fazia os homens caírem por ela a cem passos de distância.

Mesmo assim, era legal pensar em causar aquele efeito nos homens apenas uma vez. Que Kylie realmente podia ter coragem para ser determinada e confiante. Entrar em uma sala como se fosse dominar tudo, se esquilibrando em saltos altos, usando um vestido lindo de morrer e ter todos os homens a desejando.

— Sim, e aí, o que você faria com eles? — perguntou ela com desgosto.

Absolutamente nada. Esse era o problema. Ela fugiria como a covarde que era, enfiaria a cabeça no chão como um avestruz e rezaria para a vida passar por ela e não usá-la mais como um pelourinho.

Quando ela diria *chega*? Ela estava em seus vinte e poucos anos. Ainda jovem, teoricamente, mas havia dias em que ela se sentia muito mais velha. O peso de uma vida toda em suas costas, sufocante e miserável. Sua infância parecia durar uma eternidade, sua prisão se estendia ao infinito.

Em seus piores momentos, quando ela e Carson eram apenas crianças, ela tinha a esperança secreta de que podia acabar com tudo. Aquilo a envergonhava agora só de pensar no quanto esteve perto de tirar a própria vida. Ela era apenas uma criança, e qual criança tinha tais pensamentos tão obscuros e terríveis?

A única coisa que a impediu foi o fato de que Carson ficaria sozinho. Ele, sozinho, teria que aguentar o peso da fúria de seu pai. E ela não permitiria aquilo.

Carson havia se colocado entre ela e seu pai muitas vezes, mas Kylie havia feito o mesmo por ele.

Quando seu pai estava furiosamente bêbado, ele atacava Carson. Eram as outras vezes, quando estava totalmente sóbrio, que ele odiava Kylie e nada que ela fazia estava certo. Tudo era uma infração que teria punição. Carson tentara protegê-la, assim como Kylie o protegia quando seu pai bebia demais e descontava sua raiva nele.

Ela nunca disse para Carson que pensara em se suicidar. Isso teria acabado com ele. Kylie nunca dissera nada a ninguém. Havia sido seu segredo mais obscuro, enterrado sob camadas de mágoa e desespero, mas ainda estava lá. Uma memória que queimava brilhante na mente de Kylie. Uma lembrança do quão perto ela chegara de acabar com tudo.

E ainda parecia que ela escorregava cada vez para mais perto daquele passado negro e sombrio. Parecia estar atingido aquele ponto de acabar com tudo que nunca alcançara. Por que agora?

Ela estava segura em relação a seu pai. Ninguém poderia machucá-la. Ela tinha um lar, sua fortaleza, onde podia se trancar atrás das paredes e ter um porto seguro, sem intrusos do mundo exterior.

A morte de Carson foi um choque para ela. Ainda era um choque. Talvez ela nunca tivesse lidado adequadamente com seu luto. Vivera roboticamente durante todo esse transe, incapaz de compreender que a única pessoa capaz de amá-la e de protegê-la se fora. Que ela estava sozinha no mundo, a coisa que mais temia.

Ela sabia que Carson e Joss seriam sua única família. Que ela não queria uma família para si mesma. Também sabia que Carson não queria filhos, apesar de Joss querer. Ela entendia seu medo. Que, de alguma forma, seus genes infectados passassem para seus filhos. Era um medo que ela também tinha.

Sua própria mãe os abandonou e os deixou com um monstro que ela sabia ser capaz de atrocidades horríveis. Ela não tinha exemplos. Ninguém para admirar. Uma mãe ausente e um pai alcoólatra que abusava deles e era um grande misógino.

Ela balançou a cabeça, apertou os lábios. Não, ela também não queria arriscar tendo filhos. E se ela fosse uma mãe terrível? E se seus filhos se tornassem monstros como seus pais? Só Deus sabia todas as coisas que poderiam dar errado se ela ou Carson tivesse filhos.

Ela estava perfeitamente satisfeita que o nome e o sangue de seu pai morreriam com ela, seu único parente sanguíneo neste mundo. Seria bom se ela pudesse levá-lo para o inferno com ela. Porque Deus sabia que ela vivera um inferno todos os dias, e havia sido assim desde seu nascimento.

— Você terminou aqueles relatórios?

A voz de Jensen que veio do interfone quebrou o silêncio, tirando Kylie de seus pensamentos sombrios.

Ela juntou os papéis freneticamente, observando se tinha, de fato, terminado de verificar a pilha toda.

— Sim — respondeu ela, odiando a entrega em sua voz. — Quer que os leve para você?

— Sim, por favor.

Ela se levantou e pegou os papéis, colocando-os arrumados em uma pilha. Então, ela inspirou o ar profundamente e foi até a sala de Jensen. A porta estava aberta; e ele não estava prestando atenção. Seu olhar estava voltado para o computador e suas sobrancelhas estavam levemente franzidas.

Sua camisa estava desabotoada em cima e sua gravata estava alargada. Ele havia arregaçado as mangas até o cotovelo e seu paletó estava jogado em uma cadeira próxima.

Ele estava totalmente confortável, e enquanto Dash e Carson pareciam confortáveis em roupas finas e abraçavam o mundo que criaram para si mesmos, Jensen parecia menos à vontade. Ele era quieto e reservado, e parecia satisfeito em deixar que Dash falasse a maior parte do tempo.

Mas Kylie podia apostar todo seu salário que Jensen não perdia um único lance. Que conhecia cada cliente, os prós e os contras dos contratos e o trabalho que precisava ser feito.

Ela se aproximou de sua mesa hesitante, sem querer perturbar sua óbvia concentração. Deixou a pilha de papéis na beirada da mesa e se virou apressadamente, pretendendo sair logo dali.

— Kylie, espere — solicitou Jensen.

Ela não ficou surpresa com o fato de ele saber exatamente o momento em que ela passava pela porta. Mesmo que não tivesse dado sinais de que a vira e que continuasse concentrado no que quer que fosse na tela de seu computador.

Ela olhou para cima e o encontrou encarando-a, seu olhar atingindo sua pele como se fosse um toque real. Ela amava o jeito que ele a olhava. Ela amava o jeito que a fazia se sentir. Segura. Protegida. Como se ele se importasse com o que acontecia com ela.

Aqueles olhares eram viciantes. Ela absorveu cada um deles com uma ganância sem pudor.

Seu olhar mudou para um de descontentamento e apreensão, que agarrou o peito de Kylie. Ela detestava qualquer tipo de conflito.

Era de sua natureza evitar isso a qualquer custo e, se ela não pudesse evitá-lo, então acalme-se, acalme-se, acalme-se.

— Há algo errado? — perguntou ela ansiosamente. — Há alguma coisa que posso fazer para ajudá-lo?

Jensen pegou a mão dela, surpreendendo-a, porque ele sempre mantinha um semblante tranquilo no trabalho. Ele gentilmente a apertou e a puxou para mais perto até ela ficar ao lado de sua cadeira, de costas para sua mesa. Empurrou sua cadeira para que pudesse olhar diretamente para ela.

— Preciso sair da cidade na segunda. Pegarei o voo de volta na quarta à noite, então estarei de volta ao escritório na quinta de manhã.

Ela assentiu, perguntando-se por que aquilo o estava incomodando. Certamente não era incomum para ele e Dash ficarem fora.

— É o contrato da S&G — continuou ele. — O diretor financeiro ficou muito impressionado e quer que sigamos em frente com nossa proposta. Quer que eu vá a uma reunião com o diretor executivo e todos os outros diretores em Dallas. O contrato é nosso. Estamos a um passo de sermos aprovados por todo mundo. E é claro que eles querem encontrar comigo... conosco.

Foi então que ele fez uma careta e passou a mão pelo cabelo.

— Este contrato é seu, Kylie. Você deveria estar indo para lá. Não eu. No mínimo, você deveria ir comigo. Mas, com Dash fora, não podemos deixar o escritório abandonado por três dias.

— É claro que não — disse Kylie, chocada com o fato de ele ter considerado aquilo. — Meu trabalho é administrar o escritório, Jensen.

— Mas você merece isso — disse ele, seus lábios ainda estavam franzidos. — A maioria das sugestões foi sua, mesmo que estivessem de acordo com as minhas. Você se comportou muito bem na reunião com o diretor financeiro. Tenho certeza de que teria toda a empresa na palma das mãos se fizesse a apresentação.

Ela balançou a cabeça, mais agradecida do que nunca com seu elogio, mas ao mesmo tempo em pânico com a ideia de apresentar a proposta sozinha. Sem Jensen lá para apoiá-la. Ela até gostava da ideia de se libertar de sua concha e dominar o mundo um dia, mas não seria hoje. Nem amanhã, de qualquer forma.

Passos de um bebê, ela se lembrou.

— Então você estará fora segunda, terça e quarta-feira — disse ela, delicadamente. — Acredito que consigo segurar a barra enquanto estiver fora.

— Ah, eu sei muito bem — disse Jensen, com um tom sério. — Mas, que droga, eu queria você comigo.

Kylie arregalou os olhos quando finalmente ficou claro o motivo de sua irritação. Ele não queria deixá-la para trás, mas eles ainda não tinham escolha. Não contrataram uma equipe completa, apesar de Kylie estar procurando contratar um ou mais assistentes administrativos. Na verdade, os dois homens precisavam de assistentes pessoais. Funcionários que viajariam com eles, trabalhariam lado a lado e cuidariam tanto de suas questões pessoais quanto profissionais.

O trabalho de Kylie era administrar o escritório. Assegurar que tudo correria bem, que as coisas fossem feitas na hora certa e as contas a receber fossem realizadas na data. Mas ela agia como uma assistente pessoal de ambos em vez de apenas administrar o escritório, e eles definitivamente fingiam não perceber. Havia trabalho suficiente para dois ou mais funcionários, mas nenhum deles parecia ter interesse em contratar alguém. Juravam gostar do trabalho que Kylie fazia para eles e pareciam satisfeitos com os serviços que ela fornecia.

Ela fez uma anotação mental de pedir aumento se não tivesse um automático em sua revisão anual de desempenho, que seria em apenas algumas semanas. Ela merecia. A antiga Kylie nunca arriscaria isso. Continuaria com o mesmo salário e não reclamaria quando acumulasse mais um trabalho. Qualquer coisa para manter a paz ou se manter longe do conflito.

A nova Kylie? Sabia que valia mais do que seu holerite refletia. Não que os dois homens desfizessem dela. Ela se sentia reconhecida.

Ambos se mobilizaram para dizer a ela que estava fazendo um bom trabalho e que não podiam administrar tudo sem ela.

A nova Kylie seria rápida, eficiente e corajosa. Ela pediria um aumento. E não um pequeno aumento.

Tinha metas como qualquer outra pessoa. Queria uma nova casa, não no mesmo bairro de Dash, Joss, Tate e Chessy. Jensen morava a apenas um quilômetro de distância em outro condomínio fechado luxuoso. Era hora de ela se libertar. Não ser tão dependente das pessoas ao seu redor, e que eles não tivessem que cuidar dela constantemente.

Kylie se sentia uma fraude vivendo onde vivia. Carson insistira que ela morasse perto dele. Onde ele pudesse vigiá-la, protegê-la. Assim como sempre havia feito. E ela o decepcionou quando ele mais precisou. Deveria ter sido ela. Não ele. Ele tinha Joss. Alguém que o amava e alguém que ele adorava além da razão. Kylie não tinha ninguém. Só Carson, e Joss por consequência.

Deveria ter sido ela.

Não tinha nada a ver com um desejo de morte. Não desde quando era uma garotinha e teve aquele momento horrível em que considerou que ficaria sozinha, protegida, longe da violência e do tumulto de todos os dias de sua vida se apenas se rendesse e pegasse o caminho mais fácil de saída, quando cogitou seriamente em desistir e acabar com a própria vida.

— Que diabos está passando pela sua cabeça? — murmurou Jensen.

Ela olhou culpada em sua direção, sabendo que não estava lhe dando a atenção que merecia como chefe. Um calor aqueceu suas bochechas. Vergonha. De apenas permanecer com aqueles pensamentos horrorosos do passado.

— Nada que valha a pena compartilhar — disse ela sinceramente.

Jensen balançou a cabeça.

— Um dia desses, você vai confiar em mim o bastante para compartilhar esses pensamentos obscuros que parece ter frequentemente. Pode pensar que os esconde do mundo, e talvez o faça, mas não de mim. Vejo através dessa fachada, Kylie. E não quero assustá-la. Quero que confie no fato de que nunca a machucarei. Nunca farei nada para lhe causar dor.

Ela engoliu em seco e assentiu, não sabendo o que fazer. Como ela podia explicar que algumas coisas apenas não eram para ser compartilhadas? Mesmo que ele pensasse que conhecia seu passado, não tinha como saber de tudo. Porque ninguém sabia. Nem mesmo Carson.

— Tudo ficará bem — disse ela, calmamente. — Você vai selar o acordo com S&G e eu mantenho as coisas no lugar aqui no escritório. Dash voltará em uma semana. Ele e eu costumávamos administrar o escritório sozinhos, então certamente sou capaz de administrar as coisas sozinha enquanto você está fora.

— Não é essa a questão — disse ele, pacientemente. — Você merece isso, Kylie. Você deveria ir. Não eu.

Ela ficou pálida, balançando a cabeça em negação ao comentário.

— Agradeço a oportunidade. Agradeço sua confiança em mim, Jensen. Mas você fez o bastante. Me deixou ajudar com a proposta. Isso é suficiente. Não me sentiria confortável em apresentá-la para os outros diretores. Isso é sua especialidade. Não minha. De maneira alguma quero a responsabilidade de perder um contrato como esse porque não tenho experiência suficiente.

O olhar dele expressava compreensão e causou nela aquele arrepio característico que sentia toda vez que ele a olhava daquele jeito.

— Vamos fazer você chegar lá, querida. Talvez não agora, mas na hora certa, definitivamente. Planejo ter uma longa conversa com Dash sobre seu cargo nesta empresa quando ele voltar.

Seus olhos se arregalaram. Um protesto já estava se formando em seus lábios, mas Jensen a calou com um olhar.

— Você não vai mudar meu pensamento sobre isso.

Seus lábios formaram um sorriso sem graça.

— Tudo o que eu ia pedir era um aumento, um grande aumento, na minha próxima revisão de desempenho. Acho que isso teria demandado toda minha assertividade por, no mínimo, um ano.

Jensen tentou segurar o riso.

— Você terá seu aumento, e, se posso arriscar, uma promoção virá por aí. O que significa que procuraremos outro assistente administrativo no mercado, porque você trabalhará mais perto de mim e de Dash e não terá tempo de cuidar das outras coisas.

Ela franziu o cenho devido àquele comentário. Era possessiva quando o assunto era o escritório. Era seu território. Ela administrava tudo. Organizava. Conhecia os prós e os contras melhor até que Dash e Jensen. Era ela quem mantinha tudo correndo bem. Gostava de ser indispensável. De sentir que tinha valor.

— Você é melhor do que uma simples assistente administrativa, Kylie. Você tem formação. Certamente é inteligente. Tudo do que precisa é confiança. Assim que tiver confiança, ninguém será capaz de pará-la. Posso lhe garantir.

Ela ruborizou novamente, um brilho quente envolvendo-a. Ele parecia completamente confiante em suas habilidades, e se ele confiava tanto assim ela não deveria confiar também?

— Obrigada — disse ela suavemente.

Ele sorriu para ela e ela se moveu, sabendo que tinha passado muito tempo em sua sala sendo que tinha muito trabalho a fazer.

Ela se virou para sair e o chamado de Jensen a fez parar.

— Divirta-se com Chessy hoje à noite. Vejo você amanhã. Na sua casa. Seis e meia.

Era um lembrete do encontro deles. E o jeito que ele disse esse lembrete ocasional mostrou que provavelmente ele pensou que ela voltaria atrás ou viria com alguma desculpa.

Mas ela não fez nenhum dos dois. Ela se virou, fazendo com que a perturbação que sentia não ficasse evidente. Respondeu da forma mais calma que conseguiu.

— Vejo você às seis e meia, então.

9

— E aí, quais são as novidades? — perguntou Chessy enquanto estavam sentadas no lugar favorito delas no Lux Café.

Por todas as vezes que elas comeram ali e solicitaram o mesmo lugar, deveriam ter seus nomes gravados ali. Certamente, não era a primeira vez que aquele garçom as atendia e não perguntou onde queriam se sentar. Ele só as acompanhou até a mesa no canto assim que elas passaram pela porta.

Kylie se sentou, se perguntando se Chessy conseguia ler seus pensamentos. Porque, normalmente, Kylie nunca tinha nenhuma "novidade" para contar. Ela sempre apenas escutava qualquer coisa que estivesse acontecendo com Joss e Chessy e falava sobre qualquer coisa que elas quisessem conversar.

Agora que Chessy havia focado em Kylie, ela estava perdida sobre o que fazer. Elas eram amigas, o que significava que podiam compartilhar detalhes íntimos. Segredos. Fofocas. Coisas que não contariam a ninguém mais. Só que Kylie nunca se abrira completamente no relacionamento delas.

— Nada de mais — disse Kylie, delicadamente. — O mesmo de sempre. O trabalho está me mantendo ocupada.

Chessy a analisou, seus olhos verdes brilhando maliciosos.

— Há alguma coisa diferente em você. Não coloco minha mão no fogo por isso, mas meu primeiro palpite seria um homem.

Kylie ruborizou o corpo inteiro até a raiz de seus cabelos. Bom Deus, salve-a de todos os amigos intrometidos e sabem-tudo. Sem Joss, a pacificadora, a protetora, Chessy iria grudar em Kylie e não sairia enquanto não soubesse de tudo.

— Ai, meu Deus, estou certa, não estou? — Chessy se vangloriou.

Ela se inclinou para frente, com seus olhos ardentes de forma travessa e curiosa.

— Desembuche — exigiu Chessy. — E não deixe nenhum detalhe de fora.

Kylie suspirou, mas, ao mesmo tempo, um calor invadiu suas veias. Era isso que acontecia quando se tinha amigas. Ela nunca sentiu realmente que se aproveitava de sua amizade com Joss e Chessy porque nunca tinha nada para contar. Mas agora?

A questão era se ela queria que Chessy soubesse quando ela mesma não tinha noção de o que aconteceria entre ela e Jensen.

— Não sei — disse ela, sinceramente.

A preocupação apareceu nos olhos da amiga.

— O que está acontecendo, querida?

— É o Jensen — soltou Kylie.

Chessy arregalou os olhos.

— Jensen Tucker? O Jensen que trabalha com Dash?

Kylie assentiu.

— O próprio.

— Uau — murmurou Chessy. — Você tem o olho maior do que a barriga! Aquele cara me intimida.

— Junte-se a ao clube — falou Kylie, arrependida. — Não tenho ideia do que ele quer de mim. Mas ele é diferente comigo. Quero dizer, diferente de como é com todo mundo.

Chessy deu um sorriso irônico.

— Bem, uma mulher, a mulher certa, pode fazer isso com um homem. Mas explique esse *diferente*. O que você quer dizer?

Kylie suspirou de novo, sabendo que Chessy não descansaria até sugar cada detalhe dela.

— Marcamos um encontro. Amanhã à noite. Ele quis enfatizar que era um encontro. Sem conversas profissionais. Nada a ver com o escritório. Um encontro de verdade. Ai, meu Deus, só de dizer isso já fico desesperada.

— Você *quer* sair com ele ou ele a pressionou em fazer alguma coisa que não quer?

Chessy franziu o cenho, claramente de um modo protetor.

Kylie sorriu.

— Eu concordei. Talvez precisem examinar meu cérebro, mas, sim, quero sair, apesar de não irmos especificamente a nenhum lugar. Ele vai cozinhar para mim na minha casa. E depois vamos ver filmes. Não é exatamente um encontro animado.

— Parece perfeito — disse Chessy melancolicamente. — Estou cansada de comer fora toda vez. Parece que Tate sempre está fazendo sala para um cliente e ele gosta que eu esteja com ele quando posso. Uma noite ótima em casa, sozinhos, ele fazendo o jantar para mim e depois passar a noite no sofá? Paraíso.

Kylie franziu o cenho e se inclinou para frente. Ela estava preocupada com a amiga havia meses. Ela e Joss estavam preocupadas com Chessy e seu casamento com Tate. Chessy era sempre alegre. Ela podia aquecer até o coração mais frio. Era muito boa, naturalmente amorosa e generosa. Mas ultimamente? A luz estava extinta de seu olhar. Ela parecia... infeliz. E isso incomodava muito Kylie.

Kylie até pensou que Tate estivesse abusando dela de algum jeito, apesar de Joss ter enfatizado que isso não era uma possibilidade. Mas Joss não havia visto o lado mais sombrio dos homens como a Kylie. Ela sabia que, às vezes, por trás de uma aparência perfeitamente elegante, mora um monstro.

— Está tudo bem entre você e Tate? — perguntou Kylie abruptamente, perguntando afinal o que ela e Joss tinham se perguntado secretamente pelos últimos meses.

Chessy parecia assustada, mas foi sua hesitação que mostrou a Kylie que tinha tocado no cerne da questão. Chessy não negou imediatamente, nem ficou horrorizada com a ideia. De fato, ela não disse nada. Ficou apenas sentada com aqueles olhos tristes.

— Está tudo bem — Chessy finalmente disse de forma suave, apesar de seus lábios não estarem sorrindo. — Acho que apenas estou me sentindo sozinha. Vejo Tate tão pouco e... isso não é verdade. Vejo Tate, mas nunca em particular. Sempre estamos entretendo os clientes ou em um lugar público. Não temos tido um tempo juntos, se entende o que quero dizer.

— Mas você está feliz? — insistiu Kylie.

Chessy olhou para baixo, sem encontrar o olhar de Kylie.

— Não — disse ela suavemente. — Não agora, pelo menos. É bobagem. Estou sendo egoísta. Tate cuida bem de mim. Ele está se matando de trabalhar porque quer dar o melhor para mim. Para nós. Para eu nunca precisar de nada. Mas tudo de que preciso é ele, Kylie. Não de dinheiro. Nem de coisas. Só preciso dele e de que as coisas sejam do jeito que sempre foram.

— Isso não é egoísmo — disse Kylie. — Você falou com ele? Disse a ele como se sente?

Chessy balançou a cabeça.

— Não posso. Acabaria com ele se pensasse que está me deixando descontente quando sua intenção é me fazer feliz. Só tenho que aguentar. As coisas vão melhorar. Casamento não é fácil. Se fosse, não haveria tanto divórcio, e a última coisa que quero é colocar minhoca na cabeça de Tate. Não quero isso. Só quero ele. Eu o amo tanto.

Kylie apertou a mão da amiga.

— Sei que você o ama. E sei que ele a ama. Vai dar certo, Chessy. Você precisa acreditar nisso. Você ainda pensa que ele a está traindo? Sei que isso era uma preocupação, apesar de breve, e você não quis questioná-lo temendo o que aconteceria se ele pensasse que você duvidava dele.

Apesar de Joss ter sido a primeira pessoa para quem Chessy contou isso, Chessy falou sobre esse assunto depois com Joss e Kylie juntas, mas só depois de ter feito Kylie jurar que não brigaria com Tate por causa disso. Kylie era mais do tipo de mulher que enfrentava o problema e tirava satisfação, não tão doce e compreensiva quanto Joss. E, bem, talvez Kylie *tivesse* enfrentado Tate se Chessy não tivesse exigido que prometesse. Ela detestava a ideia de que sua amiga estivesse sendo machucada de qualquer jeito. E ela sabia, independentemente do motivo, que Chessy não estava feliz, e odiava que não pudesse fazer nada por sua amiga.

Kylie nunca admitiu para Chessy que ficou preocupada achando que Tate abusava dela. Ela apenas compartilhou aquele medo com Joss. Agora ela estava grata por não ter feito isso porque talvez pudesse acabar de vez com o relacionamento da amiga. Kylie foi acostumada a acreditar no pior das pessoas. Provavelmente ela estava exagerando. Ela não acreditava realmente que Tate era capaz de abusar de Chessy, mas isso era o que acontecia com muitos homens abusadores.

Chessy balançou a cabeça.

— Eu estava sendo tola e emotiva. Não acredito de verdade que ele tenha me traído. Não posso me permitir pensar nisso ou essa pulga atrás da orelha vai me deixar louca. Além disso, quando ele teria tempo de se encontrar com outra mulher? Sei que me ama. Realmente sei. Só está difícil agora. Queria começar a tentar engravidar. É o que nós dois queremos, ou queríamos. Agora não tenho tanta certeza. Tate não tem falado sobre isso ultimamente. Na única vez que toquei no assunto, ele disse que preferia esperar até que seu negócio estivesse mais estável. Então não falei sobre isso novamente. E talvez eu apenas esteja procurando por algo que preencha o vazio, assim eu não fico sozinha o tempo todo. O que é um motivo bem idiota para se ter um filho.

Kylie fez uma careta para mostrar solidariedade. Mas concordava que Chessy deveria esperar. Porém, Kylie não estava totalmente convencida de que as coisas iam bem, mesmo Chessy tentando fazer parecer que sim. Ter um filho no meio de uma situação incerta só pioraria tudo. Se Tate ficava tão ausente, como Chessy lidaria com a responsabilidade de ser mãe de primeira viagem sem seu marido para apoiá-la?

Mas ela manteve aqueles pensamentos consigo mesma porque não queria deixar Chessy mais triste do que já estava. Seu coração doía pela amiga. Solidão era um sentimento com o qual Kylie estava intimamente familiarizada.

Ela fez uma anotação mental de passar mais tempo com Chessy, principalmente enquanto Joss estivesse em lua de mel.

— Mas vamos voltar para você e Jensen — disse Chessy, com o brilho de provocação de volta no olhar. — Que diabos aconteceu para que vocês marcassem de sair? É um daqueles romances empresariais que lemos nos livros?

Kylie bufou.

— Primeiro, achei que ele era um maldito arrogante com a única ambição de tornar minha vida miserável. Ele me disse que eu estava um lixo. Que ótima abordagem para me chamar para sair, certo?

Chessy parecia escolher as palavras cuidadosamente.

— Ele não estava totalmente errado, querida. Você realmente parece... cansada. Você tem tido pesadelos de novo?

Kylie deu de ombros mostrando indiferença.

— Quando eu não tenho pesadelos? Não é algo que você simplesmente para de ter, você sabe.

Ela detestava quando falavam de sua vida pessoal. Ficava muito mais confortável falando sobre Chessy ou Joss e o que estava acontecendo com elas. Ela quase nunca falava voluntariamente de alguma informação pessoal porque não queria que suas amigas ficassem preocupadas. Elas sabiam sobre sua infância. Joss sabia por causa de Carson, e Chessy ficou sabendo depois que elas ficaram amigas. Mas saber disso não lhes dava o direto de especular sobre o assunto.

— Sim, eu sei, e sinto muito — disse Chessy. — Queria que tivesse algum jeito de ajudarmos você. Já pensou em ir a algum terapeuta? Em tomar remédio?

— Agora você está parecendo Jensen — murmurou Kylie.

— Querida, pedir ajuda não lhe torna fraca — disse Chessy delicadamente.

Chessy sabia muito bem que Kylie não gostava de parecer fraca. Era uma das coisas que Kylie confessou para suas melhores amigas. Ela detestava se sentir impotente, como se não estivesse totalmente no controle de sua vida e das coisas ao seu redor. Droga, talvez ela precisasse de um psiquiatra, mas a ideia de compartilhar segredos profundamente sombrios que ela nunca havia contado a ninguém com um completo estranho a aterrorizava.

Kylie balançou a cabeça.

— Não consigo, Chessy. Não espero que você entenda. Merda, mal entendo a mim mesma. Mas a ideia de permitir que um completo estranho entre em minha mente me deixa muito assustada. Acho que eu só pioraria as coisas, não melhoraria.

— Você pode conversar comigo, sabe disso — disse Chessy baixinho. — Sabe que eu nunca trairia sua confiança. Não diria nem a Joss se você não quisesse. E com certeza não contaria nada ao Tate.

— Eu amo você — disse Kylie sinceramente. — Não sei o que faria sem você e Joss. Não sei por que vocês me aturam. Sei que sou grossa e mal-humorada. Me deixa confusa vocês quererem ser minhas amigas. Eu disse algumas coisas horríveis. Apenas se lembre do quanto insultei Joss quando ela e Dash ficaram juntos. Ainda fico envergonhada quando penso nisso. Joss não merecia meu sarcasmo. Agi como uma megera odiosa.

Chessy sorriu, seus olhos ficaram suavemente amáveis. Amor incondicional, puro. Algo que Kylie nunca tinha presenciado exceto com Carson. Ainda a perturbava. Às vezes, até a incomodava, o que acabava sendo uma bagunça quando pensava sobre isso. Mas a pura verdade era que ela não sabia como lidar com tal devoção e fidelidade porque nunca teve isso.

— Você é uma pessoa maravilhosa, Kylie. E uma amiga muito fiel e amável. Joss e eu temos sorte de ter você. E, caramba, ninguém é perfeito. Nós todas fomos megeras uma com as outras em algum momento. É assim que a amizade funciona. Você magoa as pessoas que mais ama, mas depois se desculpa e perdoa e segue em frente, ainda mais amigas do que antes. Joss certamente não guarda nenhuma mágoa sobre as coisas que você disse. Ela sabia que você estava triste e fora de si. Droga, nem imaginei que aconteceria aquilo. Ela e Dash? Ou que Dash sentia alguma coisa por ela por tanto tempo? Quero dizer, como eu lhe disse no começo, houve uma época em que suspeitei, mas então muito tempo se passou e Dash nunca fez nada então pensei que tivesse imaginado o jeito que ele olhava para ela. Acho que pegou todos nós de surpresa. Até Tate.

— Você me diria se as coisas piorassem entre você e Tate, não é, Chessy? — perguntou Kylie. — Você sabe que eu faria qualquer coisa ao meu alcance para ajudá-la.

A tristeza apareceu nos olhos de Chessy novamente e Kylie amaldiçoou o fato de ter arruinado seu humor. De novo. Ela e sua boca grande. Ela teria que trabalhar seriamente a parte de ser arrogante e mal-humorada de sua personalidade. Suas amigas não mereciam isso dela. Elas mereciam o melhor. Elas mereciam a pessoa que Kylie esperava se tornar.

— Obrigada pela oferta, querida, mas não vou fazer nada e tenho certeza de que Tate também não. Vou amarrá-lo na cama, se for necessário, sem me importar que geralmente é ele quem me amarra na cama.

Os olhos de Chessy brilharam com alegria e Kylie deu um suspiro de alívio que o humor dela tenha melhorado.

Kylie sorriu misteriosamente.

— Tudo bem, tenho mais uma para você então. Nunca poderá me acusar de esconder alguma coisa de você depois que eu lhe disser isso. E se contar a alguém, eu mato você!

— O quê? — exigiu Chessy. — Isso tem que ser bom se está falando tão sério assim.

Kylie riu.

— Você vai rir. Eu não consegui rir na hora. Estava bem assustada. Mas agora? Tenho que admitir, é bem engraçado, principalmente pelo tipo de cara que Jensen é.

— Não me faça arrancar de você! — resmungou Chessy. — Fale logo!

— Tá bom. Então, Jensen queria que eu trabalhasse com ele em um contrato. Isso me chocou completamente. Quero dizer, sou assistente administrativa. Não me envolvo realmente nas negociações com os clientes. Só que ele queria minhas sugestões. E ele as considerou, de verdade. Depois, insistiu que eu fosse com ele à reunião. Então nós nos encontramos no Capitol Grill na noite anterior para discutirmos a proposta final.

— E? — disse Chessy, inclinando-se para frente ansiosa para saber o resto.

Kylie fez uma careta.

— Eu surtei. Quero dizer, surtei completamente. Vi alguém que me lembrou meu pai. Fico tão envergonhada de pensar nisso agora, mas para mim foi tão real. Era como se eu estivesse olhando para ele. Ele estava a apenas algumas mesas de distância e eu me descontrolei. Colapso total e ataque de pânico.

— Oh, querida, sinto muito — disse Chessy com o rosto expressando solidariedade.

— Então Jensen ficou todo preocupado e entrou no modo protetor.

— Ok, pare um pouco e me deixe imaginar essa cena — disse Chessy, arrepiando-se em um prazer exagerado. — Porque isso é muito bom para não imaginar.

Kylie riu.

— Naquela hora eu não percebi, mas, sim, ele é realmente impressionante no modo protetor. Não é o tipo de cara que chamaria a minha atenção mas, tenho que admitir, ele me fez sentir... segura.

Chessy sorriu.

— Conheço muito bem esse sentimento. Tate me faz sentir do mesmo jeito. Apenas me sinto... segura. Como se nada pudesse me machucar. Como se ele fosse enfrentar tudo e nunca permitiria que acontecesse algo comigo. Então? Continue. O que aconteceu depois?

— Ele me levou para casa e eu estava totalmente pronta para agradecê-lo, dizer "boa noite", me enfiar no quarto e morrer de vergonha. Só que ele insistiu em ficar. E não só ficar, mas também dormir em minha cama.

Chessy arregalou os olhos.

— Puta merda. Vocês transaram?

Kylie balançou a cabeça.

— Não, e aqui que começa a ficar engraçado. Na hora? Não tanto. Mas agora, sim, consigo rir disso.

— Sou toda ouvidos.

— Ele foi tão gentil e compreensivo. O jeito que olha para mim. Não consigo explicar. Faz com que eu fique quente por dentro, sabe?

— Sim, eu sei.

— Ele me disse para algemá-lo na cama para eu me sentir segura com ele. Para que eu soubesse que ele não me machucaria.

Chessy quase engasgou com o chá que estava bebendo. Ela colocou a xícara na mesa, sua boca continuou aberta.

— E você?

Kylie assentiu.

— Puta merda — soltou Chessy. — Agora, esse é um cara que eu nunca imaginei que desistisse do controle. Principalmente para uma mulher. Quero dizer, ele parece totalmente dominador. Como Tate e Dash, sabe?

Kylie assentiu.

— Sim, eu sei. Estava chocada. Mas também estava assustada por não saber o que fazer. Parte de mim queria que ele fosse embora para que eu me aconchegasse na cama, cobrisse a cabeça e morresse de vergonha. A outra parte realmente não queria que ele saísse, mas, ao mesmo tempo, ele na minha cama estava me fazendo surtar.

Os olhos de Chessy suavizaram com compreensão.

— Acho muito legal ele ter oferecido isso. Quero dizer, ele se colocou em uma situação vulnerável por você. Para que se sentisse segura. Isso é maravilhoso.

— Sim — disse Kylie suavemente. — Então ele foi para a cama, totalmente vestido, e eu em meu pijama de avó. Algemei uma de suas mãos porque realmente parecia desconfortável, e eu estava humilhada, pois o único jeito de deixar um homem dormir em minha cama era algemá-lo e deixá-lo impotente.

— Nunca sinta vergonha da sua necessidade de se sentir segura, querida.

Kylie bufou.

— Então, nós dormimos, só que eu tive um pesadelo com meu pai. Ver alguém que se parecia com ele tão próximo de mim no restaurante fez com que trouxesse tudo à tona novamente, e então Jensen estava falando meu nome. Dizendo para eu acordar, que eu estava segura com ele. E eu não sei. Meio que surtei. Me joguei nos braços dele, apenas uma de suas mãos ainda estava algemada à cama e a única coisa que eu pensava era em ter seus dois braços em volta de mim. Então abri as algemas e ele me segurou. Só me segurou e me disse para voltar a dormir, que nada poderia me machucar, que ele não permitiria aquilo. Então, dormimos daquele jeito pelo resto da noite e eu jamais teria uma noite melhor se não estivesse em seus braços.

Chessy sorriu.

— Isso é esplêndido, Kylie. Ele parece delicioso. Tão gentil e tão cuidadoso. Quero dizer, o que mais você pode querer? O cara é lindo de morrer, extremamente macho alfa e protetor. E ele fez concessões gigantescas por você para que se sentisse segura. Colocou você e suas necessidades à frente das dele. Não são muitos caras que estão dispostos a fazer isso.

— Eu sei — disse Kylie delicadamente. — E a questão é, Chessy, que eu me sinto segura com ele. Não consigo explicar. Ele é o tipo de cara que me aterrorizaria, do qual eu normalmente manteria distância. Mas, o jeito que ele olha para mim, como ele age quando está comigo... me derreto toda. É ridículo.

— Não é ridículo — contestou Chessy. — Para mim, você está se saindo uma completa vencedora. Então, vocês vão sair amanhã à noite?

— Bem, ele queria sair hoje à noite, mas eu disse para ele que tinha planos de jantar com você para que ele mudasse para sábado. E depois ele estará fora da cidade pelos três primeiros dias da semana que vem. Acho que isso vai me dar tempo suficiente para pensar em nosso encontro e descobrir o que diabos estou fazendo e se estou prestes a ficar louca — disse ela abruptamente.

— Você deveria ter me ligado! — exclamou Chessy. — Poderíamos ter marcado para outro dia.

Kylie balançou a cabeça inflexivelmente.

— Não. Amigos vêm primeiro e eu estava preocupada com você, Chessy. Sei que tem ficado sozinha e sei como é isso. Não quero que se sinta assim nunca. Você vem primeiro.

— Você não é a megera que fala que é — disse Chessy determinada. — Você tem o maior coração de todas as pessoas que conheço, querida. Se eu a ouvir se rebaixar novamente, vou lhe dar uma surra. E a amo por isso, mas daqui pra frente? Se tiver oportunidade de sair com espécies deliciosas de homens másculos como Jensen? Nós *vamos* marcar para outro dia. Você e eu podemos sair a qualquer hora. Acho maravilhoso que esteja se aventurando no mundo dos encontros. Já era tempo, Kylie. Você está pronta. Precisa fazer isso por si mesma. Provar para si mesma que nem todos os homens são babacas.

O coração de Kylie se encheu de amor por sua amiga. Ela sentia falta de Joss e estava ansiosa para que retornasse, apesar de isso ser egoísmo de sua parte, já que Joss estava em lua de mel e deveria aproveitar cada minuto. Mas Kylie amava Chessy e Joss. Elas eram consistentes. Sua âncora depois que Carson morrera. As duas únicas pessoas que mantiveram sua sanidade e lhe deram um motivo para continuar vivendo.

Elas não sabiam disso. Talvez nunca soubessem o quanto Kylie dependia delas. Mas ela não conseguia imaginar sua vida sem elas.

— Vou tentar — disse Kylie, verdadeiramente. — Estou cansada de ser covarde. De me esconder do mundo. Talvez Jensen seja o cara certo. Talvez não. Mas, no mínimo, ele é a oportunidade que tenho de treinar minha coragem.

— Essa é minha garota — disse Chessy. — E você sabe que eu vou querer ouvir todos os detalhes suculentos no domingo. Se não me ligar, com certeza vou até você. Mas à tarde. Você sabe, no caso de Tate resolver dormir fora de novo.

Ela piscou conforme disse a última coisa e Kylie virou os olhos.

— Não tire conclusões precipitadas — disse Kylie seriamente. — Lembre-se do fato de que eu o algemei à cama para que ele pudesse dormir no mesmo lugar que eu. Sou tão louca que não criaria nenhuma expectativa em ter relações sexuais com alguém.

Os olhos de Chessy brilharam.

— Por mais que isso soe traição, aposto no Jensen. Aposto que vocês dois chegarão aos finalmentes muito mais cedo do que pensa.

— Nossa, obrigada — murmurou Kylie.

Mas ao mesmo tempo, a esperança invadiu seu coração como uma flor desabrocha na primavera. Ela conseguiria ser íntima de Jensen? Seria possível ele ser o homem que ultrapassaria as barreiras dela? O fato de que ela não estava se derretendo com o mero pensamento dizia muito. O fato de que ela estava realmente imaginando o ato em si dizia muito mais.

10

Kylie limpou as mãos nas suas calças jeans, para remover a umidade. Ela encarou seu reflexo no espelho, criticamente analisando sua aparência. Isso era estúpido. Totalmente ridículo ela estar tão arrumada para um encontro.

Mulheres se encontravam. Pessoas se encontravam. E agora, aparentemente, *ela* tinha encontros. Era um acontecimento completamente comum no mundo. Com exceção de que seu mundo e o resto do mundo eram duas coisas totalmente diferentes. Em seu mundo, ela não se encontrava com ninguém. Não ia atrás de relacionamentos ou sequer chamava a atenção dos homens.

Só que agora parecia que ela realmente teria um encontro e, de fato, estava tentando chamar a atenção de Jensen.

Ela não sabia dizer se aquilo a irritava ou a agradava... essa virada do universo. Por um lado, estava esperando ansiosamente pela noite com Jensen. Desejava sua companhia e queria se sentir segura e confortada como quando ficava perto dele. Será que ela o estava usando como um porto seguro? E ela amarelaria no minuto em que as coisas esquentassem?

Porque ela sinceramente duvidava de que Jensen quisesse ser apenas uma fonte de conforto. Ele era um homem. Um homem deslumbrante, atraente e de dar água na boca. É claro que ele esperava sexo em algum momento. Ele praticamente disse que aconteceria. A pergunta era o quanto ele seria paciente.

Ela não era contrária, teoricamente, à ideia de fazer sexo com ele. A *ideia* a atraía. Mas o que mais a atraía era a sua *capacidade* de ter um relacionamento físico com ele. De ser capaz de superar o pânico que tal ideia provocava dentro dela.

Então, de fato, realmente significava que ela o estava usando. Por todos os motivos errados.

Ela fechou os olhos, permitindo-se parar de ser tão analítica. Importava *por que* queria estar perto dele? Importava quais eram os motivos de eles acabarem fazendo sexo? Para a maioria dos homens, essas questões estavam longe de ser levadas em consideração. Eles queriam sexo. A maioria dos homens quer. Eram as mulheres que ficavam todas melosas e analíticas quanto aos motivos por trás do sexo.

Jensen a queria. Ele tinha deixado muito claro. Mas *o que* exatamente ele queria? Quanto? Ele ficaria satisfeito com uma liberdade física? Sexo ardente? Ou ele queria mais? Algo que ela não podia lhe dar?

Sua cabeça estava a mil por hora e ela estava ficando louca por causa de um simples encontro. Trocou de roupa quatro vezes, toda vez criticando-se por ser tão óbvia. Muito exagerada, como se quisesse ter sua aprovação. Mas por que uma mulher normal não iria querer se vestir bem para a pessoa com quem se encontraria? Principalmente um homem como Jensen que expressava sensualidade só de respirar.

Finalmente, ela optara por jeans e uma blusinha confortável. Casual. Não tão desesperada. Ela queria parecer que estava confortável com ele. E isso não seria difícil porque já se sentia à vontade com ele mesmo que não tivesse sido assim no começo. Tudo isso mudou na noite que ele passara com ela.

A confiança, sentimento que definitivamente não nutria por ninguém, havia aparecido na noite em que ele a segurou durante seus pesadelos e lhe ofereceu conforto. Uma parte dela reconhecia que aquele homem não a machucaria. Sua mente protestava, acostumada à autopreservação. Seu coração, pelo contrário, rapidamente ofereceu sua confiança, deixando seu cérebro indagando se havia perdido o pouco de sanidade que sobrara.

A campainha tocou, estimulando-a a se mexer. Nervosa, olhou-se uma última vez no espelho, satisfeita, pois parecia... normal. Então foi atender à porta.

Jensen foi entrando no mesmo minuto em que ela abriu a porta. Ele emergiu ali, maior que a vida. Alto, musculoso, forte. Para seu alívio, ele também havia se vestido casualmente. Jeans desbotados que acompanhavam seu corpo e a fizeram querer dar uma olhada em como sua bunda preenchia aquelas calças. E uma camiseta simples que estava esticada sobre seus braços e peito musculosos.

Se ela o achava *sexy* em sua roupa de trabalho, vê-lo de jeans e camiseta era enlouquecedor. Deus, será que ela o estava realmente *desejando*? Ela não pensou que pudesse ser capaz de sentir atração física por um homem — qualquer homem. E, mesmo assim, lá estava ela, apreciando-o e tendo pensamentos decididamente eróticos.

Quem imaginaria que existia aquilo dentro dela?

Em vez de incentivar o pânico, ela estava sendo preenchida pela sensação de... otimismo. Ela lhe ofereceu um sorriso sincero e então gesticulou para que entrasse. Ele estava carregando duas sacolas de supermercado e tinha uma garrafa de vinho embaixo de um braço.

— Deixe-me ajudá-lo — ofereceu ela.

— Não — disse ele. — Vou colocar tudo na cozinha e começar. Embora adoraria que se juntasse a mim e me fizesse companhia.

Ela o seguiu e se sentou em um dos banquinhos enquanto ele tirava as coisas das sacolas de supermercado.

— Qual é o cardápio? — perguntou ela delicadamente.

— Frango australiano — disse ele. — Já ouviu falar?

Ela balançou a cabeça, negando.

— Então você terá uma surpresa. É basicamente peito de frango assado com um molho de mostarda e mel caseiro com bacon, cogumelos e queijo. Não dá para errar com essa combinação.

Ela absorveu seu sorriso caloroso, sugou-o como se precisasse daquilo para manter seu vício. Ele causava um efeito relaxante nela. Kylie ficou preocupada em se tornar muito dependente, de modo que precisasse muito dele. Não se considerava grudenta. Ao contrário. Ela evitava relacionamentos, qualquer ligação com pessoas que não fossem de seu círculo de amizade. Mas podia muito bem ver o quanto se tornaria dependente de Jensen, e isso a assustava. Ela não queria que ninguém, além de si mesma, tivesse controle sobre sua felicidade.

Mas ela era completamente feliz?

Até ela sabia a resposta para essa pergunta. Kylie não estava infeliz, mas também não estava feliz. Ela apenas... existia. Remava de acordo com a maré. Vivia dia após dia no piloto automático. Não era hora de ela acordar e viver? *Realmente* viver?

— Parece delicioso — disse ela, a rouquidão envolvia sua voz.

Ele sorriu de novo e ela perdeu o ar. Meu Deus. Ela estava sentada ali *desejando*-o. Ela! Kylie inspirou, se deliciando com a novidade de tal sentimento avassalador. Sentimento que ela mantinha em rédea curta a vida toda. O que estava acontecendo? Estava ela simplesmente esperando por ele? Seria ele quem quebraria suas barreiras e a faria superar todos os medos?

— Como foi seu jantar com a Chessy? — perguntou ele enquanto preparava o prato.

Ele encheu dois copos de vinho e empurrou um para ela, do outro lado do balcão. Ela o pegou e o levou até seus lábios, inalando aquele aroma. Raramente bebia, em geral só quando estava com os amigos. Álcool a deixava instável porque ela estava intimamente familiarizada com o lado sombrio da bebida. Sempre evitava ficar perto de pessoas enchendo a cara.

— Foi bem — disse ela, após dar um gole no vinho. — Ela está solitária. Tate está muito ocupado com o trabalho.

Jensen olhou para cima, com a expressão preocupada.

— Ela está infeliz?

Kylie fez uma careta. Não deveria ter dito nada. Se sentiu o pior tipo de amiga traindo a confiança de Chessy. Mas havia algo em Jensen que baixou sua guarda e a fez relaxar. Seus lábios se soltavam perto dele e ela se via contando coisas que nunca compartilharia com outra pessoa.

— Não vou trair sua confiança, Kylie — disse Jensen em voz baixa. — Estamos só conversando. Nada mais. Você não precisa se preocupar pensando que vou me envolver no relacionamento de outra pessoa. Além disso, Tate e eu somos meros conhecidos, nos encontramos pelas circunstâncias mais do que pela amizade. Gosto dele e de Chessy. Odiaria saber que ela está infeliz.

— Sou eu quem está traindo a confiança dela — murmurou Kylie. — Por algum motivo, me pego soltando informações para você.

— Isso não é ruim — observou ele, encarando-a, pensativo. Se houvesse qualquer sinal de triunfo em seus olhos, isso a teria irritado, mas havia apenas consideração.

— Eu gostaria que você sentisse que pode conversar comigo sobre qualquer coisa — ele continuou.

Kylie suspirou.

— Tate está superocupado e Chessy está solitária. Entendo esse sentimento, mas, diferente de mim, ela não está acostumada com isso. Ela é extrovertida e divertida. Precisa estar rodeada de pessoas e precisa mais do tempo de Tate do que está tendo atualmente.

— Ele sabe como ela se sente? — perguntou Jensen. — Só de observá-los, nas poucas vezes em que encontrei com eles, diria que o homem a venera. A maioria dos homens, ao saber que sua mulher se sente minimamente infeliz, moveria céus e terras para reparar o problema. Mas se ele não sabe...

— Ele não sabe — informou Kylie. — Ou, pelo menos, ela não falou para ele. Ela está em uma situação difícil porque acha que, se falar para Tate que não está feliz, ele sentirá que falhou com ela. Houve uma época em que falamos sobre o medo dela de ele a estar traindo. Mas ela não o questionaria porque sabia que, se falasse sobre aquela dúvida com ele, quebraria o encanto e não seria fácil de consertar. Ela não queria dar nenhum sinal de que não confiava nele. Só quero que ela seja feliz. Odeio vê-la tão triste. Me faz querer dar um tapa na cabeça de Tate e perguntar se ele não vê o que está fazendo com a esposa.

Jensen fez uma careta.

— Essa situação em que ela se encontra não parece divertida. Preocupada, mas incapaz de enfrentar seus medos. Eu prefiro jogo aberto. Odiaria que minha mulher temesse falar comigo sobre qualquer coisa.

Havia uma indireta em sua fala que era direcionada para Kylie. Ela sabia disso. Ele não estava falando sobre Chessy e Tate. Estava falando sobre eles. Estava dizendo para ela não ficar com medo de falar com ele sobre nenhum assunto.

— Por algum motivo, não pareço sofrer dessa aflição perto de você — disse ela, confusa. — Na verdade, diria o contrário. Parece que não paro de soltar informações para você. Geralmente, não sou tão tagarela.

— Vou tomar isso como um elogio — disse ele com a expressão sincera. — Gosto da ideia de que você fica confortável comigo para falar o que vem à sua cabeça. Espero que isso seja o começo da confiança entre nós.

— Eu confio em você — sussurrou ela. — Não sei por quê. Deus sabe que não confio em *ninguém*. Mas, por algum motivo, me sinto segura com você, e isso meio que me assusta.

Ele parou o que estava fazendo e deu a volta no balcão para ir até onde ela estava. Ele girou o banquinho dela até encará-lo e segurou seu rosto com as mãos. Os olhos dele brilhavam com intensidade enquanto olhava para ela. Ela pensou que ele fosse beijá-la e foi o que ele fez, mas não no lugar que ela esperava.

Ele pressionou os lábios gentilmente em sua testa e ela fechou os olhos, sentindo o prazer que aquele simples gesto causara.

— Você *está* segura comigo, Kylie — disse ele conforme se afastava, suas mãos ainda segurando seu rosto.

Ele passou o dedo pelos lábios dela, lábios que ela pensou que ele beijaria.

— Se não acredita em mais nada, pode acreditar nisso. Você está totalmente segura comigo, e não apenas fisicamente. Você está segura comigo de todas as formas porque vou protegê-la totalmente de qualquer coisa que possa lhe machucar.

— Por que eu? — soltou ela. — Não entendo. Não estou querendo elogios, Jensen. É uma pergunta honesta. Você não precisa procurar por uma companhia feminina. Você poderia ter a mulher que quisesse. Então por que está interessado em mim? Você tem ideia de onde está se metendo?

Seu sorriso era tão gentil que fez o coração dela dar cambalhotas e acelerar.

— Eu sei exatamente onde estou me metendo — murmurou ele. — Quanto à sua pergunta de "por que você?", não consigo responder. Algumas coisas apenas acontecem. E, para mim, você aconteceu. Vejo além da imagem que você mostra para o mundo, a mulher por trás dela, e é ela quem eu quero.

— Somos tão diferentes — disse ela num tom aflito. — E você é um louco controlador e eu sou uma louca controladora. Não que eu tenha algum tipo de TOC, mas gosto das coisas de um jeito específico. Eu *preciso* que elas sejam de um jeito específico. Dois loucos controladores em um relacionamento? Com certeza é uma fórmula para o desastre.

Ele continuou a sorrir para ela, com os olhos entusiasmados. Ele não parecia nem um pouco dissuadido por sua aflição.

— Eu entendo você mais do que pensa — disse ele, suavemente. — Não sou uma ameaça para você, Kylie. Pela mulher certa, não tenho nenhum problema em renunciar o poder. O que estou procurando não tem nada a ver com submissão física.

Suas palavras a deixaram desorientada. Ele estava falando como se fosse dominador. Como Dash e Tate. E provavelmente era mesmo. O que tornava o seu interesse nela ainda mais misterioso.

— Você é dominador? — sussurrou ela. — Você nunca me respondeu realmente quando perguntei se era como Tate e Dash. Eu sei que disse que você era você e não eles. Mas não foi o que eu quis dizer. Você gosta de mulheres submissas? Gosta de dominá-las?

— Prefiro mulheres submissas, sim — disse ele, calmamente. — Até você aparecer, eu diria que esse era o único tipo de relacionamento de que eu gostava.

O coração dela acelerou, vociferando em seu peito. — Você disse que o que está procurando não tem nada a ver com submissão *física*. O que isso significa?

Ele passou os dedos no cabelo dela, suas mãos voltando para seu rosto enquanto afagava e acariciava sua pele.

— Significa que eu nunca colocaria em prática os aspectos físicos da dominação e submissão com você — disse ele gentilmente. — Já fiz isso? Sim. Estive envolvido em relacionamentos dominadores/submissos com outras mulheres em que eu aplicava os componentes físicos que às vezes acompanhavam tal estilo de vida. Mas eu nunca exigiria de você o que não pode dar. Então, quando eu digo que o que estou procurando não tem nada a ver com submissão física, na verdade o que eu quero é sua rendição *emocional*.

— Não sei o que isso significa — disse ela em voz baixa. — Mas parece assustador. Talvez mais assustador que rendição física.

Ele assentiu seriamente.

— Certamente é mais poderoso. Uma mulher pode dar seu corpo, mas nunca compartilhar seu coração ou sua alma. De fato, uma vitória vazia. Mas uma mulher que se rende emocionalmente para o homem que se importa com ela é um ato muito precioso. E é isso que quero de você, Kylie. Sua rendição emocional. Sua confiança. Seu coração. Sua alma.

— Uau — sussurrou ela. — Você não quer quase nada.

Ele riu abafado, o som baixo vindo de seu peito. Então, ele beijou sua testa de novo. — Você chega lá, querida. Apenas respire.

Não fique neurótica com isso. Apenas respire e lide com isso até eu saber que tenho você.

Ela quase caiu do banquinho quando ele a soltou para voltar ao seu lugar e terminar o jantar. Seu pulso estava acelerado e ela estava tonta. Uma sensação inebriante e eufórica se apossou dela, substituindo o pânico e a preocupação.

Ela deu um gole no vinho e tentou não demonstrar o quanto estava confusa.

Minutos depois, Jensen abriu o forno e colocou o prato para assar. Ajustou o *timer* e se voltou para ela.

— Vamos beber outra taça de vinho na sala de estar enquanto esperamos a comida terminar de assar.

Ela escorregou do banquinho, torcendo para não cair de cara no chão. Ela se sentia tonta e um pouco tola perto dele, como uma adolescente apaixonada pelo artilheiro da turma. Mas o que sabia sobre esse sentimento? Ela nunca havia sentido isso antes porque não se permitia.

Ele esperou por ela no fim do balcão e estendeu a mão para que ela pegasse. Kylie entrelaçou seus dedos nos dele, aproveitando o toque firme de sua mão. Eles andaram pela sala e então simplesmente pararam, com as mãos ainda entrelaçadas.

Depois de um instante, ele levantou a mão dela e beijou seu punho e então entrelaçou as mãos novamente.

— O jantar ficará pronto em meia hora. Gostaria de começar a ver o filme agora ou quer esperar para assistir até o fim depois de comermos?

— Podemos esperar — disse ela sem fôlego. — Não há por que não sentarmos e esperarmos, certo?

— Não mesmo — disse ele em tom suave.

Ele a levou até o sofá e se sentou, puxando-a para se sentar ao lado dele. Ela estava fora de sua zona de conforto e sabia muito bem disso. Não tinha ideia de como manter conversas forçadas e superficiais. O que ela deveria dizer? Ou fazer? Eles ficariam sentados ali olhando um para o outro?

Ela olhou de canto de olho para Jensen, procurando alguma pista, mas ele parecia perfeitamente satisfeito sentado ao lado dela em silêncio. Longos e dolorosos minutos se seguiram, o desconforto crescia e ficava mais pronunciado a cada segundo que se passava.

— Talvez devêssemos esperar na cozinha — especificou ela, desconfortável com o silêncio que pairava por ali.

Ele olhou para ela, seu olhar era indecifrável. Não estava reconfortante como ela estava acostumada. Estava apenas analisando. Será que ela tinha cometido alguma gafe e não sabia? Deus, ela odiava aquilo. Com certeza havia regras ou algo parecido.

— Olha, hum, você precisa saber que realmente não sirvo para isso — disse ela ridiculamente.

Um brilho de diversão apareceu nos olhos dele.

— Respire, Kylie. Como eu disse antes, está tudo bem. Podemos voltar para a cozinha se isso a faz se sentir mais confortável. Por que não arruma a mesa e eu vou olhar o progresso do frango?

Aliviada por ter alguma coisa para fazer para quebrar aquele desconforto, rapidamente se levantou e voltou logo para a cozinha. A mão de Jensen em seu ombro a fez parar assim que ela alcançou o balcão.

— Relaxe, certo?

Sua voz era suave e gentil assim como seu toque. Seu ombro tremeu debaixo de sua mão e ela se virou.

— Desculpe — murmurou ela. — Eu disse que não servia para isso. Não sei o que devo fazer. Não vou a encontros. Não sei como isso acontece.

Ele colocou sua outra mão em seu ombro e a puxou cuidadosamente para um abraço. Colocou a cabeça dela debaixo de seu queixo e simplesmente a abraçou. Ela ficava perplexa de como uma coisa tão simples como um abraço daquele homem instantaneamente a acalmava.

— É para acontecer do jeito que fizermos acontecer — disse ele com naturalidade. — Não tenho expectativas para que você as cumpra, Kylie. Simplesmente quero passar um tempo com você. Jantar e aproveitar sua companhia. É só isso. Nada mais.

Ela resmungou.

— Sou uma idiota. Pode falar.

Ele riu e seu corpo chacoalhou por isso, e então ele afagou suas costas.

— Vá colocar a mesa e me deixe terminar minha obra de arte.

Ela se manteve ocupada colocando os pratos, a prataria e novas taças de vinho, e colocou a garrafa aberta na mesa exatamente quando Jensen tirou o frango do forno.

O cheiro era um paraíso, e havia uma grande quantidade de queijo derretido e apetitoso por cima do bacon e do frango. Seu estômago roncou quando ele colocou o prato na mesa.

— Parece fabuloso — disse ela. — Há alguma coisa que você não saiba fazer? Você parece o Super-Homem ou algo parecido. Aposto que você não faz nada mal.

Ele fingiu ficar sério antes de sorrir para ela.

— Acho que você ficará encarregada de encontrar todos meus defeitos. E acredite, a lista é longa, como já deve ter percebido durante nossa curta convivência.

Ela ficou maravilhada de ver como ele era diferente perto dela. De alguma forma mais relaxado e não tão... *analítico*. Ela já tinha pensado nisso, mas agora havia reforçado essa opinião. Sem dúvida ele era bom para ela, mas será que ela também era boa para ele? Pensar que sim a fazia se sentir melhor.

— Não acho que começamos com o pé direito — admitiu ela, lamentosamente. — Estou disposta a admitir que eu estava errada sobre você. Você não é tão ogro quanto achei que fosse.

Ele arqueou uma sobrancelha enquanto servia comida nos pratos. — Tão? Então ainda há espaço para algum sinal de "ogrice" na sua análise sobre mim?

Ela riu devido à falsa seriedade de sua pergunta.

— Isso nós vamos ver, mas estou disposta a lhe dar o benefício da dúvida.

— Tão generosa essa mulher para quem estou cozinhando.

Seu sorriso se expandiu, dissipando todo o desconforto anterior. Estava começando a parecer um encontro de verdade. Como duas pessoas flertando e explorando alguma coisa nova. Deus, finalmente um relacionamento de verdade.

Tudo bem, ela precisava interromper aquele pensamento ou um ataque de pânico a invadiria furiosamente. Em vez disso, ela se concentrou naquele prato cheiroso à sua frente e pegou o garfo e a faca.

A primeira mordida atingiu todas as suas papilas gustativas nos lugares certos. Estava perfeitamente temperado, macio, o molho caseiro de mostarda e mel totalmente perfeito, e o bacon e o queijo? Estava bem claro que era muito difícil arruinar qualquer coisa colocando bacon e queijo por cima.

— Está maravilhoso — soltou ela enquanto engolia sua segunda mordida. — Um homem como você e que sabe cozinhar. Não consigo imaginar como ainda está solteiro.

Houve um breve piscar de olhos, desaparecendo quase antes de ela registrar aquilo. Mas havia alguma coisa. Um sombra. Uma lembrança. Um fato doloroso, evidentemente, analisando aquele brilho traidor. Mas desapareceu rapidamente, sendo substituído pelo sorriso reconfortante que ela tanto amava.

— Talvez eu esteja simplesmente esperando pela mulher certa — disse ele, sabiamente. — É preciso ser muito meticuloso quando o assunto é escolher a pessoa com quem se quer passar o resto da vida.

— Cara, disse tudo — murmurou ela. — Não podia concordar mais. Ou, no meu caso, seria mais apropriado dizer que não há vontade de escolher essa pessoa.

Ele a estudou por um momento, parando de comer. Era aquele olhar fixo e concentrado que dizia a ela que ele estava chegando ao seu coração, como se pudesse ler sua mente e arrancar cada segredo.

Sua análise minuciosa a fez se sentir vulnerável, e ela não gostava nem um pouco disso. Principalmente quando havia admitido o quanto se sentia segura com ele.

— Então você nunca quis encontrar o cara certo? Se estabelecer, ter uma família, se apaixonar. Não necessariamente nessa ordem. Geralmente, o amor vem primeiro e depois o resto, mas estamos nos tempos modernos. Diria que não há mais regras ou ordem para relacionamentos.

— Deus, parece que estamos num episódio de Dr. Phil* — disse ela com uma careta.

Ele riu.

— E mesmo assim você evita esse assunto. Desculpe se estou sendo muito filosófico, mas você me fascina e determinei que minha missão será decifrar você. Como você age, o que faz você feliz. Ou até o que será necessário para lhe fazer feliz.

Ela piscou, surpresa.

— Por que você se importaria? Este é nosso primeiro encontro tecnicamente. Com certeza não deve estar pensando em todas essas coisas ainda.

Ele deu de ombros.

— Nunca se sabe quando a pessoa certa vai entrar em sua vida. É preciso estar preparado. Além disso, como já falei, você me fascina. É um quebra-cabeça que ainda não consegui montar.

Ela suspirou.

— Não é necessário ser um cientista para saber que tenho mais problemas que a revista *Time*. Você conhece minha história, ou pelo menos os pontos principais. Não é necessário saber todos os detalhes sórdidos. Então, tenho certeza de que consegue entender por que não estou priorizando encontros nem estou surtando porque não encontrei minha alma gêmea aos vinte e cinco anos. Percebi

* Programa norte-americano em que o psicólogo Dr. Phil McGraw ajuda a solucionar problemas familiares (N. do T.).

que, se um dia isso acontecer, terei muito tempo para descobrir. No momento, me concentro apenas em viver. Sobreviver. Dia a dia. É o que me trouxe tão longe. Se não está quebrado, não se preocupe em consertar.

— Tanto cinismo e pragmatismo vindo de alguém tão jovem é assombroso — observou ele. Você fala isso de maneira tão normal, como se não a incomodasse, mas ainda há alguma coisa aí. Talvez os outros não vejam. Mas eu vejo. Você quer aquelas coisas, Kylie. Só não teve a coragem de levantar e agarrá-las. Nem admitiu para si mesma que tem necessidades assim como todo mundo.

— Você é formado em psicologia ou algo parecido? — perguntou ela, estreitando os olhos. — Porque juro que você parece um maldito psiquiatra.

Ele riu e estendeu as mãos simulando uma rendição.

— Não. Apenas observo a vida e minhas experiências com as pessoas.

— Com mulheres, você quer dizer — murmurou ela.

— Também — disse ele, tranquilo com a correção dela.

— Com quantas mulheres você já saiu? — soltou ela.

Ah! Lá vai ela de novo. Só soltando as coisas sem motivo ou sem pensar. Isso soou como se ela parecesse uma megera ciumenta. Tentando disfarçar sua gafe rapidamente, ela adicionou um comentário.

— Quero dizer, mulheres submissas. Ou todos seus relacionamentos giraram em torno do estilo dominador/submissa?

— Não fico contando — disse ele, seriamente. — Mal foi o bastante para criar um catálogo. Já disse a você que não saio fodendo por aí nem como todas as incontáveis mulheres que conheço. Não sou um babaca. Fiz sexo casual, sim. Estive em relacionamentos. Mais que cinco, menos que uma dúzia.

Ela piscou, surpresa.

— Quantos anos você tem, afinal?

— Trinta e cinco. Você parece surpresa. Por quê?

Ela balançou a cabeça.

— A maioria dos homens solteiros de trinta e cinco anos já ficaram com muito mais do que uma dúzia de mulheres. Apenas me surpreende, só isso. Não estava julgando você. Ou condenando. Estava só curiosa sobre seus relacionamentos, e se você gosta de ter uma mulher submissa, por que esses relacionamentos acabaram?

— Eles não deram certo — disse ele simplesmente.

Sua resposta a atordoou.

— Como você vai saber que conhecer a mulher certa?

Então, ele sorriu, seu olhar reconfortante, dando a ela aquele brilho prazeroso inebriante que sempre estava presente quando ele a olhava daquele jeito.

— Vou saber.

Ela bufou de irritação. Aquele era um homem que poderia deixá-la louca. Mais louca do que já era. Vago. Suas palavras eram cheias de mensagens escondidas. Algumas insinuações que ela deveria sacar. E talvez ela fosse capaz de ler nas entrelinhas, mas era muito covarde para admitir aquilo ou para se aventurar em mostrar compreensão.

— Então você acredita no amor e tudo que vem junto com ele? Eterno, leal, fiel e confiável?

— É claro. Você não acredita?

Ele parecia genuinamente confuso que ela tenha falado tão ironicamente sobre um assunto tão importante. E ela achava que era importante para outras pessoas. Só não para ela. Amor, para ela, era uma palavra de quatro letras, e não eram boas letras. Ela havia visto muitas manifestações de amor em sua vida e não tinha sido convencida pelo conceito, mesmo com suas melhores amigas sendo repugnantemente felizes e totalmente apaixonadas por seus maridos. Ela viu a infelicidade de Chessy e sabia que o amor não era a cura para tudo, o amor geralmente era complicado. Certamente não era uma incoveniência com a qual ela quisesse sofrer.

Amar significava desistir de uma parte essencial de si mesma. Sua confiança. E isso não era dado a ninguém mais. Amar alguém significava se tornar vulnerável. Significava confiar seu bem-estar nas mãos de outra pessoa. "Não, obrigada." Ela vira o quanto Joss ficou perturbada quando ela e Dash lutaram por seu relacionamento. Ela viu os efeitos do amor nos olhos de Chessy. Viu a mágoa e a dor trazidas pela letra *A*. Amor.

Finalmente, ela balançou a cabeça quando percebeu que ele estava esperando por uma resposta à sua pergunta.

— Não estou dizendo que não acredito, eu acho. Quero dizer, lógico que Joss ama Dash e ele a ama. Ela amava Carson e Carson a amava. E do mesmo jeito que sei que Chessy está infeliz atualmente, também sei que ela ama Tate e ele a ama. Mas o amor é confuso e complicado. É muito mais simples e seguro apenas evitar esse tipo de confusão emocional.

— Você é totalmente cínica — murmurou ele. — Não tinha percebido o quanto. Você vai ser dura na queda, meu bem, sou apto para essa tarefa. Nunca voltei atrás em um desafio e não planejo começar desta vez.

Ela o encarou incrédula. As coisas que ela disse para ele fariam qualquer outro homem sair correndo pela porta como se estivesse sendo perseguido pelos cães do inferno. E, mesmo assim, Jensen não foi nem um pouco afetado por seus "problemas". No máximo, eles pareciam deixá-lo mais determinado em quebrar aquelas paredes que ela erguera. Paredes que se mantinham firmes em toda sua vida adulta e na maior parte de sua infância.

Ela aprendeu desde pequena como proteger sua mente, sua sanidade. Como bloquear o mundo à sua volta e permanecer no modo de autopreservação. Foi muito bom para ela, mas fez com que se tornasse impossível para ela ter relacionamentos pessoais. Afinal, quem iria querer lidar com uma louca como ela, ainda mais se relacionar com uma?

Ela olhou para seu prato, surpresa por estar vazio, então olhou para o de Jensen notando que ele também tinha terminado. E agora? De novo, ela sentiu o desconforto de não saber o que viria depois.

O filme. Ele tinha um filme. A ideia era jantar e assistir ao filme. Muito simples. Ela conseguia lidar com isso.

— Está pronto para o filme? — perguntou ela, orgulhosa por ter tomado a iniciativa. — Só vou colocar os pratos na pia e lavá-los mais tarde. Por que você não vai preparar o filme e eu levo uma taça de vinho para nós, a não ser que prefira outra coisa?

— Vinho está ótimo. Sua companhia é o que mais quero. Qualquer outra coisa é bônus.

Droga. O que dizer depois disso? Ele a estava seduzindo com meras palavras e aquele sorriso, que desmanchava e derretia seu coração e que ele dava tão frequentemente. Ele nem tinha tentado baixar as calças dela e elas já estavam na metade das pernas.

Enojada por seus hormônios furiosos — por que eles decidiram se manifestar agora? —, ela pegou os pratos e os enxaguou rapidamente antes de deixá-los na pia para lavar depois.

Ela precisou de um momento para se recompor e acalmar seu pulso acelerado. Era só um filme. *Pelo amor de Deus, recomponha-se.*

Ela serviu duas taças de vinho, apesar de não ter a intenção de beber a dela. Kylie já tinha chegado no limite, e a última coisa que queria era ficar tonta. Jensen já causava isso nela. Não precisava de álcool, mesmo que a coragem que a bebida dava fosse tentadora.

Quando ela entrou na sala, Jensen estava deitado de costas no sofá como se estivesse na casa dele. O controle remoto estava na sua mão e ele havia pausado o filme no começo. Ela não sabia nem ao que eles iam assistir. Será que importava? Ela duvidava de que se lembraria de muita coisa, de qualquer forma.

Ele levantou a mão para ela, não para pegar o vinho, mas para pegar a mão dela assim que ela colocou as taças na mesa de centro. Ela permitiu que ele escorregasse seus dedos sobre os dela e a puxasse gentilmente para o sofá, ao lado dele.

— Assim, muito melhor — murmurou ele. — Agora a noite pode começar.

— A que vamos assistir? — perguntou ela.

— Um filme com zumbis e apocalipse — disse ele com os lábios torcidos em um sorriso. — Parecia uma boa ideia no momento que escolhi. Precisava ser cuidadoso com minha escolha para que você não visse nada de mais em minha seleção ou minhas intenções.

— Então preciso me preocupar que você me morda e me infecte com alguma cepa virulenta de um supervírus? — dissc ela convicta.

Ele riu.

— Gosto do seu senso de humor, Kylie. Combina muito com o meu. Embora algumas pessoas provavelmente concordariam que não temos nada em comum. Eu acho que combinamos muito bem.

As bochechas dela se esquentaram porque ninguém nunca disse que ela tinha senso de humor, nem de brincadeira.

Ele apoiou o braço na parte de cima do sofá, um convite silencioso para que ela se aproximasse. Ela hesitou primeiramente, sem querer ser óbvia, mas então se viu flutuando até seu corpo quente e forte.

Logo, ela estava acomodada ao seu lado, o braço dele apoiando-se gentilmente nos ombros dela. Os dedos de Jensen dançavam tolamente pela parte de cima do braço dela, deixando um rastro de pelos arrepiados. O toque dele era como fogo, mesmo através de sua blusa. Ela tentava focar no filme, mas se viu progressivamente distraída pela proximidade de seus corpos.

Em um momento, ela virou para olhar para ele e o encontrou encarando-a intensamente, com os olhos brilhando. Tão quente. Reconfortante. Inconscientemente, ela se inclinou, sem perceber o que estava fazendo. Ele a encontrou primeiro e esfregou seus lábios suavemente nos dela.

Foi um choque elétrico para o corpo dela. Ela se arrepiou incontrolavelmente e então ele aprofundou o beijo, sua língua varrendo seus lábios, lambendo e então escorregando para dentro para se esfregar na dela.

O gosto dele era do vinho que tinham bebido. Isso e mais alguma coisa diferente. Inebriante. Masculino. O gosto era indefinido. Mas ela gostou. Muito.

Ela deu um suave suspiro quando os braços dele a envolveram, segurando-a mais firmemente para melhorar o ângulo. Os lábios dele nunca deixaram o dela, sua boca devorando-a, esfomeada.

Ela se perdeu em uma cascata de sensações, tontura, prazer intenso e também conforto e suavidade. Seus seios doíam, pressionados contra o peito dele. Seus mamilos saltavam, pulando para fora como se implorassem por sua atenção. Sua boca.

Chocada por ter tal pensamento, ela paralisou, e o coração bateu forte no peito dela. A respiração dele era rápida, invadindo sua boca e seu rosto.

Então, ele a deitou no sofá, colocando seu corpo sobre o dela, pressionando-o e apertando-a. O pânico serpenteou a espinha dela quando as memórias obscuras vieram à tona, atingindo seu presente.

Ela perdeu seu senso de consciência. De onde estava e com quem estava. Tudo o que sabia era que estava em perigo. A força dele a esmagava. Ela se sentiu impotente. Fraca. Incapaz de prever o que ele iria fazer com ela.

A escuridão invadiu sua mente, varrendo todo o senso de euforia e segurança. O peito dela estava em chamas enquanto tentava desesperadamente respirar, mas não encontrava ar. Sua garganta fechou quando tentou gritar. Implorar para ele parar. Para ter piedade. Para não machucá-la.

E então a autopreservação apareceu e ela começou a lutar. Ela ficou selvagem debaixo daquele predador, querendo apenas escapar do mal que ele pretendia lhe causar. Ela arranhou, chutou e finalmente foi capaz de juntar ar suficiente para gritar.

A histeria a dominou, rapidamente sufocando-a. Ela não tinha percebido as mãos firmes que envolviam seus punhos, segurando-os para que ela não conseguisse machucá-lo ou machucar a si mesma. A voz suave falando seu nome. Dizendo que estava tudo bem.

Ela registrou vagamente aquelas informações, mas estavam tão distantes. Tudo o que ela sabia era que desejava sobreviver. Nunca mais tolerar o que havia tolerado no passado.

Lágrimas lavaram seu rosto e ela ouviu um som alto de lamento. Estava vindo dela. Deus, ela estava fazendo aquele som terrível. Por que não parava?

— Kylie! Kylie! Me escute. Sou eu, Jensen. Você está segura, amor. Deus, por favor, volte para mim. Não vou machucar você. Nunca vou machucá-la.

A sala toda estava rodando como uma roda-gigante enlouquecida. A náusea a tomou, rápida e violenta, e ela se arremessou para cima, as amarras em volta de seus punhos haviam desaparecido de repente.

Ela se encolheu em uma posição protetora, amparando suas partes mais vulneráveis. Suas costelas, sua barriga, lugares que poderiam ser facilmente feridos. As mangas de sua blusinha ficaram molhadas e ela percebeu que estava soluçando. Soluços gigantes e silenciosos derramados das profundezas de seu peito.

Uma mão forte hesitantemente tocou seu ombro e ela estremeceu, virando-se, determinada a repelir um ataque.

— Kylie, Deus, amor. Sou eu. Por favor, amor. Olhe para mim. Me *veja*.

O apelo preocupado de Jensen passou através da névoa. Um pouco do pânico se dissipou, deixando-a apenas com a humilhação e o desespero desprezível. Ela estava acabada. Despedaçada. Irreparável. Nada nunca daria certo. Não para ela. Nunca mais.

Ela enterrou o rosto nos braços e balançava para frente e para trás, muito envergonhada para olhar para ele. O quanto ele devia achar que ela era louca. Não só achar. Saber.

— Por favor, apenas vá embora — implorou ela, com a voz abafada por seus braços. — Por favor. Não suporto isso. Perdão. Apenas vá. Por favor. Desculpe.

— Cacete, você *não vai* se desculpar por causa disso — agitou-se ele.

A fúria em sua voz a fez desconfiar dele novamente e ela arriscou dar uma espiada para analisar seu temperamento, preparando-se para a violência que viria a seguir.

Mas ele estava sentado longe dela, quase como se estivesse cuidadoso em manter a barreira entre eles. A barreira que *ela* erguera. Droga, quando ela ia parar de surtar? Ela podia esperar ter uma vida normal? Era pedir muito?

Soluçou mais uma vez baixinho e lágrimas desceram como rios em seu rosto.

— Diga o que posso fazer para ajudá-la, amor.

A voz de Jensen estava suplicante. Ele parecia desesperado e tão perdido quanto ela.

— Não é culpa sua — disse ela, sufocada. — Sou eu. Desculpe. Sou eu. Você não fez nada errado.

— Lógico que fiz — desabafou ele. — Fui idiota, sou um cabeça-dura por ter feito isso. Me deixei levar. A culpa é minha, não sua. Droga, Kylie. Perdão.

Ela levantou a cabeça, balançando-a quase violentamente, as lágrimas desciam por seu rosto.

— Não — disse ela, com a voz embargada. — Não é sua culpa. Por favor, apenas vá. Só quero ficar sozinha.

Ele parecia indeciso. Era óbvio que ele não queria deixá-la naquele estado, mas também não queria decepcioná-la mais.

— Vou ficar bem — disse ela, tentando convencê-lo. — Vou ficar bem. Apenas vá. Estraguei tudo.

— Não quero deixá-la assim — disse ele, com a voz envolvida pela fúria. — Eu fiz isso com você. Fiz você se lembrar dele e eu preferiria morrer antes de fazer você se sentir daquele jeito comigo. Não tolero isso.

Ela baixou a cabeça nos braços miseravelmente, a dor tomando conta dela. Tudo o que Jensen fez foi ser gentil e carinhoso com ela. Tão compreensivo. E ela correspondeu fazendo com que ele se sentisse um babaca abusador. Seu pai. Ah, Deus, por que ela não conseguia controlar suas reações? Por que tinha que surtar no minuto que as coisas ficavam tensas?

— Kylie?

A voz dele era hesitante e indagadora. Mas ela não conseguia olhar para ele, não sabendo como o fez se sentir. Ela balançou a cabeça, e de seus lábios saíam as palavras tristes e derrotadas.

— Por favor, apenas saia, Jensen. É isso que pode fazer por mim. E, por favor, não se sinta culpado pelo que aconteceu. Não é sua culpa. Você nada mais foi do que gentil e paciente comigo. Estou envergonhada e só quero ficar sozinha agora.

— Essa é a última coisa de que precisa — bufou ele com frustração.

Ela olhou para cima e o viu correr a mão agitada pelo cabelo aparado. Ele parecia completamente indeciso, algo que ela pensava que nunca veria nele. Ele era um homem seguro de si.

— Por favor — sussurrou ela. — Apenas vá. Vou ficar bem. Não é nada com que eu nunca tenha lidado antes.

Sua declaração só parecia irritá-lo mais.

— Não há por que lidar com isso sozinha. Mas, se vou piorar as coisas, então eu vou embora. Não é o que quero, mas por você farei isso. Mas não concordo com isso.

Ela conseguiu dar um sorriso fraco através dos olhos encharcados.

Ele hesitou, como se não soubesse se a tocava ou fazia qualquer outra coisa para dizer tchau. Então, finalmente, se levantou do sofá, com a frustração queimando em seus olhos. Ela odiava ter feito aquilo com ele. Tê-lo decepcionado com seu desespero infinito.

Aquela foi uma lição para ela. Difícil, mas mesmo assim uma lição. Ela não era capaz de ter um relacionamento normal e saudável com ninguém. Ela foi uma idiota em ter sonhado, por um momento, que aquilo seria possível.

11

Jensen ficou atrás da direção de seu carro e socava o volante de tanta frustração. Merda! Foi contra todos os seus instintos deixar Kylie naquele estado. Saber que sua presença estava piorando tudo, que ela se sentia completamente humilhada e ele apenas aumentava sua angústia, convenceu-o a ir embora.

O que ele queria era voltar lá para dentro, pegá-la nos braços e segurá-la a noite toda. Mesmo que precisasse passar mais uma noite algemado à cama dela.

A ideia de que ele a relembrou de algum momento do passado o dilacerava. O fato de que dali para frente ela associaria o abuso das mãos daquele monstro com ele era mais do que podia aguentar.

Vê-la pálida e tremendo, completamente despedaçada e desesperada, reabriu antigas feridas em si mesmo. Memórias há muito suprimidas e trazidas à tona, fazendo-o se sentir tão impotente como uma criança, que viu sua mãe ser abusada, incapaz de se defender e então sentiu a violência da raiva de seu pai quando tentou intervir.

Não, Kylie não era a única que tinha que lutar contra demônios. Mas era evidente que ela nunca achara um jeito de lidar com eles. Diferente de Jensen, ela ainda estava totalmente presa ao passado. Estava tão claro e intenso em sua mente como se tivesse acontecido no dia anterior.

Como ele conseguiria quebrar aquela barreira? Como ele poderia ganhar sua confiança? E por que era tão importante para ele fazer isso?

Kylie era uma mulher toda errada para ele, mas ao mesmo tempo tão certa. Ela não tinha nada a ver com as mulheres com as quais ele já se envolvera. Era frágil e tão delicada, e ficar perto dela significava suprimir tudo o que fazia ele ser quem era.

Será que ela valia a pena?

Assim que a pergunta passou pela sua cabeça, ele já sabia a resposta. Sabia que valia muito a pena todo esse esforço por ela. Mas, pela primeira vez, o fracasso parecia uma possibilidade, e ele não estava acostumado a falhar. Não desde pequeno.

Enquanto ele estava parado na rua da casa de Kylie, pegou o celular e procurou em seus contatos pelo número de Chessy Morgan. Ele apertou "ligar" e colocou o celular na orelha, esperando que ela atendesse, rezando para ela atender.

— Chessy? — disse ele quando uma voz feminina atendeu. — Aqui é Jensen Tucker, sócio de Dash — adicionou ele apressadamente, assim ela não acharia que era algum telefonista de telemarketing e não desligaria.

— Oi, Jensen.

Sua voz era amigável e desconfiada ao mesmo tempo, como se estivesse intrigada por ele estar ligando para ela. Inferno, ele não podia culpá-la. Eles haviam se encontrado uma única vez, mas Dash havia dado o número de Tate e de Chessy ao Jensen caso acontecesse alguma coisa enquanto Dash e Joss estivessem fora.

— Sabe, Kylie e eu tivemos um encontro hoje à noite — disse ele, desajeitadamente. — Não deu muito certo. Nem um pouco.

— Ah, não — disse Chessy com uma voz arrasada. — O que aconteceu? Ela está bem?

— Não, não está — disse ele sombriamente. — Ela ficou histérica e então humilhada e envergonhada. Insistiu que eu fosse embora, e ela não pode ficar sozinha agora. Pensei que talvez você pudesse dar um pulo na casa dela. Não gosto de deixá-la desse jeito, mas também não queria ficar e piorar as coisas.

— É claro. Muito obrigada por ligar, Jensen. Foi muito esperto de sua parte. Estou indo. Ela não vai gostar, mas sou intrometida assim mesmo e ela me ama, mesmo quando encho o saco dela.

Jensen sorriu, um pouco da tensão estava se esvaindo de seus ombros. Kylie ficaria em boas mãos. Mão cuidadosas. Ela estaria com alguém que a amava e que não permitiria que ela a afastasse. Não como Jensen tinha feito.

— Obrigado — disse Jensen, sinceramente. — Estou muito preocupado com ela. Eu... me importo... com ela.

— Acho que isso é bem óbvio — disse Chessy, suavemente. — Tente não se preocupar, Jensen. Eu ligo para você se as coisas não melhorarem ou se piorarem.

Jensen lhe agradeceu novamente e então desligou, saindo da rua de Kylie antes que se submetesse ao impulso de correr de volta para sua porta e cuidar dela.

Demorou muito tempo para que Jensen pegasse no sono. E quando finalmente veio o sono, vieram com ele os pesadelos que ele pensou que tinha superado.

O pânico e o estresse de Kylie abriram uma porta do passado que ele tinha lacrado. Trouxeram de volta muito do que ele tentara esquecer, do que ele tentara empurrar com firmeza para o fundo de sua mente para não assustá-lo novamente.

Ele havia dito para Kylie que eles tinham muito mais coisas em comum do que ela pensava, mas nunca pretendeu contar para ela o quanto. Ele não a sobrecarregaria com aquilo. Nunca.

Ele acordou no meio de um pesadelo horrível. Acordou com um sobressalto, suando como nunca. Seus dedos se fecharam cerrando os punhos, batendo em um agressor invisível. Alguém tentando machucar não ele, mas Kylie. Kylie havia substituído sua mãe em seus pesadelos e a impotência o agarrou, assim como aconteceu tantos anos atrás quando ele foi obrigado a ficar, incapaz de impedir seu pai de machucar eles dois.

Só que agora era Kylie. Machucada. Chorando. E ele estava tão impotente agora como tinha ficado naquela época. Uma vulnerabilidade que ele jurou nunca sofrer novamente.

Ele rolou para o lado, suas respirações estavam curtas e irregulares, as cenas ainda eram muito claras em sua mente para tentar se acalmar. O que Kylie estava fazendo agora? Estava sendo torturada em seu sono assim como ele? Havia esperança para eles?

Ou eles estavam fodidos demais para serem capazes de construir uma base sólida?

Estar com ela era um inferno. Não estar com ela era pior. Mas se ele a machucasse... Ele fechou os olhos, afastando a escuridão que o invadia, fazendo sua cabeça girar mais e mais violentamente.

Ele amaldiçoou o fato de que sairia da cidade no dia seguinte e pensou que, em partes, seria bem-vindo. Ele odiava pensar que ficaria longe de Kylie por tanto tempo, sem saber o que ela estava fazendo. Se estava comendo e dormindo, cuidando adequadamente de si mesma. Mas ele também achava que esse tempo separados viria numa boa hora. Talvez era disso que ambos precisavam. Não o que queriam, mas poderia muito bem ser o que precisavam.

Um tempo. Como se eles fossem um casal de longa data em um relacionamento onde um ou ambos precisavam recuar e olhar por outra perspectiva. Eles não eram um casal. Tiveram apenas um encontro oficial.

A questão era se ela daria a eles — ele — outra chance ou se ele estragaria qualquer possibilidade de ter alguma coisa especial com ela. Eles eram parecidos. Ambos tinham as almas feridas precisando de consolo. Ela era um remédio necessário para seus sentidos, para aquelas memórias sombrias que se escondiam debaixo da sua pele. Mas o que ele era para ela?

Um sentimento de náusea dilacerou suas entranhas novamente por pensar que seu toque a fizera pensar, mesmo que momentaneamente, naquele doente maldito que abusou dela. Sinceramente, deu vontade de vomitar.

— Não posso desistir de você, Kylie — sussurrou ele. — Mesmo que nunca a tenha tido de verdade. Não posso simplesmente me afastar, mesmo que você me implore por isso.

Ele fechou os olhos enquanto fazia um voto fervoroso, guardando-o para si mesmo, como um talismã.

Os próximos quatro dias seriam os mais longos de sua vida. Mas e quando ele retornasse? Ele voltaria para Kylie e, custe o que custasse, eles enfrentariam os demônios dela juntos.

12

Kylie fechou os olhos, mentalmente se recompondo antes de se concentrar novamente na pilha de papéis à sua frente. Ainda ouvia o conselho de Chessy. Sua amiga não queria que fosse trabalhar na segunda-feira. Ou terça-feira. Agora era quarta e talvez Chessy tenha enxergado que seria impossível tentar fazer com que a amiga ficasse em casa, já que ela não ligou de manhã como sempre nem foi à sua casa tentar persuadi-la a não ir trabalhar.

Kylie deveria se sentir confortada por Jensen se importar tanto com ela, por ele ter chamado Chessy até sua casa, pois não queria que ela ficasse sozinha, mas de alguma forma ter Chessy a vendo em seu pior momento apenas fez com que a humilhação piorasse mais ainda. A amiga insistiu em ficar a noite toda, e ela estava lá quando Kylie acordou, gritando, em meio à tortura de seu pesadelo. Deus. A ideia de qualquer pessoa vendo-a daquele jeito lhe dava nojo.

Já foi ruim o suficiente Jensen ter visto dois de seus colapsos.

Ela abriu os olhos, apesar de os papéis ainda flutuarem em sua visão. Sua cabeça doía muito, consequência de noites sem dormir. Em vez de procurar descansar, ela se forçou a ficar acordada, de tanto medo que tinha de voltar à escuridão de seus sonhos. Ela estava segura enquanto estivesse acordada e capaz de controlar seus pensamentos, suas memórias. Só quando ela pegava no sono era que seu passado a atormentava.

Em algum momento ela *teria* que dormir e, felizmente, estaria tão exausta que seu corpo desligaria e ela dormiria sem sonhar com nada.

Se ela fosse completamente honesta consigo mesma, admitiria que sentia falta da presença de Jensen no escritório. O fato de ter ficado sozinha naqueles dias, sem Jensen, fazia o escritório parecer maior, tão silencioso. Intimidador. Ela não tinha percebido, até aquele momento, o quanto se sentia segura quando ele estava do outro lado do corredor. Ou em sua sala a importunando.

Ela pensou que, independentemente do que tivesse acontecido entre ela e Jensen, ou do que ele quisesse, era impossível agora. Ele provavelmente manteria distância dela, e quem poderia culpá-lo? Quem ia querer conviver com uma louca desvairada?

Ela olhou para o relógio, desejando que as horas voassem. Não tanto para que pudesse ir para casa e aproveitar sua solidão, ignorando Chessy e suas preocupações. Mas estava contando as horas para Jensen retornar.

Amanhã. O que significava que haveria mais uma noite em que ela faria de tudo para ficar acordada. A exaustão pesava em suas veias, acumulando-se em seus ombros e deixando sua cabeça pesada e tonta.

Ela apoiou brevemente a cabeça na mesa, descansando-a nas pilhas de papéis que precisava analisar. Só um momento para fechar os olhos. Era tudo de que precisava.

Ela suspirou suavemente e deixou seus cílios vibrarem até fecharem, só para conseguir abri-los rapidamente quando ouvisse um barulho na porta de sua sala. Ela chicoteou a cabeça para cima, instantaneamente arrependida por ter feito isso. A sala girava à sua volta enquanto tinha a visão de Jensen parado na porta de sua sala, com uma expressão sombria no rosto.

Seu coração acelerou e aquilo a envergonhou, a onda de completo alívio que sentiu quando viu que ele estava *de volta*. Um dia inteiro antecipado. Ela estava positivamente *fraca* de alívio.

— Que merda você fez consigo mesma? — perguntou ele, sua voz rouca de preocupação. — Jesus Cristo, Kylie, você dormiu alguma hora enquanto estive fora?

Ela se levantou na defensiva, ficando em pé, seus dedos se curvaram para cerrar os punhos sobre a mesa. Ela começou a dizer que estava bem e que não era da conta dele, mas a sala começou a ficar escura à sua volta, e ela sentiu que, de repente, precisava se sentar.

Ela ouviu Jensen xingar do outro lado da sala, parecendo que estava a um quilômetro de distância. E, estranhamente, ela se viu no chão sem se lembrar de como chegara lá.

Seu último pensamento consciente foi sobre a preocupação de Jensen falando seu nome. Mas a escuridão a envolveu, embalando-a com seu abraço macio, e ela a alcançou, porque assim encontraria paz. Finalmente. Jensen estava ali. Ela estava segura. Podia se libertar agora.

Jensen rapidamente pegou Kylie nos braços, puxando-a para mais perto, e verificou se ela estava respirando. Ele suspeitava que ela havia simplesmente se entregado à exaustão e provavelmente não tinha dormido por todo o tempo que ele esteve fora, mas não podia ter tanta certeza.

Suas respirações suaves, o movimento de seu peito de subir e descer vagarosamente, suavizaram um pouco seu sentimento — e sua preocupação.

Ela estava um lixo, e ainda assim era a mulher mais bonita que ele já vira. Círculos pretos pareciam carimbados permanentemente abaixo de seus olhos. Seu rosto parecia mais fino, contornado. Se ele achava que ela parecia frágil antes, ela parecia mais ainda agora.

Ela chegara ao limite. Algo que ele tanto temia. Agora era responsabilidade dele se intrometer, assumir o comando e ter a maldita certeza de que ela tivesse os cuidados dos quais precisava.

Ele se levantou, carregando o pouco peso dela com ele. Não se importando em deixar as salas destrancadas, ele a carregou até o estacionamento e gentilmente a deitou no banco de trás do carro. Quando se certificou de que ela estava confortável, deu a volta até o assento do motorista e ligou o carro. Ele saiu voando do estacionamento, indo o mais rápido que podia, com segurança.

Ele tinha apenas um destino em mente. A casa *dele*. Não a dela. Não nesse momento. Ele a levaria para o lugar onde sabia que podia mantê-la segura, onde poderia se certificar de que ela teria o descanso e o cuidado de que precisava. E ela não iria mesmo voltar para o trabalho durante o resto da semana.

Ele podia trabalhar de casa e resolver qualquer problema que aparecesse. Se ele conhecia Kylie, a sempre eficiente Kylie, ela teria se certificado de que tudo que pudesse ter surgido já havia sido solucionado. O resto podia esperar. Dash voltaria para casa no próximo fim de semana e poderia assumir o escritório na segunda de manhã. Kylie não iria fazer absolutamente nada por um longo tempo, se Jensen pudesse obrigá-la. E ele o faria.

Kylie tinha chegado ao seu limite e, *merda*, ele empurrou-a ainda mais sobre o precipício. Isso o horrorizava, seu estômago doía por tê-la feito reviver dores do passado. Aquilo o deixava arrasado. Ele só queria que tudo ficasse bem, no entanto, tinha que ser feito. E ele só conhecia uma maneira de fazer isso.

Aquilo significava obrigá-la, mas de uma forma diferente. Ele só queria cuidar dela. Permitir que ela se apoiasse em outra pessoa, algo que ele tinha certeza de que ela nunca tinha feito. Ela era uma figura solitária, um reflexo de si mesmo de muitas maneiras. Duas almas solitárias, feridas. Talvez juntos pudessem se curar.

De alguma forma, ele tinha que quebrar suas barreiras, seguir o caminho para seu coração e sua alma e provar que ela podia confiar nele. Que podia contar com ele, que ele nunca a machucaria voluntariamente. Nada em seus pensamentos fazia alusão ao sexo. Aquilo podia esperar. Para sempre, se necessário.

Isso não tinha a ver com sexo ou fazer amor. Ele não podia mentir e dizer que não a queria, que ele não tinha acordado à noite, com ereção, desejando fazer amor com ela. Mas ela não estava pronta. E, quando a hora certa chegasse, ele sabia que teria que fazer algo que nunca tinha feito com nenhuma outra mulher.

Abdicar do controle.

Não era um pensamento muito confortável. Fazia-o sentir... vulnerável. Mas independentemente do quanto ele se sentia vulnerável, o sentimento por Kylie era dez vezes maior. Por ela, ele podia e faria o derradeiro sacrifício. Ela valia a pena. Ele sentia isso em suas entranhas.

Algumas coisas eram para ser e ele e Kylie eram uma dessas coisas. Ele reconheceu isso no momento em que se conheceram. Ela ficava compreensivelmente nervosa perto dele. Mas algo em sua fragilidade e o coração de ferro que ele via, a determinação e a força que ela tinha mesmo parecendo tão frágil, atingiu-o como uma pedra.

Ali estava uma mulher que fora feita para ele e ele esperava muito que também tivesse sido feito para ela.

Ele nunca acreditou muito em sorte ou destino, mas no momento em que colocou os olhos em Kylie percebeu que ela *era* seu destino. O problema era se ele seria o dela.

Ele parou em sua rua e rapidamente saiu do carro, abrindo a porta do banco de trás onde Kylie ainda dormia inconsciente. Ele se perguntou se ela havia dormido pelo menos um pouco durante sua ausência. Ele precisava ligar para Chessy. Ele a contatou só uma vez, na manhã seguinte, quando Chessy lhe disse que passara a noite na casa de Kylie e que ela acordava gritando com os pesadelos.

Ele fechou os olhos brevemente enquanto a dor daquela conversa pelo telefone o atingiu novamente. Saber que ele havia feito aquilo com ela. Tinha forçado-a demais muito cedo. Ele fora desleixado por não ter conversado com Chessy mais vezes, mas a culpa o impediu de fazer outra ligação. Ele tinha sido tolo. Não cometeria esse erro de novo. Nunca.

Nunca mais. Agora tudo dependeria dela. Ela estava no controle, exceto quando o assunto fosse sua saúde, que ele assumiria firmemente e não sentia nenhum remorso por estar se intrometendo. Kylie precisava de alguém. E esse alguém era ele.

Ele a pegou gentilmente nos braços e carregou seu pacote precioso para dentro, chutando a porta para fechar ao entrar. Passando pela sala de estar, ele entrou no quarto e a colocou na cama.

Ela nem se mexeu quando ele puxou as cobertas que estavam debaixo dela e então a reposicionou para que sua cabeça descansasse sobre o travesseiro. Ele tirou os sapatos dela, mas a deixou vestida. Não ia se aproveitar de seu estado fraco, e ela ficaria assustada o bastante quando acordasse em uma cama desconhecida. Ele não queria colocar nenhuma dúvida em sua cabeça de que não a tocara.

Ele deslizou a coberta para cobrir seu corpo e, cuidadosamente, tirou alguns fios de cabelo de seu rosto, colocando-os atrás da orelha.

Por um longo período, ele simplesmente ficou lá parado, encarando-a, preenchido com o sentimento de que estava fazendo o certo. Ela pertencia àquele lugar. À sua cama. À sua casa. Ela ainda não sabia, mas ali era onde ficava mais segura. Onde ele podia protegê-la de qualquer ameaça. Moveria céus e terra para se certificar de que estivesse protegida.

Será que ela se sentira verdadeiramente segura com alguém além de seu irmão? Ele sabia que ela tinha bons amigos, um círculo pequeno de pessoas que dava para contar em uma mão. Mas se perguntou se algum deles verdadeiramente via o coração dela. Se ela já havia partilhado seus medos e segredos mais sombrios com eles.

Tudo o que ele sabia sobre ela foi informado por outras pessoas. Mas ele queria que ela confiasse nele suficientemente para compartilhar seu passado. Não porque ele tinha uma curiosidade mórbida. O que ele já sabia o enojava. Simplesmente queria conquistar sua confiança e sabia que não seria fácil.

Mas ela já havia dito que confiava nele de algum jeito. Disse alguma coisa desorientada de que parecia soltar informações para ele que não compartilharia normalmente. Aquilo tinha que significar alguma coisa, certo?

Só o tempo diria. Ele era um homem paciente quando a recompensa valia a pena. Ele não tinha se tornado o sucesso que era sendo impulsivo e impaciente. E sabia que Kylie era o maior desafio de sua vida. Era o teste final de sua paciência e tolerância.

Teria que ser forte o bastante pelos dois porque ela precisava disso acima de tudo. E talvez ela afugentaria seus demônios. Certamente ela desafiava toda sua vida, sua dominação, coisas das quais normalmente não abdicaria por nenhuma mulher.

Ela exigia tratamento especial. Ele sabia, tinha conhecimento disso. Era um território novo para ele, que não tentava se enganar pensando que seria fácil. Ele *precisava* de controle. Não apenas desejava. Não era uma fantasia sexual de que gostava. Era um componente necessário de sua existência e, ainda assim, desistiria disso por aquela mulher frágil deitada em sua cama sem nem pensar.

Era desanimador. Ele admitia. Ondas de medo o esmagaram porque, pela primeira vez na vida, ele estava considerando desistir da única coisa que não largava por nada. Controle. Não era algo que faria facilmente. Não era algo que havia considerado até agora.

Amor era sacrifício. Era o compromisso final.

Amor? Era isso que sentia por Kylie?

Ele balançou a cabeça, confuso. Ele não tinha a mínima certeza de *quais* eram seus sentimentos por aquela mulher. Definitivamente era muito cedo para estar apaixonado por ela. O relacionamento deles era frágil. Eles tinham apenas uma confiança amadora que começaram a construir, e que talvez tivesse sido totalmente arruinada em sua última noite juntos.

Certamente ele sentia mais por ela do que havia sentido por qualquer outra mulher. Mais do que ele podia saber. Mas ele nunca considerou se apaixonar por uma mulher antes. Ficar tão apaixonado significava deixar de controlar seus sentimentos firmemente contidos. E ele nunca se sentiu à vontade com isso. Até agora. Até Kylie.

Estou fodido — murmurou ele.

Ele estava envolvido. Envolvido até o pescoço. E isso estava longe de dar certo. O caminho que ele teria de percorrer era longo, sinuoso e incerto, na melhor das hipóteses. Seria o maior risco que correria na vida. E tudo acabou na sua pergunta anterior. Ela valia a pena?

Mesmo quando colocou essa questão em pauta de novo, sua resposta ainda era a mesma.

Sim, ela valia a pena. Só Deus sabia por quê, mas essa era a verdade. Ele não conseguia simplesmente se afastar dela, não importa que houvesse um caminho de mínima resistência.

Ele estava preso, por falta de uma palavra melhor. Entre a cruz e a espada, sem dúvida. Seu destino, seu futuro, estava nas mãos daquela mulher delicada, e ela não fazia ideia disso. Nem suspeitava que o tinha tão na palma das mãos.

Ele massageou a própria nuca, o cansaço o atacava. Ele havia adiantado tudo em Dallas por um dia, ansioso para voltar, para ver com os próprios olhos como Kylie estava. Agora ele percebia que nunca deveria ter partido, mesmo que aquele contrato fosse superimportante para a empresa. Ela precisava dele e ele falhara com ela. Assim como falhara na sua última noite juntos.

Aquilo tudo acabaria agora porque, dali para frente, ela seria sua primeira preocupação.

13

Kylie despertou do sono pesado, percebendo, em certo momento, que alguma coisa estava diferente. Estranhamente, nada de pânico. Só um sentimento de... bem-estar. Ela se sentia aquecida e segura.

Emitiu um suspiro satisfeito e se aconchegou mais ainda no abraço forte que a envolvia como se fosse o cobertor mais grosso de todos.

— Ei, você acordou?

Ela piscou, surpresa, seus cílios vibrando devagar para abrir os olhos, apenas para dar de cara com um olhar muito familiar e reconfortante.

Jensen?

Ela se esforçou para se lembrar de tudo o que havia acontecido. Para começar, onde será que ela estava?

— Não entre em pânico, amor. Você está segura. Estou com você.

Seu murmúrio a acalmou, mas ela franziu o cenho com uma pergunta silenciosa.

— Você desmaiou no escritório. Você se lembra?

Sua visão melhorou e ela piscou, percebendo que estavam na cama. Juntos. E não na cama *dela*.

Ela se levantou de repente, surpresa com a força que teve que fazer para realizar essa simples ação.

— Calma. Não se mexa tão rápido — preveniu ele. — Se mexa com calma e devagar. Respire para mim, certo?

— Estou bem — sussurrou ela. — Só confusa. Onde estamos?

— Na minha casa, eu lhe trouxe aqui. Você me deixou muito preocupado, Kylie. Quando foi a última vez que dormiu? Pelo jeito você estava esgotada. Graças a Deus cheguei lá naquela hora.

Ela olhou à sua volta, absorvendo o toque masculino do quarto. Os móveis. As cores e a cama enorme na qual estavam. Ela estava aninhada a ele, suas pernas estavam entrelaçadas.

Imediatamente seu olhar baixou e ela ficou aliviada por estar completamente vestida. Com certeza, ela lembraria se tivessem feito sexo!

Ele empurrou seu queixo para cima gentilmente com o dedo, seu olhar era sincero.

— Não aconteceu nada, querida. Não me aproveitaria de você daquele jeito. Você desmaiou no escritório e eu lhe trouxe aqui e a coloquei na cama. Você dormiu por dezesseis horas direto.

Ela arregalou os olhos chocada e depois horrorizada.

— Ah, meu Deus. Eu deveria estar trabalhando! Que horas são?

Os olhos dele se estreitaram e seus lábios franziram formando uma careta.

— Não pense em nada. Você não vai chegar perto do escritório assim tão cedo. O que você vai fazer é ficar aqui até se recuperar totalmente. Você não vai levantar um dedo pelos próximos dias e isso não é negociável.

Ela não tinha absolutamente nada para dizer. O que falaria? Ela o encarava desorientada. Por que ela estava ali? Por que ele não tinha desistido dela?

— O que está pensando? — murmurou ele, franzindo o cenho concentrado.

— Estou me perguntando por que você está aqui, ou melhor, por que *eu* estou aqui —soltou ela. — Não consigo imaginar por que você não correu o mais rápido possível para longe de mim depois do que aconteceu.

A expressão dele suavizou e ele passou a mão pelo braço dela até chegar em seu quadril.

— Não vou a lugar nenhum, querida. E nem você, por enquanto.

— Você não pode me querer depois do que aconteceu — sussurrou ela.

— Posso e vou — disse ele, tranquilamente. — Você terá que se esforçar muito mais para me assustar e me afastar. Você e eu somos feitos um para o outro, Kylie. Aceitei isso. Agora você também precisa aceitar.

Um calor subiu por suas veias e, com ele, veio o alívio. Alívio irresistível e incompreensível. Ela caiu sobre o travesseiro, perdendo suas forças. Por que ela estava tão aliviada? Não deveria estar irritada? Não deveria estar discutindo nesse momento? Convencendo-o de que *eles* não eram possíveis e que ele deveria deixá-la em paz?

O que significava que a única reação que ela conseguiu sentir pela sua exigência autocrática foi... alívio?

— Parece que não faço mais nada perto de você a não ser surtar — murmurou ela. — Você deve ser algum tipo de masoquista para querer mais.

Seus olhos brilharam com bom humor.

— Vamos passar por isso, meu bem. Juntos.

O desejo inundou seu coração como nunca havia sentido antes. E a esperança. Esperança pura e irrestrita. Ele não ia desistir dela. Ele ficaria, e tinha visto seu pior momento. Se ele conseguia passar por isso, poderia passar por qualquer coisa, não poderia?

Ela não tinha percebido o quanto esperava por algo assim. Kylie se condoera pela inevitabilidade de sua rejeição. Ela tinha certeza absoluta de que ele a abandonaria como um cão sem dono depois de como ela o tratara no encontro deles. E ele ainda estava lá, decididamente brilhante com aqueles olhos lindos.

— Juntos — sussurrou ela.

A esperança flamejou em seus olhos. Será que ele estava tão convencido de que ela o rejeitaria quanto ela tinha certeza de que ele a rejeitaria?

— Está com fome? — perguntou ele. — É óbvio que você não dormiu enquanto estive fora, mas você não comeu também?

Ela se esforçou para se lembrar, para atravessar a neblina que foram os últimos dias.

— Vou aceitar isso como um não — murmurou ele. — Tudo bem, fique aí. Nem pense em sair da cama. Tenho uma camiseta que você pode vestir e uma calça de moletom para se trocar. Mas é isso. Levante-se apenas o suficiente para se trocar, se quiser, mas depois volte para a cama e espere até eu trazer alguma coisa para você comer.

— Sim, senhor — disse ela resoluta.

Ele riu e bagunçou o cabelo dela carinhosamente.

— Gosto dessa atitude, amor.

Então ele saiu da cama e ela viu que ele também estava completamente vestido. Ela ficou sensibilizada por saber que ele fora tão cuidadoso em assegurar que ela não tivesse dúvidas do que aconteceu quando ele a levou até ali.

O homem tinha que ter uma paciência de Jó porque só Deus sabia que ele estava lidando com uma maluca.

Ela observou ele se afastar e então olhou para baixo, para o pé da cama, onde ele deixou as roupas limpas para ela. Ela se sentia suja e queria tomar banho, mas aquilo poderia causar problema para ela, já que ele foi enfático dizendo que ficasse na cama. E, bem, a ideia de fazer os movimentos adequados para tomar banho já a deixava cansada. Ela ainda estava exausta e a ideia de ficar na cama era definitivamente tentadora. Café da manhã na cama? Melhor ainda.

Ela se trocou rapidamente, sem querer arriscar que ele retornasse e a visse nua. Ela jogou suas roupas de trabalho para o lado e se ajeitou na camiseta e nas calças muito mais confortáveis.

Elas tinham o cheiro dele. Era quase tão bom quanto ser abraçada por ele. Quase, mas não igual.

Ela voltou para baixo das cobertas e inspirou profundamente, absorvendo a essência do travesseiro ao seu lado. Era uma coisa ridícula de fazer, mas ela rapidamente trocou os travesseiros, olhando culpada para a porta, certificando-se de que ele não tinha visto. Mas ela queria o travesseiro dele. Queria ser envolvida pelo seu cheiro.

Ela se aconchegou no travesseiro, fechando os olhos, saboreando o calor e o conforto da cama dele, do travesseiro e da roupa dele.

Alguns momentos mais tarde, ele voltou ao quarto carregando uma bandeja. Ela se sentou rapidamente, ajeitando o travesseiro nas costas enquanto ele colocava a bandeja à sua frente.

Waffles e bacon. Perfeito.

— Parece maravilhoso — disse ela, desabafando. — Obrigada.

Ele correu para se sentar ao lado dela na cama, então ficaram bem perto um do outro.

— Coma — encorajou ele. — Não quero que sobre nenhuma mordida.

Ela sorriu enquanto dava uma mordida deliciosa.

— Admita. Você ama ficar mandando em mim. É aquela coisa toda de dominação de que você gosta.

Ele pareceu surpreso com a calma com que ela falou sobre aquilo. Ela também ficou surpresa. Deveria enlouquecê-la. Certamente todo o resto também. E ainda, no fundo, ela sabia que aquele homem nunca a machucaria por querer. Ela podia não saber muita coisa, mas sabia disso. Talvez isso a tornasse uma tola ingênua, mas ela se sentia segura com ele. Ele a havia visto em seu momento mais vulnerável e não tentou dominá-la. Não tentou pressioná-la com sua óbvia vantagem. Ele a tratava como se fosse preciosa. Frágil. Com uma gentileza que ela não compreendia totalmente, mas que absorvia inteiramente.

— Com o tempo, você vai aprender que, no que me diz respeito, você tem todo o poder — disse ele num tom sério. — E eu não tenho nenhum.

Ela engoliu em seco, a comida ficou presa em sua garganta enquanto ela processava sua fala. Tudo nele irradiava autoridade e, mesmo assim, ele estava dizendo que *ela* tinha todo o poder. Como isso era possível?

— O que isso significa? — perguntou ela em voz baixa.

O olhar dele era intenso, fixo, atingindo seu rosto como raios de sol.

— O que significa é que você está sentada no banco do motorista, amor. Qualquer coisa que acontecer daqui para frente é escolha sua. Significa que, quando ou se fizermos amor, você estará completamente no controle e eu estarei à sua disposição. Signfica que, quando o assunto é você, não sou dominador nem tenho vontade de ser. Estou, para todos os efeitos, aos seus pés.

Uau. O que será que ela deveria falar em relação àquilo? A emoção travou e inundou sua garganta e de repente ela ficou com vontade de chorar. Não porque estava triste, mas porque se emocionou completamente com a magnitude do que ele lhe estava oferecendo. Aquele não era um homem que fazia concessões como essa frequentemente. Tudo nele gritava dominação, macho alfa. E, mesmo assim, ele estava disposto a suprimir o que o fazia ser quem era por ela.

Ela não merecia esse presente. Ela não valia a pena. E o fato de ele estar lhe oferecendo isso destruía qualquer barreira que ela erguera entre eles. Ela estava sem defesa diante de tanto altruísmo.

— Não sei o que dizer — disse ela, chocada.

— A primeira coisa que quero que diga é que vai ficar aqui comigo pelos próximos dias. Me deixe cuidar de você. Me deixe trabalhar na confiança entre nós.

— E a segunda?

— Quero que dê uma chance para nós.

— Existe "nós"? — sussurrou ela.

— Eu quero que exista — disse ele, sinceramente. — Mas você precisa querer também. Se você quiser apenas metade do quanto eu quero já é um começo.

Ela prendeu a respiração até ficar tonta e então, antes que pudesse sair correndo como uma franguinha e fugir, assim como fez em todas as outras áreas de sua vida, ela assumiu o risco.

— Sim e tudo bem — disse ela, as palavras derramavam de sua boca.

Ele piscou.

— Seja um pouco mais específica, amor. Preciso saber o que você está dizendo aqui. Isso é muito importante para que eu não faça suposições ou ache que está pensando alguma outra coisa.

Ela inspirou e expirou, acalmando-se antes de ter um colapso.

— Sim, vou ficar com você, e tudo bem, vou dar uma chance para nós.

O alívio era tão claro nos olhos dele que foi quase como um soco no estômago. Ela não havia percebido o quanto ele queria isto: ela. Era incompreensível como eles se transformaram de antagonistas para potenciais amantes, ou algo mais que conhecidos. Ela não conseguia nem pensar em como ser amante, pois aquela noite ainda estava muito recente em sua mente.

Gentilmente, ele colocou seu rosto entre as mãos, virando o rosto dela para ele. Ele tocou suas bochechas com seus dedos e então abaixou a cabeça, carinhosamente tocando os lábios nos dela. Ele bebeu a calda dos lábios dela em um toque suave que acendeu uma faísca nas veias dela.

O corpo dela o queria. Agora sua mente só tinha que seguir o mesmo caminho. Seu coração estava de acordo com seu corpo. Ela só precisava fazer seu maldito cérebro parar de surtar toda vez que as coisas esquentavam.

Deus, talvez ela realmente precisasse ir a um psiquiatra. Ela nunca deu atenção para esse pensamento. Ela nunca teve um motivo forte para querer tentar lidar com seus problemas. Mas Jensen deu esse motivo a ela. Ele lhe deu esperança, lhe deu muitas coisas que ela nunca pensou que teria ou que *quisesse* ter.

— O que você quis dizer quando falou, hum, que se fizéssemos amor eu estaria no controle? — disse ela, hesitante.

Ele acariciou seu rosto novamente, colocando seu cabelo para trás enquanto olhava nos olhos dela.

— Significa que, se decidirmos avançar a esse passo, então eu estou disposto a me colocar em uma posição vulnerável para que você se sinta totalmente segura. O que for necessário. Mas, amor, não precisa ser agora. Não precisa ser logo. Será quando você estiver pronta. Não quero que você se sinta pressionada em me oferecer algo que não está pronta para dar. Temos todo o tempo do mundo.

— Você esperaria tanto tempo assim?

Ela tentava não expressar a dúvida em sua voz, mas sabia que falhara miseravelmente. Mesmo assim, ele não pareceu ofendido ou bravo com seu ceticismo. Se havia alguma coisa, era seu olhar mais gentil.

— Pela mulher certa, eu esperaria para sempre.

Pareceu um voto solene. Não havia absolutamente nenhuma dúvida em sua voz e sua convicção era total.

Ela balançou a cabeça confusa.

— Não entendo. Realmente não entendo. Eu fui tão mesquinha com você. Como você ainda pode *gostar* de mim?

Ele sorriu e colocou a mão no coração dela.

— Porque eu consegui enxergar, através de suas barreiras arrogantes e protetoras, a mulher que está aqui, e gostei do que vi. Você não me enganou nem por um minuto, amor. Talvez os outros sejam enganados mais facilmente ou talvez eles não se esforcem para olhar além do exterior. Mas eles não são eu.

— Eu gosto de você — admitiu ela. — Muito, na verdade. E sei que você não acha que confio em você, mas eu confio. Nem consigo explicar para mim mesma. Mas me sinto segura com você. Conto coisas para você que não falo para outras pessoas.

Seu sorriso aumentou.

— Fico muito feliz que você se sinta segura comigo, amor, porque você está. Sempre. Completamente. Farei qualquer coisa e tudo o que estiver ao meu alcance para mantê-la segura. Não só fisicamente como emocionalmente também. E estou honrado por ter me dado sua confiança. É um presente que não foi fácil de conquistar.

Farei meu melhor para assegurar que você nunca se arrependa por ter me dado esse presente tão precioso.

Ela suspirou e se inclinou para trás, seu olhar ainda em Jensen. Ela foi absorvida por ele. Como ele se tornou seu porto seguro tão rapidamente. Como ela se viu compartilhando coisas com ele tão facilmente como não compartilhava com outra pessoa.

— Senti sua falta enquanto esteve fora — admitiu ela. — Estava contando as horas e os minutos para você voltar. Não me permitia dormir depois daquela noite. Estava com muito medo porque sabia que teria pesadelos e você não estaria lá. Não me sentia segura.

Ele pegou a bandeja e a colocou no chão, ao lado da cama. Então se virou para ela novamente e a puxou para seus braços até ela estar aconchegada, sua cabeça descansando em seu ombro.

— Nunca deveria tê-la deixado sozinha — disse ele com a voz baixa. — Desculpe se a deixei triste, amor. Não acontecerá novamente porque agora você é minha prioridade. E também senti sua falta. Adiantei as coisas para que pudesse voltar correndo para casa. Nunca tive ninguém para quem voltar. Foi uma sensação boa. E então, quando a vi, meu coração quase parou. Você me assustou.

— Desculpe — sussurrou ela. — Sei que posso ser difícil. Não quero ser. Quero ser uma pessoa melhor, Jensen. *Posso* ser com você. Sinto isso. Pela primeira vez, sinto que vai ficar tudo bem. Que não tenho que continuar vivendo como estava por tanto tempo. É meio assustador e excitante ao mesmo tempo. Não reajo muito bem a mudanças, como você deve ter percebido.

— Somos muito parecidos, você e eu — disse Jensen. — Somos mais parecidos do que pensa. Entendo você melhor do que pensa e, na hora certa, você vai me entender tão bem assim.

— Eu quero — disse ela, honestamente.

Ela levantou a cabeça para que pudesse vê-lo.

— Uma vez você disse que também tem demônios. Você vai me falar sobre isso alguma hora?

Ele pegou a mão dela e levou a ponta de seus dedos aos lábios.

— Um dia, sim. Mas não agora. Não quero que nada estrague o aqui e agora. Você está nos meus braços. Apenas nós. Essa é uma conversa para outro dia e outra hora.

Ela deixou passar porque, se ele compartilhasse, então ela teria que compartilhar também, e ela não queria estragar aquele momento assim como ele. Ela se aconchegou em seus braços e bocejou.

Ele passou a mão no cabelo dela, fazendo carinho até ela dormir.

— Descanse um pouco, amor — disse ele. — Você tem muito sono para recuperar. Vou acordá-la para almoçar mais tarde e então você pode ficar acordada até a hora de dormir hoje à noite. Vamos jantar em casa. Assistir a um filme. O que você quiser. Mas agora descanse e saiba que está segura.

— Podia me apaixonar por você tão facilmente, Jensen — disse ela, quase mais baixo que um sussurro. — Isso me assusta. Nunca permiti que ninguém tivesse a possibilidade de me machucar. Não tenho certeza se gosto disso.

Ele beijou o topo de sua cabeça.

— É isso que significa estabelecer a confiança. Quando aprender a confiar em mim completamente, então a ideia de me amar não vai mais assustá-la tanto, porque saberá que nunca vou fazer nada que possa machucá-la.

14

Kylie observou Jensen se trocar para trabalhar na segunda de manhã e a indecisão a estava destruindo. Esse era um passo gigante nessa questão de confiança na qual ela estava trabalhando duro. O resto da semana anterior e o fim de semana tinham sido... lindos. Os melhores quatro dias da vida dela. E ela não dizia isso facilmente, apesar de só Deus saber que não precisava de muito para acontecer alguma coisa boa na sua vida até agora. Não que ela estivesse tirando os créditos de Jensen por reconhecer aquilo, mas ela precisava admitir, tivera uma existência bem improdutiva até o momento. Passando pela vida, mas sem arriscar e sem realmente... viver.

Não houvera surtos, colapsos, nada parecido com a sua síncope épica do primeiro encontro. Mas Jensen não a pressionara. Ele não tentou nada com ela. Suas interações consistiram em poucos beijos carinhosos, longe de serem do tipo apaixonado e de tirar o fôlego. Muitos aconchegos e abraços.

Do que ela mais gostava eram os abraços. Parecia bobo, mas sua vida foi desprovida de afeto verdadeiro. Lógico que suas amigas eram melosas com ela, mas isso nunca se estendeu a um homem. Mesmo Tate e Dash sempre a trataram com muita cautela, nunca passando dos limites, sempre cientes de seus "problemas".

E o principal, desde que Jensen a levou para lá, para a casa dele, e eles dormiram juntos todas as noites: seus pesadelos diminuíram. Um sono pacífico e sem sonhos nos braços dele. Aquilo lhe mostrou, mais do que qualquer coisa, que ela pertencia a ele. Talvez aquilo fizesse dele seu porto seguro, e enquanto a ideia de depender de outra pessoa no passado a fizesse surtar, ela descobriu, através dele, que aquilo não a incomodava. Ela conquistou algo muito mais precioso durante aqueles últimos dias juntos. Ela encontrou o que nunca se permitiu esperar. Paz.

Esta manhã ela acordara totalmente preparada para acompanhar Jensen ao trabalho, mas ele acabou com sua graça, e ela não conseguiu persuadi-lo. Dash voltaria para o escritório hoje. Ela sabia que os dois se falaram na noite anterior e marcaram uma reunião para tratar de vários assuntos. Um deles era sobre Kylie. Ela sabia muito bem disso.

Ela não tinha certeza de como se sentia sendo obrigada a algo. A não ir trabalhar. Não estar lá quando fossem falar dela. Mas Jensen pediu que confiasse nele. Para ficar na casa dele e estar lá quando ele voltasse do trabalho. Era importante para ele e, depois de tudo que ele passara com ela, parecia um pedido razoável.

Ela não queria ficar tão ansiosa e preocupada com o que os dois homens iriam falar. Mas Jensen prometeu contar tudo para ela sem deixar nada de fora quando voltasse do trabalho. Ele queria se aventurar à noite. Jantar fora. Ir a um encontro de verdade, fora de suas casas. Era um teste, ela tinha certeza, no qual ela se sentia capaz de passar sem problemas. Mas quem saberia o que diabos seu cérebro faria a qualquer momento. Ela podia ter aprendido a confiar em Jensen, mas não confiava completamente em si mesma. Ainda não.

Jensen acabou de ajustar a gravata e virou para onde ela estava, ainda deitada na cama, vestindo o pijama que eles tinham buscado em sua casa, junto com outras roupas. Pegou roupas para pelo menos duas semanas. Ele havia dito a ela para pegar roupa suficiente para ficar por um tempo. Parecia que ele não tinha intenção de permitir que ela escapasse de sua vista logo. Um fato que estranhamente não causou pânico em todo o seu corpo. Talvez ela realmente estivesse conseguindo toda aquela confiança.

Ele foi até a cama e se sentou na beirada, pegando a mão dela e a puxando para um abraço. Beijou o topo de sua cabeça e então pegou seu rosto, como havia feito tantas vezes antes. Ela passou a identificar isso como um gesto de afeto, o qual ele parecia honrar, principalmente quando estava sério ou gentil.

— Sei que estou pedindo muito — disse ele de forma séria. — E sei que isso exige muita confiança de sua parte. Mas confie em mim para lidar com Dash hoje. Há muita coisa que preciso contar a ele, e o fato é que você precisa descansar. Você chegou ao fundo do poço semana passada e ainda está com olheiras, apesar de estar começando a parecer muito melhor do que quando a encontrei no escritório.

— Poxa, obrigada — disse ela secamente. — Estou um nível acima de uma pessoa moribunda. Me sinto muito melhor agora.

— Garotinha insolente — disse ele, sem expressar nenhuma emoção. — Preciso atualizar Dash de muita coisa e prefiro fazer isso quando estivermos sozinhos. Não tem nada a ver com você. Prometi protegê-la e é exatamente o que estou fazendo. Confie em mim nisso, amor. Tudo bem? Informarei você sobre tudo à noite e não deixarei nada de fora. Prometo. Quero que você passe o dia descansando, sendo preguiçosa, fazendo absolutamente nada. Talvez conversar com Chessy e Joss, já que tenho certeza de que Chessy a atualizou de tudo o que aconteceu enquanto Joss estava na lua de mel. Tenho certeza de que as duas vão lhe procurar, então se prepare. Sei que não conheço suas amigas há muito tempo, mas sei que elas são ferozes quando o assunto é você, assim como você as protege duramente. Então imagino que, enquanto estou com Dash, elas vão procurá-la e interrogá-la sobre mim.

Ele disse a última parte com um sorriso arrogante, como se tivesse total confiança de que tudo o que ela diria sobre ele seria bom. E com certeza seria, ele estava muito certo disso. Ela só não tinha certeza do quanto queria contar, mesmo para suas melhores amigas. Algumas coisas são muito particulares. São para saborear e guardar segredo por um tempo.

— Dash ficará bravo com as decisões que você tomou enquanto ele esteve fora? — perguntou ela, nervosa. — Não quero que prejudique seu relacionamento profissional com ele. Principalmente por minha causa.

Ele colocou um dedo em seus lábios para fazê-la se calar. Então seguiu seu dedo com seus lábios, beijando-a suavemente.

— Deixei que eu lido com Dash. Ele é um cara sensato, ou eu não faria negócios com ele. Vou falar tudo para ele e ele concordará com minha avaliação das suas capacidades. Não tenho dúvida disso. Você conseguirá aquele aumento, amor. Garanto para você. E provavelmente uma promoção também. E não será porque estou lhe *dando* alguma coisa. Nosso relacionamento não tem nada a ver com suas habilidades. Você mereceu e vai colher os frutos. Não tenho dúvidas. Negócios são negócios. O que há entre mim e você é estritamente particular e não interfere no trabalho. Não tomo decisões baseado em sentimentos quando o assunto é negócio.

Sentindo-se estranhamente confortada por aquela declaração, ela assentiu, concordando.

— Se você sair, me mande uma mensagem para avisar, certo? Não é que eu queira ser autoritário ou monitorar para onde vai ou deixa de ir. Só gostaria de saber se você está bem, e se precisar de mim, para qualquer coisa, não vou gostar se não me ligar imediatamente. Entendeu?

Ela sorriu, absurdamente grata pela sua preocupação.

— Entendi.

Ele a beijou novamente e então se levantou, estava com uma cara de arrependimento.

— Odeio deixar você. Os últimos dias foram bons. Infelizmente, é hora de voltar à vida real. Mas estarei em casa no horário normal hoje. Se for atrasar por qualquer motivo, ligo para que não fique me esperando. Vista-se casualmente para o jantar. Vamos a um lugar confortável.

— Parece ótimo — disse ela, suavemente. — Estou ansiosa para ir.

Ele segurou seu rosto, fazendo um último carinho, e então foi embora, deixando-a sozinha.

A casa estava muito quieta, definitivamente silenciosa. Ela se acostumou com a presença dele. Eles passaram cada minuto dos últimos quatro dias juntos. Eles dormiram juntos na cama dele, ela em seu pijama e ele de cueca boxer e uma camiseta. Ele fora supercuidadoso para não parecer, de nenhum jeito, que ele a estava pressionando para qualquer coisa. Apenas fez com que ela gostasse mais dele.

Ela disse a Jensen que podia se ver se apaixonando por ele, e suspeitava de que já estivesse em mais da metade do caminho de se apaixonar. Ou talvez já estivesse apaixonada. Ela lutava contra a ideia de separar amor verdadeiro de dependência. Ou talvez um fosse simplesmente a consequência do outro. Quem saberia dizer? Ela nunca esteve apaixonada antes. Não fazia ideia de como era.

Mas se significasse ficar completamente satisfeita e feliz com a presença dele e preferir sua presença à de qualquer outra pessoa, então, sim, ela estava definitivamente apaixonada. Sua mente fodida era o único obstáculo que ela ainda teria que ultrapassar. Estava acostumada em começar e recuar em todas as suas decisões. Esteve no modo de autopreservação por tantos anos que não sabia como agir de outra forma.

Talvez ela devesse procurar Chessy e Joss e não esperar que elas a rastreassem. Seria um passo positivo, na direção certa. Para realmente compartilhar uma parte de si mesma que geralmente mantinha em segredo, mesmo com suas melhores amigas.

Isso poderia fazer parte de sua "nova Kylie". Ser mais aberta. Abrir-se e compartilhar tanto quanto Chessy e Joss compartilhavam com ela.

Gostando da ideia, mas mais do que nervosa por realmente passar por aquilo, ela saiu da cama e pegou seu celular. Talvez uma mensagem para as duas. Marcar um almoço? Era uma conclusão triste ver que era tão inexperiente em tomar a iniciativa, pois demorou cinco minutos para escrever a mensagem e outros cinco para ter coragem de realmente enviá-la.

Sem querer ficar lá sentada grudada ao telefone, ela optou por tomar banho, caso elas aceitassem sua oferta de se encontrar para almoçar. Pelo menos ela estaria pronta para ir. E, bem, caso elas estivessem ocupadas, ela sairia e talvez fosse ao supermercado fazer compras. Ela e Jensen jantariam fora à noite, mas ele havia deixado claro que não queria que ela voltasse para a própria casa logo.

Ela não tinha, de fato, colocado um limite de tempo para ficar com ele. Os últimos quatro dias foram muito confortáveis e ela estava relutante em recuar e destruir potencialmente o progresso que tinham feito. O progresso que *ela* tinha feito.

Ela poderia fazer o jantar para eles na noite seguinte. Se ele não a deixasse ir trabalhar novamente, ela podia deixar tudo pronto até ele chegar em casa. E se ela fosse trabalhar poderia sempre cozinhar para ele quando voltassem.

Quando entrou no chuveiro, ela refletiu como tinha dado tanto poder a Jensen. E o mais surpreendente era o fato de que não estava surtando ou entrando em colapso. Talvez ela *estivesse* progredindo.

Seu relacionamento, apesar de frágil, tinha se fortalecido nos últimos dias. Não, eles não tinham nem chegado perto da verdadeira intimidade. Bom, isso não era bem verdade. Só porque não fizeram sexo não significava que não havia uma intimidade definitiva em seu relacionamento. Talvez fossem mais íntimos do que se *tivessem* feito amor.

A declaração dele de deixá-la no controle absoluto a intrigou. Era algo que nunca lhe tinha ocorrido, e ela estava curiosa em saber se a faria sentir menos em pânico, ou talvez a prevenisse de ter um inevitável colapso, se tivesse controle total da situação.

Ela ainda não estava certa de como isso funcionaria exatamente, mas reuniria coragem para trazer esse assunto à tona com Jensen. Logo. Porque ela *queria* dar o próximo passo. Queria muito. Mas não queria que a última experiência se repetisse. Um colapso humilhante era suficiente. Outro provavelmente seria muito para ele. Alguma hora, sua paciência acabaria. E a última coisa que ela queria era ser um fardo. Deixá-lo esperançoso e excitado apenas para puxar seu tapete. Ou o de si mesma.

Talvez Chessy e Joss pudessem lhe dar algum conselho. Isso certamente seria algo novo. Ela pedindo conselho para elas quando o assunto era homem e sexo. Talvez elas nunca se recuperassem desse choque!

Quando saiu do chuveiro, as duas haviam respondido. Lux Café. Meio-dia. Ela sorriu com a disposição delas em largar tudo por ela. Não que duvidasse disso, mas geralmente não era ela quem pedia ajuda. Provavelmente, estavam loucas de curiosidade. Ela tinha certeza de que Chessy ligou para Joss no minuto em que ela voltou de viagem.

Nada melhor do que descobrir isso vendo por si mesma.

Depois de fazer um *tour* pela casa de Jensen, explorando mais, aprendendo mais sobre a personalidade dele, vestiu calças jeans e uma camiseta e então enviou uma mensagem curta para Jensen, lembrando-se de seu pedido de avisá-lo aonde fosse.

Vou almoçar com as garotas. Aviso você quando voltar para casa.

Ela hesitou um pouco quando apertou Enviar, mordendo o lábio consternada. Talvez não devesse ter se referido à casa dele como se fosse "sua" casa. Mas agora era tarde demais.

Seu celular tocou quase imediatamente depois com a resposta de Jensen.

Divirta-se e tome cuidado. Me ligue se precisar de mim.

Seu sorriso estava um pouco — está bem, muito — ridículo por sua demonstração de preocupação. Pela exigência de que ligasse para ele caso precisasse. Deu a ela mais certeza de que nunca tinha passado por isso, a ideia de ele aparecer no minuto em que ela precisasse.

Ela entrou no carro, uma ponta de tristeza a atingiu, a mesma que sempre surgia quando entrava no carro que seu irmão havia lhe dado de presente de aniversário de 21 anos. Ela sentia falta dele. Ele foi sua base de muitas maneiras. A vida sem ele era uma adequação gigantesca. Ele sempre esteve lá para ela. Regularmente, constantemente. Ele era a única pessoa que não apenas sabia, mas compartilhava, do horror de sua infância.

Quando ela chegou no Café, como era previsto, Chessy já estava lá e Joss estava atrasada. Elas tiravam sarro dela sem dó por sempre estar atrasada. Mas nenhuma delas nunca ligou de esperar.

Joss era um raio de sol e aquecia todo lugar que ia. Não havia pessoa mais gentil e delicada em nenhum outro lugar. Dash era muito sortudo por ela ter uma natureza tão clemente, porque ele quase a perdeu por causa de sua estupidez.

— Como você está? — perguntou Chessy preocupada, ela apertava os olhos enquanto analisava Kylie. — Você parece... melhor.

Kilye sorriu.

— E estou. Vamos nos sentar e esperar por Joss. Aí contarei tudo para vocês.

Chessy levantou uma sobrancelha, surpresa. Geralmente, elas precisavam se intrometer para conseguir qualquer informação de Kylie, e ela normalmente relutava em falar. Não desta vez. Kylie estava virando a página e começava agora. Talvez tivesse começado no momento em que Jensen entrou em sua vida.

Cinco minutos mais tarde, Joss chegou correndo e sem fôlego na mesa, sentando no banquinho ao lado de Chessy.

— Desculpem, desculpem! — disse Joss. — Perdi a hora. Acho que ainda estou com a lua de mel na cabeça. Estou muito acostumada a não fazer nada. Fiquei um pouco preguiçosa depois dessas duas semanas!

As duas mulheres sorriram para sua amiga. Ela estava corada de felicidade, seus olhos brilhavam como dois diamantes.

— Acho que não preciso perguntar como foi — falou Kylie pausadamente.

Joss ruborizou até a raiz do cabelo e sorriu misteriosamente.

— Foi... bem.

Chessy virou os olhos.

— Agora, por que será que eu acho que isso é um grande eufemismo?

Joss voltou o olhar para Kylie, seus olhos brilhavam de preocupação.

— Como você está, querida? Chessy me contou o que aconteceu. Você está bem?

Kylie assentiu, ficando um pouco envergonhada pelo fato de suas amigas falarem sobre ela.

— Quero que vocês me deem... um conselho — disse Kylie, desconfortável.

Joss e Chessy trocaram olhares rápidos e surpresos, mas estavam também obviamente encantadas com o comentário de Kylie.

— Sobre Jensen — soltou ela antes de perder a coragem e desistir.

As sobrancelhas de Joss se levantaram, mas ela não estaria tão surpresa se Chessy tivesse dito a ela sobre o colapso épico de Kylie e o fato de Jensen ter chamado Chessy para cuidar dela. Ou talvez Chessy tivesse encoberto os fatos, esperando que Kylie contasse para Joss no tempo dela. Ela olhou para a amiga com um ar de gratidão e Chessy sorriu carinhosamente como se dissesse "Ei, eu lhe dou cobertura".

— Nós meio que ficamos... envolvidos — disse Kylie, desajeitada. — De um jeito bom, quero dizer.

— Isso é maravilhoso, Kylie! — exclamou Joss. — Você precisa me atualizar de todos os detalhes. Está feliz? Gosta dele?

Kylie suspirou.

— É complicado. Realmente complicado. Mas pensei que vocês pudessem me guiar, considerando o estilo de vida que levam.

— Então você sabe que Jensen é dominador — murmurou Joss.

Kylie assentiu.

— Mas é aí que fica complicado. Ele jura que, por mim, desistirá completamente do controle. Que vai negar essa parte dele. Por mim. Que quando e se eu estiver pronta para fazer amor vou assumir total controle, porque ele não quer que eu sinta medo dele nunca.

— Uau — expirou Chessy. — Isso é bem sério. Quero dizer, uau. É incrível, Kylie. Incrível!

Joss assentiu concordando fervorosamente.

— Você precisa entender o quanto isso é sério, Kylie. Homens como ele não desistem do controle simplesmente. Por ninguém. Diria que isso mostra muito do que ele sente por você.

Kylie estava encantada por ouvir aquilo. Ter a confirmação. Ela suspeitava, sim, mas não entendia realmente a enormidade desse voto. Aquelas duas mulheres entendiam. Ambas eram comprometidas com homens dominadores. Homens por quem eram submissas.

— Surtei muito em nosso primeiro encontro oficial — disse Kylie, apesar de isso não ser novidade para Chessy. — Tudo o que estávamos fazendo era nos beijar no sofá, mas eu meio que paralisei e depois surtei completamente. Jensen ficou preocupado. Queria que ele fosse embora e ele finalmente foi, só porque estava com medo de piorar as coisas se ficasse. Mas ele ligou para Chessy ir ficar comigo porque se recusava a me deixar sozinha.

— Ele parece muito bom — disse Joss suavemente. — Parece que se importa muito com você, querida.

— Espero que sim — murmurou Kylie. — Me importo com ele. Talvez até o ame. Não tenho certeza ainda. É tudo muito confuso. Ele teve que ir a uma viagem de negócios logo depois de nosso encontro e eu não dormi nem um pouco enquanto ele estava fora. Não me sinto segura quando ele não está, e odeio essa dependência.

Ele voltou um dia antes e eu desmaiei no escritório. Ele me levou para a casa dele e insistiu que ficasse desde aquele dia. Não tenho ido trabalhar desde quarta-feira.

— Então parece que ele está disposto a suprimir suas tendências alfa só em algumas áreas — observou Chessy, com os olhos brilhantes, divertindo-se.

— Nunca pensei em me ouvir dizendo isso, mas meio que *gosto* disso. Ele é autoritário e mandão, mas tão gentil comigo. Ele me faz desejá-lo. Me faz querer coisas que nunca quis antes — disse ela, honestamente.

Joss pegou a mão dela e a apertou.

— Então vá em frente. Dê uma chance a ele. E se o que ele disse é verdade e ele estiver disposto a desistir do controle, então, querida, isso é sério. Não é algo que um homem como ele faz facilmente, e duvido muito que tenha feito essa oferta a alguma mulher antes. O que torna você muito especial para ele.

— Estava esperando que dissessem isso — disse Kylie, pesarosamente. — Não tenho nenhuma experiência com toda essa coisa de dominação/submissão. E ele é um dominador confesso. Todos seus relacionamentos foram com mulheres submissas. Mas ele me disse que não quer minha rendição física, que nunca traria os componentes físicos da dominação e submissão para nosso relacionamento. Ele quer minha rendição emocional, e acho que isso é mais assustador do que os aspectos físicos desse tipo de relacionamento.

— Certamente pode torná-la mais vulnerável — concordou Chessy. — Mas você precisa olhar para a recompensa e ver se vale a pena. Se ele vale a pena. Porque, evidentemente, ele já considerou suas opções e decidiu que você vale o sacrifício que ele fará.

— Entendo o sacrifício de Jensen mais do que todo mundo — disse Joss baixinho. — Neguei uma parte de mim mesma para Carson porque sabia que ele nunca me dominaria. Eu o amava e não me arrependo, mas havia sempre uma parte de mim incompleta porque submissão era algo que eu precisava... ansiava, até.

Kylie ficou em silêncio, ponderando as palavras e as reações das amigas. Se fosse acreditar nelas, o que ele lhe oferecia *era* sério. E talvez já tivesse reconhecido a magnitude do que ele estava lhe oferecendo, mas precisava da validação das duas mulheres que saberiam.

— Quero tentar — disse ela, honestamente. — Pela primeira vez, realmente quero tentar. Quero o que as outras mulheres têm. Uma vida normal. Alguém para amar e cuidar de mim. Alguém que não vai fugir de um passado como o meu e que me protegerá. E ele se encaixa em todos esses aspectos.

— Então o que está esperando? — perguntou Chessy, desafiando-a. — E não, não estou dizendo que deveria sair correndo para ter um relacionamento físico com ele. Mas parece que vocês dois estão no caminho para algo mais sólido. Estou feliz por você, Kylie. Gosto muito de Jensen. Sim, ele é alfa, mas é óbvio que se importa muito com você e é sensível às suas necessidades. O que mais você pode querer?

Joss assentiu, concordando.

— Estou muito assustada — admitiu Kylie. — Mais assustada do que nunca. Mas é um medo diferente. Não é dele que estou com medo. Ou de ter um relacionamento de verdade. Estou com medo de estragar tudo. Assim como estraguei todo o resto da minha vida.

Joss e Chessy franziram o cenho ferozmente para ela.

— Você *não* estragou tudo — castigou-a Joss. — Querida, você tem toda razão de temer intimidade. E Jensen sabe disso. Dê uma chance a ele, mas, mais importante, dê uma chance a si mesma. Confie em si mesma e em seus instintos. Você nunca saberá a não ser que dê uma chance.

Kylie assentiu, devagar.

— Eu sabia de tudo isso. Acho que só precisava ouvir de vocês. Obrigada. Realmente precisava de vocês hoje.

— Como se nunca tivesse nos ajudado também — murmurou Chessy.

— Entre nós três, lidamos com mais crises emocionais do que em uma ala psiquiátrica.

Joss e Kylie riram, o clima relaxou e as três aproveitaram o almoço. Kylie encostou, deleitando-se com algo novo e delicioso. A esperança de algo permanente e real.

Tudo o que ela precisava fazer era se esticar e agarrar. Jensen a tinha colocado no banco do motorista. Era responsabilidade dela dar o próximo passo.

15

Jensen entrou na sala de Dash decidido. Apesar de os dois terem conversado na noite anterior, Jensen não tinha aberto o jogo. Ainda não. Ele disse apenas que precisava conversar assuntos importantes de negócios com seu sócio na manhã seguinte.

Talvez essa seria a primeira prova de fogo de sua sociedade. Jensen estava preparado para ir até o fim por Kylie, e não tinha nada a ver com seus sentimentos por ela. Ele disse a ela que eram negócios e não tinha mentido. Kylie era esperta, proativa e merecia ser o componente principal na consultoria. Seus talentos estavam sendo desperdiçados no cargo de assistente administrativa. Não que ela não fizesse um trabalho excelente como assistente administrativa, mas estava destinada a um cargo mais alto e coisas melhores. Se eles não agissem para mantê-la na empresa, alguém a contrataria. Um dia, Kylie chegaria à mesma conclusão que Jensen. Que ela valia muito mais do que uma assistente administrativa. E ele não pensava em perder Kylie de forma alguma. Profissional ou pessoalmente.

— Bom dia — Dash cumprimentou quando Jensen passou pela sua porta.

— Como foi a lua de mel? — Jensen perguntou, obrigado a questionar o óbvio antes de começarem a falar de negócios.

— Foi ótima. Queria que ainda estivéssemos lá — Dash disse, melancólico. — Como foram as coisas por aqui? Algum problema?

Jensen balançou a cabeça.

— Nenhum. Fechamos contrato com a S&G. A maior parte dos créditos são da Kylie.

Dash levantou uma sobrancelha enquanto Jensen se sentou em frente à sua mesa.

— Ela é boa — Jensen disse, desajeitadamente. — Dei a ela a chance de liderar esse projeto. Nos encontramos um dia antes para discutir e concordei com cada uma de suas recomendações.

Dash ficou em silêncio, absorvendo as palavras do sócio.

— Há alguma coisa que preciso saber? — Dash perguntou. — Porque sinto que estou perdendo uma peça grande desse quebra-cabeça. Quando saí, Kylie não conseguia nem ficar na mesma sala que você. E, enquanto fiquei fora, vocês dois se associaram e ela lideraram um contrato tão importante desses para a firma? E você *deixou*?

— Kylie é minha — Jensen disse. — Não me importo se souberem disso. Mas nosso relacionamento não tem nada a ver com a projeção de sua carreira. Sou perfeitamente capaz de separar negócios da vida pessoal, e Kylie tem uma mente brilhante. Ela encarou o desafio lindamente e quero que seja recompensada. Acho que deveríamos pensar em dar mais responsabilidades a ela e contratá-la para um cargo diferente de assistente administrativa, para deixar Kylie assumir o controle de suas funções. De repente, ela pode até se tornar sócia. Tenho certeza disso.

Dash o olhou de forma incompreensível. Apoiou o queixo em umas das mãos, reflexivo.

— E o que Kylie acha sobre tudo isso? Sobre você? — Dash adicionou.

— Você quer saber profissional ou pessoalmente? — Jensen perguntou, friamente.

— Pessoalmente. Todos protegemos Kylie. Não quero vê-la magoada. Você é especificamente o tipo de cara que ela *não* precisa.

— Discordo. Ela é minha — Jensen repetiu. — É tudo o que você precisa saber. Agora ela está ficando comigo, depois de chegar no fundo do poço semana passada enquanto estive fora. Ela desmaiou no escritório e eu a levei para casa para que pudesse cuidar dela. Deus sabe que alguém precisava fazer isso. Mas, se você acha que eu a forcei a fazer alguma coisa, está errado. Ela está lá voluntariamente. Quero mantê-la longe do trabalho esta semana também. Ela está exausta e precisa de um tempo. E quando voltar quero que já seja para um cargo maior do que o de assistente administrativa. Então, isso dá a você uma semana para procurar uma pessoa nova para substituí-la.

Você é um babaca exigente — Dash refletiu.

— É a decisão certa para nossa empresa — Jensen disse. — Ela fechou o contrato com a S&G. Não tenho dúvida de que será competente se a promovermos. Tenho total confiança em suas habilidades. Ela só precisa encontrar a confiança em si mesma.

— Vou entrar nessa com você — Dash cedeu. — Se Kylie provar que tem garra, certamente a tornaremos nossa sócia. Mas você precisa pensar se consegue lidar com isso se as coisas não derem certo para vocês... pessoalmente.

Jensen olhou para Dash, que tinha o olhar fixo.

— Elas *vão* dar certo. No entanto, eu sairia antes de deixar Kylie desconfortável em seu ambiente de trabalho. Nunca farei nada para magoá-la. Ponto final.

Dash suspirou.

— Espero realmente que você saiba onde está se metendo, cara. Kylie... ela é osso duro de roer. Com razão. E não vai reagir bem à sua... dominação.

Por ela, estou disposto a fazer concessões especiais — Jensen disse.

Era tudo o que ele iria falar sobre aquele assunto. Ele devia a Dash pelo menos alguma garantia, porque Kylie era importante para ele e para Joss. Mas isso era tudo o que daria a ele. O que dizia respeito a ele e Kylie era particular. Não era para ser compartilhado. Ele era tão possessivo com o relacionamento deles quanto era com ela.

— Então desejo tudo de bom para vocês — Dash disse, sincero. — Kylie merece ser feliz. Nunca pensei que fosse dizer isso, mas talvez ela tenha encontrado o cara certo em você. Alguém teimoso como ela. Alguém que não vai amarelar ou fugir no primeiro sinal de adversidade. Ela merece alguém que se apegue e veja o tesouro que ela é.

— Nisso nós concordamos — Jensen disse. — Agora, que tal uma nova assistente administrativa? Voto para começarmos a solicitar currículos imediatamente.

16

Kylie estava esperando ansiosamente quando Jensen estacionou o carro. Ela ficou esperando por sua volta desde que retornara do almoço com as garotas. Ficou superfeliz quando ele ligou e disse que chegaria em casa mais cedo do que o normal.

Ela não tinha certeza se isso era uma coisa boa ou ruim, ou se era, de alguma forma, um indicativo de como tinha sido a conversa com Dash.

Ela o encontrou na porta e tudo o que fez foi se jogar nos braços dele. Ele parecia encantado com sua reação espontânea e a segurou. Ela tomou a iniciativa de beijá-lo. E não foi um daqueles beijos suaves que ele dava nela. Kylie devorou sua boca ferozmente, lambendo seus lábios e então se aprofundando cada vez mais.

— Uau — ele disse sem fôlego quando ela finalmente se afastou. — É isso que eu chamo de boas-vindas.

— Senti sua falta — ela disse sem nenhum desconforto. Podia admitir coisas para ele que nunca admitira a ninguém. Não se sentia tão vulnerável e desprotegida com ele.

Ela se sentia... segura.

Era uma declaração que havia feito para si mesma e para ele, mas repetia sempre porque era algo incompreensível. Ela, que nunca se sentiu segura com ninguém, se sentia totalmente protegida com Jensen.

— Também senti sua falta, amor.

Dessa vez, ele a beijou, o que desencadeou uma onda de arrepios no corpo dela. Agora que ela tinha decidido que queria tentar ter um relacionamento físico com ele, era só no que pensava. Estava explodindo de esperança e ansiedade, pois seria um acontecimento importante para ela. Tão importante quanto era a oferta dele de abdicar do controle total por ela.

— Me acostumei a ter você por perto esses últimos quatro dias — ela sussurrou.

Ele soltou um gemido.

— Deus, querida, se você tem alguma intenção de sairmos para jantar precisa parar agora, porque estou a ponto de arrastá-la para o quarto e amarrar a mim mesmo na cama.

Ela riu, o som era de alegria e liberdade. O quão longe eles tinham chegado para poder brincar sobre suas manias e ela conseguir rir de si mesma? Se ela tinha alguma dúvida sobre amar aquele homem, tinha acabado naquele instante.

— Estou pronta para ir se você quiser — ela disse com um sorriso. — Você disse casual, mas não queria ir *tão* casual.

Ele se afastou dela reparando, pela primeira vez, no que ela estava vestindo. Ela amou que ele não prestara atenção em sua aparência. Ele só esteve focado nela. Na mulher que era. O que estava por dentro, independentemente do quão confusa ela fosse.

— Se essa é sua definição de *casual*, então estou louco para saber o que considera *não casual* — ele disse, com um tom evidente de admiração masculina.

Ela colocara um vestido curto, logo acima dos joelhos, que deixava as pernas nuas. Era simples e certamente poderia ser qualificado como casual. Era preto, sem mangas, com um decote discreto que só modelava a curva de seus seios.

O toque final, no entanto, eram os saltos. Normalmente, ela era o tipo de garota que usava chinelos e nem morta usaria um par de saltos. Mas estava se sentindo corajosa e um pouco atrevida, então, no caminho de volta depois do almoço, ela parou e comprou um par de saltos com pedras e *spikes* que, tinha que admitir, ficara muito bom nela. Ela só torcia para que não parecesse uma idiota caindo no chão enquanto tentasse andar neles.

— Queria ficar bonita para você — ela disse, hesitante.

Ele a puxou para perto de novo, cuidadoso para não desequilibrá-la do salto.

— Amor, você fica linda para mim não importa o que esteja vestindo, mas quero assegurá-la: você está deslumbrante. Sou um maldito sortudo de ser visto com você. Deixe-me colocar alguma roupa que não seja de trabalho e então vou levá-la para sair. Acha que consegue dançar com esses sapatos matadores?

Ela sorriu, aproveitando seu olhar admirado, massageando seu ego feminino. Ela não sabia que tinha um até agora.

— Se você me segurar firme o bastante, não vou cair.

Ele se inclinou para ficar mais perto, sua respiração sussurrando no rosto dela.

— Nunca vou deixar você cair, amor.

Seu coração ficou apertado com a promessa silenciosa e ela sabia que ele nunca a quebraria. Literal e figurativamente, ele nunca a deixaria cair. Não quando estivesse por perto. Ela era mais forte com ele, por causa dele. Se sentia pronta para dominar o mundo por causa da confiança que esse homem depositava nela.

Ela desejava falar para ele tudo o que estava em seu coração, mas sabia que ainda precisavam percorrer um longo caminho. E que não seria fácil. Ainda tinham muitos obstáculos para vencer, mas pela primeira vez estava otimista de que recuperaria o controle de sua vida. E devia parte disso a Jensen. Nossa, devia muito a ele.

Se ele não a tivesse incentivado, se não tivesse sido tão determinado, ela ainda estaria existindo dia após dia, se escondendo do mundo dentro de uma bolha.

Agora ela teria um encontro. Outro encontro, só que dessa vez esperava que tivesse um resultado melhor. Não era tão tola para pensar que chegariam aos finalmentes aquela noite. Mas queria tentar.

Já era alguma coisa, não era? Não estava com medo de tentar. Seu único medo era fracassar. Mas não usaria esse medo como desculpa para não seguir em frente com aquela ideia. Encararia seus medos de cabeça erguida e não mais permitiria que eles controlassem sua vida.

Jensen precisou só de alguns minutos para se trocar. Escolheu jeans e uma camisa polo simples que parecia confortável em seus ombros e seu peito. Envolvia-o em todos os lugares certos, acentuando seu físico esbelto e musculoso.

E o seu cheiro. Ela não sabia se era colônia ou pós-barba. Não era exagerado, mas era totalmente masculino e encorpado. Amava o cheiro dele.

Eles foram até um pequeno bar de *jazz* no centro da cidade. Uma banda estava tocando, e a iluminação era fraca e romântica, só o som suave da música misturado com os sussurros dos clientes.

Era completamente silencioso e íntimo. Aconchegante e perfeito. Um prelúdio ideal, mais do que esperava que fosse. Estava nervosa e ainda agoniada, impaciente e ansiosa para ver aonde aquela noite os levaria. Ela planejou conversar com Jensen para perguntar mais sobre o assunto do controle e se ele estava mesmo disposto a fazer isso. Era a prova de que precisava para perguntar a si mesma se *ela* estava disposta a fazer isso. Seu coração queria. Seu corpo queria. Tinha apenas que rezar para que sua mente fosse para o mesmo caminho.

Eles pediram bebidas e trocaram olhares demorados por cima de suas taças. Depois de decidir o que pediriam para comer, Jensen se levantou e estendeu a mão para Kylie.

— Hora de ver como vai se sair dançando nesses saltos e se serei capaz de segurá-la — disse ele, brincando.

Ela foi imediatamente para seus braços, absorvendo o calor masculino intenso e a força que seu corpo oferecia. Ele a envolveu para que quase não tivesse como se mexer. Não que ela se importasse.

Eles ficaram lá, balançando-se sutilmente no ritmo da música, a cabeça dela encaixada seguramente sob o queixo de Jensen. Ela fechou os olhos e se inclinou para mais perto dele, permitindo que a segurasse.

Sua respiração parou quando ela sentiu o sinal firme de sua ereção contra a barriga dela. Mesmo sob a calça jeans, seu pênis estava rígido e reto, volumoso e pulsando fortemente.

Ele deixou a mão passear para cima e para baixo nas costas dela, acariciando, afagando, seus dedos se insinuavam sobre a pele dela como em um sonho. Ela emitiu um baixo som satisfeito do fundo de sua garganta, um gemido de prazer que vibrou sobre o peito dele.

— Você está me matando, amor.

As palavras sussurradas na orelha dela provocaram arrepios de necessidade por todo seu corpo.

Ela inclinou a cabeça e a ergueu para que pudesse responder ao seu sussurro. Ele se inclinou para encostar a orelha nos lábios dela.

— Você está me matando também.

O sorriso dele apareceu instantaneamente. Predador. Deveria tê-la assustado como nunca, mas não foi o que aconteceu. Era um sorriso que dizia que ela estava em perigo. No bom sentido.

Ele colocou a mão na sua nuca, seus dedos curvando-se na coluna dela. Todos os instintos femininos estavam totalmente alertas. O corpo dela estava tenso de desejo, seus seios pesados e doloridos.

Então, mantendo-a no lugar, ele se inclinou e a beijou. Ele era infinitamente gentil, tão requintadamente gentil que lágrimas queimaram os olhos dela. Nada era mais perfeito do que estar ali, naquele momento. Em seus braços, o som suave do *jazz* rodeando-os.

A intimidade caía como um manto pesado sobre eles, envolvendo-os com um abraço. Ela estava seduzida em seus braços, completamente envolvida no momento. Queria que o tempo parasse para aquele clima nunca ser interrompido.

Ele parecia tão relutante quanto ela quando se afastou e olhou na direção da mesa com uma careta.

— O jantar chegou, querida.

— Que jantar? — ela perguntou, abruptamente.

Ele sorriu e beijou o canto de sua boca.

— Venha. Deixe eu alimentar meu amor.

Ela foi tomada por uma sensação vertiginosa e ridícula em reação ao carinho. *Seu* amor. Como se ela pertencesse a ele e fosse dele para que tomasse conta dela.

Ela estava agindo como uma adolescente idiota que não conseguia controlar seus hormônios.

Ele a guiou até a mesa onde a comida os esperava. Mas Jensen escorregou o prato dela na direção dele enquanto aproximava suas cadeiras. Ele cortou o bife para levar um pedaço aos lábios dela.

Num primeiro momento, ela ficou envergonhada pelo fato de uma mulher adulta estar sendo alimentada por um homem. Ela olhou apressadamente ao seu redor, mas ninguém estava prestando a mínima atenção neles. Todos estavam muito envolvidos na própria conversa e ambiente.

— Relaxe, Kylie. Me deixe dar comida na sua boca. Gosto muito de fazer isso.

Sendo assim, ela deixou de lado sua independência para impedir que aquele breve desconforto interferisse na intimidade que crescia entre eles.

Ela se forçou a ouvir a sugestão dele e relaxar, permitindo que ele continuasse a dar comida para ela.

— Isso não é tão ruim — ele a persuadiu, com a voz rouca.

Ela balançou a cabeça e então olhou para baixo para a comida intocada dele.

— Preciso dar na sua boca? — ela brincou.

Ele pareceu assustado e depois agradecido.

— Se quiser.

Ela se inclinou para a frente e pegou o garfo e a faca para cortar o bife dele. Então, começou a dar em sua boca, o olhar dele encarava-a o tempo inteiro.

O que, no início, pareceu uma experiência estranha para ela, transformou-se em algo decididamente íntimo. A neblina sensual entre eles era enorme, tangível. Crescendo como se fosse uma tempestade pronta para ser desencadeada.

Ela queria aquilo. Queria Jensen. Essa necessidade desesperada por um homem era nova para ela. Nunca quis tanto superar seu passado como queria agora. Ela acostumou-se a ter as barreiras protetoras, e não queria que aquelas barreiras fossem violadas. Mas agora ela mesma queria destruí-las. Não queria que ele fizesse isso para ela. Queria controlar aquilo. Queria que elas caíssem a partir de sua motivação.

— Está pronto para ir para casa? — ela sussurrou.

Ela percebeu que não tinha ficado claro a qual casa ela se referia. Mas estava ficando na casa de Jensen, e notou que não tinha vontade de voltar para a própria casa. Foi onde surtou antes. Talvez na casa de Jensen, um lugar no qual já se sentia segura e protegida, finalmente fosse capaz de superar seus demônios.

— Com certeza — ele murmurou.

Ele tirou muitas notas da carteira e jogou na mesa perto dos pratos. Então se levantou, esticando a mão para ela. Ela deu a mão, permitindo que ele a puxasse para perto, e os dois foram para o carro.

A volta para casa foi silenciosa, mas ela ficou confortável na grande tensão que havia entre eles. A necessidade dos dois era evidente. Nenhum deles tentou esconder ou fingir que não.

Quando eles chegaram, ela sentiu um pouco de incerteza, mas rapidamente a jogou para longe. Ela seguiria em frente com aquilo. Tinha perguntas. Queria que ficasse claro o que ele prometera para ela.

Assim que entraram na casa, Kylie foi para a sala, fazendo com que ele a seguisse. Ela foi para o sofá e bateu a mão no lugar ao seu lado em um convite silencioso.

Quando ele se ajeitou ao lado dela, ela virou, engolindo seus medos. Com aquele homem ela podia ser ela mesma. E com aquele homem talvez pudesse ficar completa novamente. Não novamente. Pela primeira vez na *vida*.

— Eu queria... precisava... perguntar algumas coisas — disse ela, hesitante.

A mão dele imediatamente alcançou o rosto dela, macio e reconfortante, seu toque era como o fogo em sua pele.

— Pode me perguntar qualquer coisa, querida. Não há nada que não podemos conversar.

Ela sorriu, encorajada pela sinceridade dele.

— Eu quero... — Inspirou uma respiração profunda e continuou em frente. — Eu quero tentar de novo. Quero dizer, com você. Mas queria saber exatamente o que você quis dizer com dar controle a mim.

Os olhos dele arderam com o fogo, o calor que ela podia sentir. Desejo. Satisfação. Alívio.

— Quis dizer exatamente isso — ele respondeu. — Se quer isso, eu, então você me amarrará à cama, com as duas mãos para cima, e eu serei seu para fazer o que quiser. E, com isso, quero dizer que muito ou pouco do que você quiser. Iremos devagar. Você vê o que consegue aguentar, e então partimos daí. Mas, querida, não se pressione e não fique chateada se não aguentar muito logo de cara. Não estou com pressa. Temos todo o tempo do mundo, então quero que vá devagar e só faça o que se sentir à vontade para fazer.

Ela baixou os ombros, aliviada. Ele parecia totalmente sincero.

— Então, vamos — ela sussurrou. — Quero tentar. Não quero fazer promessas que não consigo cumprir, então por enquanto vamos ver o que acontece.

O sorriso dele era completamente gentil e compreensivo.

— Estou sob seu comando, Kylie. E não ofereço isso a ninguém. Só para você. Sempre para você.

— Então o que faço agora?

Ele se levantou, estendendo a mão para ela, num gesto de apoio e solidariedade.

— O que faremos é ir para o quarto e eu vou pegar a corda para me amarrar à cama. O resto é com você, amor.

17

Kylie observou fascinada enquanto Jensen se despia calmamente, e então ele foi até uma de suas gavetas e pegou uma corda.

Ele era lindo. Masculinidade pura emanava de seu corpo. Era totalmente perfeito e não parecia nem um pouco envergonhado por estar nu. Ou por sua ereção gigante estar apontando para seu abdome.

Não importava o quanto ela tentava olhar para outro lugar — qualquer lugar —, ela não conseguia evitar olhar para sua ereção. E, estranhamente, isso não a assustava. Ela estava fascinada por aquilo. Aquilo — *ele* — era muito lindo.

Ela corou pela idiotice de considerar um pênis bonito, mas pertencia a um homem lindo, então como não poderia ser? Sem dúvida, aquele homem era lindo. Era uma perfeição física.

Ele virou para ela, entregando a corda. Ela a pegou, nervosa, incerta do que diabos deveria fazer agora. Mas ele a guiou, graças a Deus. Ela podia pensar que estava no comando, mas ela estava qualquer outra coisa menos no comando. Estava seguindo os passos dele agradecidamente.

Ele engatinhou na cama e virou de costas, se alongando graciosamente como um gato, toda sua ereção exposta e vulnerável. Então, colocou os braços acima da cabeça, apoiando a mão nos pilares da cabeceira.

— Me amarre, amor — ele disse com uma voz rouca que fez com que os arrepios dançassem pela espinha dela. — E então serei todo seu como deseja.

Nossa. Esse macho alfa delicioso era dela. Para fazer o que quisesse, e Deus sabia que ela queria. Queria tanto que era um desejo físico.

Ela engatinhou na cama e começou a enrolar a corda em volta do punho dele. Então a puxou na direção da outra mão e prendeu o outro punho. Ela verificou se estava bem amarrada mesmo que não estivesse com medo de que ele a machucasse. Mas a mente dela precisava se certificar. Seu cérebro precisava saber que ela estava segura.

Quando ela terminou, sentou-se e deixou seu olhar passear ávido pelo corpo dele. Havia muita coisa para olhar. Para tocar. E provar. E, de repente, ela queria tudo. Tudo ao mesmo tempo. Ele era um verdadeiro banquete deitado em frente a uma mulher faminta.

Ela tocou seu peito primeiro. Parecia o lugar mais seguro de começar, e deixou suas mãos passearem pela parede de músculos, explorando os pelos ásperos e seu abdome tenso.

Ele soltou uma expiração longa no momento em que ela o tocou. Ele tremeu e ela afastou a mão, achando que tivesse feito algo errado.

— Não pare, amor. Deus, isso é tão bom. Se você soubesse o quanto esperei que me tocasse. Não pare. Sou todo seu para ser tocado e explorado do jeito que quiser. Estou em suas mãos. Garanto que vou amar tudo o que fizer.

Encorajada pela pura intensidade — e sinceridade — na voz dele, ela retornou ao seu corpo, dessa vez passeando pelos ombros dele e então de volta à sua cintura, chegando perto do lugar que mais queria tocar.

A ereção estava para cima, descansando na barriga dele. Tudo o que ela tinha que fazer era escorregar os dedos um centímetro a mais e o tocaria.

Ela se sentou de outro jeito para que pudesse encará-lo, querendo ver sua reação quando finalmente envolvesse seu pênis gigante com as mãos.

Ela arrastou um dedo até a parte inferior, onde havia uma veia grossa saltada. Ele soltou um gemido e levantou os quadris para encontrar a carícia dela. Ficando mais ousada, ela colocou uma mão na base e gentilmente levou-a para cima. Quando ela chegou na cabeça, um líquido apareceu e escorregou da ponta, cobrindo a mão dela.

— Você é tão lindo — ela sussurrou. — Amo tocar você.

— Amo seu toque — ele disse, rouco. — Você é linda me tocando. Uma deusa me dando prazer quando eu é quem deveria estar lhe dando prazer.

Ela sorriu.

— Vamos chegar lá. Eu espero.

O olhar dele ficou sério.

— Vamos, sim, amor. Vamos. Não há pressa e não quero que se sinta pressionada em me dar o que não pode. Vou esperar porque o resultado vale a pena. Você vale a pena.

O peito dela inchou, cheio de emoção. Ele fez parecer tão fácil, e ela supôs que seria mesmo. Tempo. Eles tinham tudo de que precisavam. Ele havia sido bem claro sobre querer Kylie e esperar o tempo que fosse necessário. Ele percebia a enormidade de tal presente?

Ela se inclinou e pressionou os lábios na barriga dele, só um centímetro de onde seu pênis estava apoiado. Ele estremeceu e soltou um gemido, encorajando-a para tocá-lo intimamente com a boca.

Cuidadosamente, ela beijou a ponta, assim como fez em sua barriga, mas então se aprofundou, passando rapidamente a língua na cabeça.

— Meu Deus — ele disse, chocado. — Você está me matando.

Se sentindo poderosa, ela assumiu mais o controle, sugando a ponta para dentro de sua boca, segurando-o ali por um longo tempo enquanto lambia o líquido que escorria da fenda. Então, ela o sugou mais profundamente, gostando da reação instantânea dele.

Ela não tinha nenhuma experiência, mas seus instintos assumiram o controle e ela deixou suas mãos escorregarem enquanto continuava o ataque sensual com sua boca e sua língua.

O peito dele arfou, seus quadris se elevaram de novo, guiando seu pênis mais fundo na boca dela. Seus braços tensionaram as cordas que seguravam seus punhos e seu rosto se contorceu numa agonia linda.

— Coloque suas mãos em volta de mim, amor. Estou quase lá — ele disse com dificuldade.

Ela envolveu as mãos nele, sentindo a grossura, a rigidez e a força de seu pênis. O veludo sobre o aço. Ela escorregou para cima e para baixo, apertando-o. Então ela se abaixou para lamber suas bolas, gostando da sensação rugosa do saco dele em sua língua.

O grito dele quebrou o silêncio. Ele entrou em erupção, o líquido jorrando em sua barriga, marcando o bronzeado da pele dele com traços cremosos. Ela observava, fascinada, conforme os jatos de sêmen espirravam na pele dele e ela gentilmente continuava passeando por ele até finalmente ele começar a gemer mais calmamente.

Observá-lo terminando foi inebriante, diferente de tudo que já tinha visto antes. Deixou-a inquieta, ansiosa e incompleta. Ela desejava. Seus seios formigavam e seu clitóris pulsava entre suas coxas. Mas não tinha ideia de como obter o próprio alívio. Agora que ela havia tomado a iniciativa, não tinha certeza do que fazer depois. Ou se deveria fazer qualquer coisa para amenizar a ansiedade de preencher esse vazio.

— Tire sua roupa, amor.

Ela olhou para cima, surpresa.

— Você ainda está no controle — ele assegurou, gentilmente. — Mas precisa gozar. E quero ver seu corpo lindo. Lembre-se, ainda estou amarrado. Agora tire a roupa e volte para a cama comigo. Quero ver você terminar.

Tremendo, ela saiu da cama e fez como ele falou. Mantendo seu olhar alerta, ela se despiu devagar, hesitando quando chegou ao sutiã e à calcinha. Era quase como se ela pensasse que os machucados de décadas atrás ainda fossem aparecer na sua pele. Ela se sentiu intensamente vulnerável, mas ao mesmo tempo se forçou a seguir o que ele falava.

Ela espiou discretamente na direção de Jensen só para encontrar uma compreensão calorosa queimando nos olhos escuros dele. Se ele tivesse olhado para ela de qualquer outro jeito, ela teria amarelado. Mas era aquele olhar compreensivo que a encorajava a seguir o resto do caminho.

Ele via o coração dela. Sabia o quanto era difícil para ela ficar nua na frente dele. Isso a deixou mais determinada em não deixar seus medos ganharem.

Antes que pudesse recuar, tirou o sutiã e a calcinha. Então, engatinhou na cama novamente, ajoelhando ao lado dele antes de, finalmente, encontrar seu olhar de novo.

— Toque-se — ele murmurou. — Dê prazer a si mesma. Quero observar você se tocando.

Ela arregalou os olhos. Por um momento, se sentiu completamente perdida.

— Envolva seus seios. Segure-os para cima para mim e então toque seus mamilos. Descubra o que é bom para você e então faça mais disso — ele encorajou.

Seduzida pela sua voz rouca e sua ânsia de vê-la ter prazer, ela, vagarosamente, escorregou as mãos da barriga para cima, chegando aos seios, apertando-os. Ela esfregou os dedos pelos bicos sensíveis, gemendo por causa do choque elétrico que parecia percorrer todo seu corpo.

— Agora, imagine que eu estou chupando seus seios — ele disse em voz baixa. — Minha boca em volta deles, minha língua lambendo-os.

Ela fechou os olhos e gemeu, entrando no clima da sedução.

— Agora coloque a mão entre as pernas — ele direcionou. — Abra as pernas e me mostre sua bocetinha linda. Mas mantenha a outra mão no seio e brinque com seu mamilo.

Mantendo os olhos fechados, sem querer quebrar o feitiço, ela escorregou uma mão pela barriga até chegar entre suas coxas. Ela arrepiou quando seus dedos escorregaram pelo clitóris, e então, como ele direcionou, ela se abriu, empurrando-se para cima para que ele pudesse ver.

— Linda — ele murmurou. — Toque-se, amor. Faça com que goze. Goze para mim.

Ela soltou um gemido quando começou a se tocar, encontrando o ritmo perfeito. Seu corpo se arqueou, incapaz de ficar parado. Ela rebolava com seus quadris conforme continuava a exercer pressão no clitóris, mexendo-o com seu dedo médio.

— Isso — ele encorajou. — Faça com que se sinta bem, Kylie. Deus, você é linda. Tão linda.

A voz dele era suave e sensual, o que aumentava o prazer dela, cada vez mais seu tesão, e estava cada vez mais perto de explodir em êxtase.

Ela podia sentir a iminência de alguma coisa realmente maravilhosa. Seu corpo se contorcia. Seus seios ficavam ainda mais sensíveis. Cada toque. Cada respiração. Seu ventre tensionou, sua vagina tensionou. E ela ainda ficava com mais tesão, chegando cada vez mais perto com cada toque, com cada palavra que saía da boca de Jensen.

Ela jogou a cabeça para trás, se sentindo selvagem e exótica. Aquela não era ela. Ela se tornou outra pessoa. Alguém *sexy*, sedutor. Alguém no controle de sua sexualidade.

Nunca tinha se sentido tão... livre. Aliviada. Ali, nada poderia atingi-la. Nada poderia machucá-la ou assustá-la. Eram só ela e Jensen. E suas fantasias mais profundas e inebriantes.

— Linda pra caralho — Jensen murmurou.

Ela abriu os olhos e trocou olhares com ele, de repente desinibida e sem medo. Ela queria compartilhar aquilo com ele.

— Traga para mim, amor. Me mostre seu prazer. Deixe-me prová-lo.

Ela deslizou os dedos para dentro, pegando um pouco de seu líquido, e então levou os dedos à boca dele. Ele chupou o dedo dela, puxando-o com uma sucção. Ele lambeu seu dedo até não restar mais nada e soltou um gemido de satisfação.

Rapidamente, ela voltou os dedos em seu clitóris porque estava muito perto. Muito perto mesmo. E não queria perder a chance.

Mais rápido, mais forte. Ela exercia uma pressão forte e então jogou a cabeça para trás de novo, finalmente chegando lá. Aproveitando. Se deixando levar.

Ela gemeu alto, arrepiando violentamente conforme o orgasmo cresceu e quebrou como uma onda gigante. Ela caiu para a frente, ofegante, apoiando as mãos na cama.

E de repente queria os braços de Jensen em volta dela. Queria que ele a tocasse. Queria sua força. Queria se sentir segura.

Ela puxava a ponta da corda, muito fraca para desamarrar os nós. Assim que uma mão ficou livre, ele virou e tratou de livrar a outra mão, parecendo desesperado enquanto ela queria colocar os braços dele em volta de si mesma.

Ela mergulhou em seus braços, sem se importar que ambos estavam nus. Ele não a machucaria. Ele tinha feito o sacrifício. Por ela. Ele nunca a machucaria. Ela sabia disso.

Só me segure — sussurrou ela. — Por favor. Preciso de você.

— Não vou soltá-la — ele prometeu. — Vou segurá-la o quanto quiser, Kylie. O quanto você precisar. Não vou a lugar nenhum.

18

Mesmo deitado, Jensen estava acordado, com Kylie bem aconchegada em seu corpo, satisfeita e relaxada como nunca. Ele sabia a enormidade do que havia acontecido naquela noite e não conseguia impedir a emoção de correr por suas veias. Kylie era dele. Ele não se enganava pensando que aquilo era uma cura para tudo e que não tinham muitos obstáculos para superar. Mas, pela primeira vez, estava em paz, e a esperança estava presente em seu coração e sua mente.

Ele passou uma mão pelo corpo de Kylie, simplesmente curtindo a sensação de ela estar em seus braços. Nua, linda e saciada.

— Obrigada — ela sussurrou. — Pelo que me deu hoje à noite. Sei que não deve ter sido fácil para você, para um homem como você, quero dizer. Mas nunca me esquecerei disso, Jensen. Não consigo nem encontrar palavras para descrever o que isso significou para mim.

O peito dele se contraiu e ele se esforçou para tirar as palavras do nó que havia se formado em sua garganta.

— Foi a coisa mais fácil que já fiz — ele disse. E era absoluta verdade. Desistir do controle para aquela mulher foi automático. Ela valia cada sacrifício. — Dar controle a você valeu cada segundo, Kylie. Não quero que se preocupe pensando que vou me arrepender ou culpá-la por isso. Estou disposto a lhe dar o controle pelo tempo que precisar. Para sempre, se for isso que precisa para que fiquemos juntos. Se o resultado é ter você nos meus braços como neste momento, então farei o que for necessário para conseguir isso.

— Eu amo você — ela sussurrou, chocando-o com essa declaração. — Sei que é muito cedo. Lutei contra mim mesma para ter certeza de que o que eu sentia era amor. Quase enlouqueci de preocupação, mas não *quero* me preocupar mais. Só quero *sentir*, e minha vida tem sido baseada em não sentir nada. Em não arriscar ser magoada por não me permitir sentir. Mas o que sinto quando estou com você é *amor*. Tenho certeza disso. Não é outra coisa. Nada poderia ser tão maravilhoso. Nunca amei ninguém. Não assim, quero dizer. Só Carson, Chessy e Joss, é claro, mas o que sinto por você não se compara ao que sinto por eles. Isso me assusta, mas ao mesmo tempo parece... *certo*.

Ele a puxou para mais perto, fechando os olhos com a súbita emoção que preencheu o buraco de seu peito. A coragem que ela precisou ter para dizer aquelas palavras, principalmente depois do avanço que obteve confiando nele para ter mais intimidade, era inacreditável.

Ele estava agradecido e receoso pelo presente precioso que estava em seus braços. Perplexo pelo fato de que aquela mulher corajosa e valente o amava. Ele não sentia que valia seu amor e sua confiança, mas, Deus, ele queria ambos. Ele queria cada respiração dela no corpo dele. Precisava dela como precisava respirar. Ela *era* o ar que ele respirava. Ela havia se tornado sua razão de viver tão rapidamente, e ele sabia que nunca se sentiria completo sem ela. Que a amava incondicionalmente. Que o que sentia por ela não chegava nem perto do que sentira por alguém na vida.

Ele mexeu no cabelo dela, tentando se recompor. Ele não queria estragar tudo. Era muito importante. Ela depositou sua confiança e seu bem-estar nas mãos dele e ele não a decepcionaria.

— Também amo você, amor. Muito. Se você não acredita em nada, acredite nisso. Acho que amei você desde o primeiro momento em que coloquei os olhos em você.

Ela elevou o rosto de onde estava enterrado no peito dele e encontrou seu olhar, as lágrimas brilhavam naqueles olhos lindos.

— O que vamos fazer, Jensen? Sei que hoje foi um grande passo, mas sei que temos muitos outros assuntos para encarar. Não quero causar problemas entre nós nunca. Quero seu amor. *Preciso* dele. Nunca pensei que fosse querer ou precisar dessa conexão com um homem e isso me pegou de surpresa. Fiquei cega por você. Você chegou de mansinho e de repente estava lá... *aqui* — ela adicionou, colocando a mão em seu coração. — Não quero *estragar* isso.

Ele beijou sua testa franzida, tentando amenizar a tensão evidente. As palavras e a expressão dela eram tão sinceras. Tão desoladas e vulneráveis. Ele não queria que ela sentisse medo quando estivesse com ele, mas algumas coisas estavam fora de seu alcance. Ele, que estava acostumado a ter controle absoluto de tudo na vida, tinha que admitir que, quando o assunto era aquela mulher, ele não tinha controle de nada.

— Não vai ser fácil — ele disse, sincero. — Mas tudo que é bom ou que vale a pena nunca é fácil. Vamos trabalhar nisso juntos. Unidos, podemos conquistar qualquer coisa. Quero que tenha fé nisso. E a outra coisa que precisa saber é que não vou a lugar nenhum. Não importa o quanto as coisas fiquem difíceis, vim para ficar e nunca vou desistir de *nós*.

As lágrimas brilharam mais fortes, chegando aos seus cílios, e finalmente escorregaram pelas bochechas dela, silenciosas. Ele limpou uma com um toque gentil, seu coração doía de ver o medo e a incerteza nos olhos e nas palavras dela.

— Não vou desistir também — ela prometeu, baixinho. — Não me deixe fugir, Jensen. Não permita que eu me esconda de você... de nós. É o que faço de melhor. Quando as coisas ficam difíceis, eu recuo, fujo e me enfio em uma bolha, onde sei que é seguro. Não desista de mim. Vou tentar não magoá-lo nunca. Preciso que acredite que quero isso. Quero você e quero que *exista* um "nós".

Ele sorriu, com a satisfação crescendo em sua alma.

— Se você fugir, vou atrás de você e a arrasto de volta. Não vou deixar que se afaste, amor. A não ser que seja o que realmente quer.

Quero que seja minha, mais do que isso, quero que seja feliz e que se sinta segura. Sempre.

Ela fechou os olhos, visivelmente se recompondo, e quando os reabriu, eles queimavam com seriedade.

— Eu amo você.

A declaração simples feita com tanta emoção era deslumbrante. Ele se sentiu honrado pelo amor e pela confiança que faiscavam dos olhos dela. Ele nunca sentiu tanto que não valia tudo aquilo, mas não ia recusar tamanho presente. Nunca.

Ele apertou a coxa dela, sentindo sua maciez contra seu corpo muito mais duro. — Também amo você, Kylie. Vamos conseguir, certo? Vamos chegar lá. Só nos dê tempo.

O olhar dela baixou depois de ele ver uma luz de dor em seus olhos.

— Me sinto tão fracassada — ela admitiu. — *Sei* que posso confiar em você e mesmo assim não consigo ter intimidade com você sem amarrá-lo. Soa tão ridículo. Eu dizendo que amo e confio em você e nem houve penetração. Como isso não faz de mim uma grande hipócrita de dizer uma coisa e fazer outra totalmente diferente?

Seu coração se contorceu com a indignação na voz dela. Ele levantou o queixo dela com os dedos, forçando-a a olhar para ele.

— Amor, esse é um grande passo para nós... para você. Não há pressa e não quero que se recrimine por isso. Estou feliz e você está feliz. Nada mais importa. No tempo certo, você vai confiar em mim suficientemente para deixar que faça amor com você. Você vai confiar *em si mesma*. Até lá, vai me amarrar na cama toda vez até se sentir confiante o bastante para dar o passo final.

O canto dos lábios dela baixaram, formando uma careta.

— Queria ser tão confiante quanto você.

— Tenho confiança suficiente para nós dois — ele disse, gentilmente. — Vamos chegar lá, Kylie. Roma não foi construída em um dia. Isso leva tempo. Não é algo que conseguiremos facilmente. Você precisa se sentir totalmente segura comigo, porque se pularmos essa etapa, poderemos causar muito mais prejuízo por tentarmos acelerar as coisas. Estou perfeitamente satisfeito em deixar as coisas como estão até você ficar pronta para o próximo passo. Não precisa se desculpar ou justificar seus medos. Não para mim. Nunca para mim. Amo você e amar é fazer o que for preciso para proteger a pessoa amada.

Ela se inclinou, pressionando a boca macia na dele.

— Amo tanto você — ela sussurrou contra seus lábios. — Não mereço você ou sua paciência, mas agradeço a Deus por ter me dado os dois. Nunca imaginei que me sentiria assim por alguém. É assustador e lindo ao mesmo tempo.

Ele a beijou de volta, devagar e suave, sua língua saboreando a dela, tocando gentilmente seus lábios. Então, ele se afastou, simplesmente curtindo essa conexão entre eles. Esse momento com os dois deitados, nus. Ele não queria que acabasse. Não queria que o mundo lá fora se intrometesse nesse algo novo e lindo. Frágil e vulnerável.

— Não que eu queira mudar de assunto, mas não falei sobre minha conversa com o Dash e prometi não esconder nada. E acho que não há melhor hora para falar do que com você em meus braços, tão afável e doce.

Ela sorriu.

— Significa o fato de Dash e meu emprego serem as últimas coisas que estão passando pela minha cabeça?

— Acho que significa que você estava muito focada em mim e, apesar de isso me tornar um babaca egoísta, gosto da ideia de que não está pensando em mais nada quando está comigo.

Ele a beijou novamente e depois se afastou para que pudesse olhar para ela. O cabelo dela estava espalhado pelo travesseiro, parecendo cetim. Ela estava deitada de lado, entrelaçada nas pernas dele. Jensen já estava duro de novo, mas não tentou esconder. Ele queria que ela soubesse o quanto a queria e desejava. O quanto ele a achava linda.

— Então, o que Dash disse? E o que você disse a ele, exatamente?

Ele desceu a mão pelo corpo dela, incapaz de não tocá-la enquanto conversavam. Havia algo definitivamente íntimo em abordar tópicos comuns na cama, enroscados um no outro, com uma barreira ao mundo exterior.

— Eu disse para ele começar a procurar outro assistente administrativo porque seus talentos estão sendo desperdiçados naquela área. Disse que queria que você tivesse folga pelo resto da semana. Você precisa descansar, mas admito que isso é um pouco de egoísmo da minha parte, porque gosto de ter você inteira só para mim e não estou pronto para deixá-la ir ainda ou compartilhá-la com outras pessoas.

Ela pareceu agradecida com sua fala e nem um pouco brava por ele ter basicamente tomado decisões por ela em relação ao seu emprego. Ele tinha que ficar pisando em ovos porque, apesar de ter dado o controle a ela em relação a fazer amor, era muito natural que sua dominação atingisse outras áreas.

— Também disse a ele que você fechou o contrato com a S&G, que precisamos que você trabalhe mais perto de nós, e que no futuro você será uma sócia excelente no negócio.

Ela franziu o cenho quando o prazer brilhou em seus olhos.

— E como ele reagiu? — ela perguntou, hesitante.

— Reagiu bem. Concordou em começar a procurar outro assistente administrativo. Disse a ele que você precisa focar em outros aspectos da empresa e não terá tempo de fazer malabarismos para lidar com tudo que deixamos para você fazer. Precisará de alguém que a ajude, então, teoricamente, o novo assistente administrativo vai trabalhar para nós três. Não só para mim e para Dash.

— Sua confiança em mim significa muito, Jensen — ela disse, sincera. — Com o tempo, espero ser capaz de me ver como você me vê. Estou trabalhando nisso, mas como você disse, Roma não foi construída em um dia.

Ele riu por ter as próprias palavras jogadas de volta para si mesmo.

— Verdade, amor.

Ela ficou um pouco em silêncio, obviamente se contorcendo pela pergunta que faria a seguir.

— E ele sabe... sobre nós?

Jensen assentiu.

— Eu disse a verdade a ele. Disse que você é minha.

Ela piscou, refletindo com tamanha declaração contundente. Então um sorriso suave se expandiu pelo seu rosto lindo, seus olhos brilhavam.

— Gostei — ela disse, baixinho. — Gosto do jeito que isso soa quando você fala. Nunca pertenci verdadeiramente a ninguém. Se alguém tivesse me dito que eu seria feliz com um homem tão... *possessivo*, eu ia definitivamente negar. Nunca acreditaria que iria gostar disso ou *permitir* isso.

— Você é minha — ele disse, baixinho. — Nunca duvide disso. E protejo o que é meu. Vou avisá-la agora. Eu lhe dei controle em relação a fazermos amor e fiquei feliz com isso. Mas minha... dominação, pela falta de uma palavra melhor, vai atingir outras áreas. Algumas delas você pode não gostar ou ficar assustada ou confusa. Não digo isso para assustá-la. Só estou sendo honesto porque não quero pegá-la de surpresa e aterrorizá-la.

Ela mordeu o lábio inferior e o estudou por um longo instante em silêncio.

— Sei como conceder o controle para mim foi difícil. Sei que isso vai contra tudo o que o torna ser quem é e o que é. Não quero que pense que não sei a magnitude disso. Eu sei. Nem quero que pense que não me importo com essa atitude. E, como disse, vamos chegar lá. Não tenho dúvida de que serei capaz de lidar com qualquer fantasia em nosso relacionamento, contanto que entenda que certamente haverá momentos nos quais vamos nos confrontar. Sou teimosa e estou acostumada a fazer as coisas do meu jeito. Você sabe disso. Mas quero que isso dê certo e acho que não ligo muito para a ideia da sua dominação. Pelo menos teoricamente.

Ele tocou seu rosto com a palma da mão e seus dedos envolveram a curva de seu pescoço, tirando fios de cabelos sedosos do rosto dela. Ela se inclinou mais na direção dele e o nariz deles ficaram distantes por um centímetro. Os olhos dela eram cuidadosos, queimando com sinceridade.

— Não quero que você mude quem é e o que é por mim. Não entendia o que Joss falava quando contava que amava muito Carson para exigir algo dele que ele não podia lhe dar. Mas *agora* eu entendo. Porque não quero que mude por mim. Amo você do jeito que você é.

Jensen não conseguiu esconder sua emoção. Ele a beijou de novo, profundamente, até os dois ficarem sem fôlego e com o pulso acelerado.

— Sinto o mesmo por você, Kylie. Não quero que *você* mude por mim porque a amo do jeito que é.

— Então acho que terei que encontrar um jeito de coexistir com tudo isso, com todos os defeitos — ela disse, atrevida.

— Pode apostar nisso — ele resmungou.

Ela bocejou, seus olhos pareciam sonolentos e satisfeitos.

Ele a puxou para seus braços, apoiando a cabeça dela em seu ombro.

— Agora durma, amor. Vou trabalhar mais tarde então podemos tomar café da manhã juntos.

— Parece maravilhoso — ela murmurou. — E vou fazer o jantar para nós amanhã quando você chegar do trabalho.

Ele beijou sua testa, a satisfação se espalhava rápido por suas veias até seu coração e sua alma.

Ele sabia que provavelmente teriam um caminho difícil, mas o otimismo brilhava em seu coração. Kylie era dele e ele não a deixaria ir. Eles superariam tudo que precisavam superar juntos.

19

Kylie cantarolava enquanto penteava o cabelo e se maquiava. A semana havia passado voando e, estranhamente, ela não estava ansiosa para voltar ao trabalho na segunda-feira. Ela gostou tanto daquele tempo com Jensen. Foram só os dois a semana inteira, acomodados em uma rotina confortável.

Jensen foi trabalhar todos os dias de manhã, depois de tomar café da manhã com ela, e voltava pontualmente às cinco. Apesar de Kylie ter conversado com Joss e Chessy ao telefone, ela não tinha detalhado muito seu primeiro momento íntimo com Jensen. Não parecia certo. Aquilo era privado. Apenas entre ela e Jensen, e ela não queria que o resto do mundo soubesse o que aconteceu naquele quarto e o sacrifício que ele estava fazendo por ela.

Ele era um homem orgulhoso, e ela confessou seu sacrifício para suas amigas, mas desejava que não o tivesse feito. Na época, ela precisava dessa ajuda. Um modo de falar sobre seus medos e talvez ter algum incentivo das amigas. Mas agora ela se arrependia de ter contado o presente de Jensen para elas. Era lindo e precioso, o presente mais altruísta que ela já recebera.

Ela imediatamente se iluminou quando ouviu a porta da frente e colocou a escova de lado, olhando-se rapidamente antes de correr do quarto de Jensen para a sala de estar.

Ele havia ligado e dito que jantariam fora de novo naquela noite. Cattleman's era um bar e restaurante que oferecia comida boa e um ambiente casual. Kylie havia comido lá algumas vezes com Joss e Chessy antes de o Lux Café se tornar o lugar preferido delas.

Ela estava ansiosa por outra saída com ele. Eles não fizeram sexo desde aquela primeira vez algumas noites antes. Ele não a forçou e nem ela o fez. Talvez ela temesse ter outro momento de surto e arruinar o progresso que tinham feito. Quem realmente saberia dizer?

O que ela sabia era que estava totalmente apaixonada, e não fazer sexo não os impedia de ter um relacionamento profundo. Não precisavam fazer nada demais, pois estavam indo muito bem juntos.

O rosto de Jensen se iluminou quando ele a viu. Ela amava aquele olhar. O mesmo olhar que ele tinha todo dia quando voltava do trabalho. Como se estivesse ansioso para vê-la e ela fosse o ponto alto do seu dia.

Seu pensamento anterior de que não estava ansiosa para voltar ao trabalho na segunda desapareceu quando ela se lembrou de que ficaria o dia todo com ele. Eles iriam trabalhar juntos e voltariam do trabalho juntos. O que poderia ser melhor?

— Por que está me olhando assim? — ele perguntou, perplexo.

Ela deixou de pensar naquilo e mergulhou nos braços dele, fazendo com que a abraçasse.

— Desculpe. Estava apenas repensando algo que veio à minha mente mais cedo. Ou melhor, tentando voltar atrás e não pensar.

Ele riu dela, o peito dele vibrava contra sua bochecha. Ela fechou os olhos e segurou nele, aproveitando essa proximidade e o conforto que ele trazia a ela apenas por... estar lá. Com ela. Voltar para casa, para ela, e estar tão feliz em vê-la todos os dias.

— Isso não faz sentido nenhum — ele disse, divertindo-se.

Ela formou um sorriso, absorvendo seu olhar, devorando-o. Tão masculino, deslumbrante e vibrante. Ela arrepiou pela intensidade do olhar dele e se perguntou se aquela noite seria a noite na qual fariam amor de novo. Mas estava nas mãos dela, não estava? Ela dava as ordens, então tudo o que ela tinha que fazer era dizer que o queria e ele estaria à sua disposição.

— Bom, eu estava pensando mais cedo que não estava muito ansiosa para voltar ao trabalho na segunda. Gostei tanto desta semana. Mas então percebi que, quando eu voltar ao trabalho, passarei o dia todo com você e não o verei só de manhã e à noite. Então repensei a ideia de que não estava ansiosa para voltar ao trabalho e concluí que estava muito ansiosa para passar o dia todo com você.

Os olhos dele brilharam de alegria e um sorriso satisfeito apareceu em seus lábios sensuais. Lábios que ela queria muito que estivessem nos dela. Seu coração estremeceu quando ela imaginou se permitindo que ele a tocasse. Ela seria capaz de lidar com aquilo? Seu coração e seu corpo reconheciam o desejo e ecoavam seu anseio. Sua mente era a única que a segurava.

— Estou grato que você tenha percebido seu equívoco. Porém, não vou mentir. Esta semana foi maravilhosa com você aqui, esperando que eu voltasse para casa. Não estava pronto para dividir você com o resto do mundo. Ainda não. E não vou dizer que estarei pronto na segunda, mas já segurei você bastante tempo. É hora de soltá-la e deixá-la arrasar por aí. O fato de que estarei com você lá é só a cereja do bolo.

— A bajulação o levará a todo lugar que quiser — ela disse com um sorriso. — Agora, você vai se trocar para que possa me alimentar? Faz um tempo que não vou ao Cattleman's. Estou ansiosa por uma comida boa de bar e muito carboidrato.

— Que nunca se diga que neguei qualquer coisa à minha mulher.

Ele a beijou rapidamente e então seguiu para o quarto, enquanto ela encarava a bunda dele tendo pensamentos obscenos.

O fato de ela ter tido um arrepio ridículo pelas palavras "minha mulher" a tornavam uma idiota?

Ela estremeceu porque, idiota ou não, o jeito que ele dissera aquilo atingiu todos seus pontos femininos. Ela ficou lá com um sorriso estúpido, seus hormônios raivosos por aquela bunda. Deus, ela estava se tornando uma adolescente histérica antes de ir para seu primeiro encontro.

Decidindo ser um pouco, tudo bem, muito mais atrevida, ela o seguiu até o quarto, esperando espiar um pouco enquanto ele se trocava. Aparentemente, ela podia adicionar *voyeurismo* à sua lista crescente de coisas às quais nunca imaginou se entregar.

A respiração dela parou na garganta quando entrou e o viu sem roupa, só de cueca. Os músculos das suas costas ondulavam-se conforme colocava a camiseta, e ela, sem vergonha, ficou lá, apenas apreciando a vista.

Seu olhar baixou para a protuberância muito notável em sua cueca. Realmente parecia que ele, de fato, estava ansioso para voltar para ela todos os dias.

Será que aqueles últimos dias sem fazer sexo eram uma versão do inferno? Ela tinha simplesmente brincado com ele em sua primeira incursão na intimidade? Ela não gostava da ideia de apenas provocá-lo. Não era de sua natureza guiar um homem. Não que fosse exatamente o que ela estava fazendo. Mas não gostava da ideia de ele se sentir incompleto.

Ele se virou, com uma sobrancelha levantada enquanto a via parada na porta. Então sorriu enquanto pegava suas calças.

— É agora que falo "me pegou no flagra"? — ele perguntou, sem remorso.

Ela balançou a cabeça, retribuindo o sorriso.

— Nem um pouco. Eu... gosto... de ver que você me quer. A não ser que essa ereção seja por outra pessoa? — ela perguntou, inocente.

Ele bufou.

— Ah, sim. Você vê outra mulher deslumbrante e desejável aqui?

— Não. Não vejo nenhuma — ela disse, suas bochechas esquentaram com seu elogio.

Ele fez uma careta para a resposta dela e foi até onde estava parada, puxando-a para seus braços. Ela parou com um baque no peito dele e ele inclinou seu queixo para cima antes de pressionar sua boca sobre a dela.

Jensen esfregou sua virilha contra a barriga dela para que ela sentisse o quanto ele estava duro. Ela escorregou as mãos para o meio das pernas dele, segurando seu pênis através do jeans das calças, e o acariciou gentilmente.

Seu gemido foi gutural, o som de um homem necessitado. Aquela noite, o mundo podia acabar, mas ela iria retribuir. Se ela percorresse todo o caminho, mais nenhum deles sofreria de desejo.

20

Kylie e Jensen se sentaram em uma mesa perto da janela no Cattleman's, e Kylie estava comendo nachos como aperitivo quando um homem extremamente bonito foi até a mesa deles.

Ao lado dele estava uma mulher deslumbrante, com olhos azuis brilhantes e cabelos pretos. Era um contraste atraente. O casal parecia valer um milhão de dólares juntos e era óbvio que o cara tinha dinheiro.

Ele não parecia ostentar e não era um daqueles caras que exibia descaradamente sua riqueza. Ele tinha uma autoridade silenciosa. Sua roupa era de grife, muito cara, e caía muito bem nele. E havia a pedra que a mulher alardeava no dedo anelar. Quando batia a luz, brilhava, quase cegando Kylie.

Tudo bem, talvez houvesse um singelo exagero, mas mesmo assim. Ela não estava errada sobre o homem — e a mulher — ser rico. Ela tinha saído com os amigos de Carson muitas vezes para que soubesse do que se tratava realmente quando via algo assim. Ela também era treinada para ver aspirantes a rico, aqueles que tentavam fazer parecer que tinham muito mais dinheiro e *status* do que realmente tinham.

— Jensen, é bom ver você — o homem disse quando se aproximou.

Quando ele parou à mesa, puxou a mulher para seu lado em um gesto que parecia corriqueiro e automático. Era óbvio que aquele homem era possessivo com ela. Era evidente em sua linguagem corporal. E no jeito que ele olhava para as expressões dela.

Jensen olhou para cima, sua expressão relaxou ao reconhecê-lo. E então sorriu simpático para o casal e se levantou. Kylie ficou sentada paralisada, incerta se deveria se levantar ou não. Mas Jensen ofereceu a mão para ela, pegando-a e apertando-a para assegurar que estava tudo bem.

Deus, ela amava aquilo nele. Que ele era sempre tão precavido e protetor com ela.

— Olá, Damon. Serena — ele disse para a mulher. Então virou para Kylie, seus olhos possessivos gritando positivamente para o mundo que ela era dele. — Gostaria que conhecessem Kylie. Ela é muito especial para mim.

Uma onda de alegria inundou o coração dela pelo simples jeito como ele caracterizou o relacionamento deles.

— Kylie, este é Damon Roche e sua esposa, Serena.

— Muito prazer em conhecer você, Kylie — Damon disse, com o charme evidente em sua voz. Mas também era evidente a autoridade que ela notara nele. Havia algo nele que fascinava Kylie, mas a deixava desconfiada ao mesmo tempo.

Dominação.

A palavra apareceu silenciosamente para ela, seus instintos dizendo, inquestionavelmente, que aquele homem era dominador. Parecia que todo mundo ao seu redor era dominador ou submisso. O mundo parecia pequeno, de fato.

— Olá, Kylie — Serena disse, com um sorriso caloroso em seu rosto lindo.

— Oi — Kylie disse, tímida. — É muito bom conhecer vocês.

— Não vamos atrapalhá-lo — Damon disse a Jensen. — Mas faz um tempo que não vejo você e queria vir falar oi pelo menos.

Jensen apertou a mão dele e então se inclinou para beijar Serena no rosto. Kylie cumprimentou-os com um aceno quando eles viraram e seguiram para a direção oposta. Então Jensen voltou a se sentar e Kylie olhou para ele com ar de questionamento.

— Quem são eles? — ela perguntou.

— Conhecidos — ele disse. — Não os conheço há muito tempo, Dash nos apresentou.

Kylie tinha a sensação de que já os conhecia. O nome Damon deixou-a com a pulga atrás da orelha. Joss o havia mencionado. Se ela não estava enganada, ele era o *dono* do lugar ao qual Joss se associou e pretendia ir em sua busca pela dominação. E se Jensen o conhecia...

— Você é um membro de lá?

Ele não fingiu não entendê-la. Ele sempre era sincero, fato que ela gostava. Ela nunca precisava duvidar dele ou do que ele estava pensando ou sentindo porque ele nunca escondia nada dela.

Exceto pela sua dominação.

Ela estremeceu ao se lembrar disso, ainda se sentindo culpada por ele estar negando uma grande parte de si mesmo. Por ela.

— Sou um membro, sim. Mas ainda não participei e agora não tenho nenhuma intenção de fazê-lo.

— Chessy, Tate, Joss e Dash vão lá — Kylie murmurou.

— Sim, eu sei — ele disse, calmo. — Mas nunca estive lá quando eles estavam. Na verdade, só fui lá duas vezes, para o processo de inscrição e para conhecer as instalações.

Ela franziu os lábios, pensando se realmente queria saber a resposta para sua pergunta seguinte. Ela conhecia o estilo de vida. Ouvira o bastante das conversas de Chessy e Joss para ter uma boa ideia do que acontecia lá, mas nunca obteve detalhes explícitos. Ela não sabia nem por que estava curiosa.

— O que acontece lá, exatamente? — ela perguntou, finalmente. — Quero dizer, Chessy e Joss falavam sobre isso, mas, para ser sincera, a maioria das vezes eu as ignorava porque não *queria* saber. E eu fiquei extremamente preocupada com Joss quando ela disse, pela primeira vez, que iria começar a participar.

— Por que você quer saber *agora*? — ele perguntou, suavemente.

Ela deu de ombros.

— Só curiosidade, eu acho. Quero dizer, não estou interessada no que acontece lá. Acho que é melhor desistir de saber. Não gosto de lembrá-lo que está se anulando.

— Kylie. Olhe para mim, amor.

Ela olhou para cima, encontrando seu olhar. Ele olhava intensamente para ela. Ele *radiava* seriedade.

— Não estou me anulando. Fiz uma *escolha*, da qual *não* me arrependo. Não tenho mais interesse na The House. O que eu quero e preciso está bem aqui na minha frente.

Apesar de, logicamente, ela saber disso, surgiu um alívio correndo em suas veias, relaxando o aperto no seu peito que estava quase doloroso.

— Você acredita nisso, amor?

Ela assentiu, devagar.

— Sim, acredito, Jensen. Mas não vou mentir. Às vezes me preocupa o fato de você abdicar de tanta coisa por mim.

— Talvez você devesse focar mais no que ganhei — ele sugeriu. — Porque, do meu ponto de vista, não abdiquei de nada, e ganhei muito mais do que já sonhei em ter.

Novamente assegurada pela sinceridade de suas palavras, ela seguiu em frente.

— Então, o que acontece lá? — ela perguntou com mais confiança. Saber disso não a machucaria. Não a envolveria. Não faria nada além de diminuir sua curiosidade sobre o estilo de vida de suas duas melhores amigas.

— The House é um lugar para pessoas satisfazerem todos os tipos de fantasias sexuais. Acontece quase de tudo. Com bom senso, é claro. Não é apenas sobre dominação e submissão. Há muitas outras fantasias nas quais as pessoas encontram prazer. É um lugar onde eles podem, livremente — e seguramente —, se satisfazer.

— Então, é, tipo, público? Quero dizer, as pessoas que vão lá realizam suas fantasias na frente de todo mundo?

Era incompreensível imaginar Chessy e Joss fazerem qualquer coisa que fosse na frente de todo mundo, e talvez uma parte dela não *queria* imaginar suas amigas naquele tipo de situação. Definitivamente, era uma lavagem cerebral.

— Alguns fazem. Outros não. Há opção para ambos — ele disse, dando de ombros. — Há um cômodo comum onde tudo é público. Mas também há cômodos privados, monitorados pela segurança para que ninguém se machuque.

— Parece... diferente — ela disse, desajeitada, sem saber o que dizer mais sobre algo que ela não entendia. A mera ideia de fazer sexo em público a deixava agoniada. Ela não tinha coragem de fazer sexo em particular, quanto mais para o mundo todo.

Ele riu discretamente.

— É diferente. Mas não muito para as pessoas que frequentam. Para eles é o curso normal de sua sexualidade. Qualquer coisa serve. Contanto que seja consensual e cada um na sua.

Bem, aquilo certamente a colocava em seu lugar. E talvez não precisasse julgar tanto. Quem era ela para julgar as pessoas, de qualquer forma? Ela tinha tantas manias que um psicólogo levaria anos para classificá-las, então ela não podia falar nada sobre ninguém.

— Você não precisa se preocupar com nada — Jensen a acalmou. — Nunca sonharia em levá-la lá. Não tenho mais vontade de ir àquele lugar. Quando conheci Dash e falamos sobre isso, fiquei intrigado, sim. Até procurei ser membro. Mas então conheci você. Ou melhor, primeiro conheci você e então procurei ser membro, mas, quando consegui, não tive vontade de ir. Eu queria... *você*.

— Nunca vou entender por quê — ela disse, honestamente. — Mas sou tão grata que você não foi e que me quer, com todos os problemas e todo o resto. Você me dá esperança, Jensen. A primeira esperança verdadeira que tive em toda minha vida de ter um relacionamento normal. Ou tão normal quanto possa ser, acho.

O tom pesaroso em sua voz não podia ser disfarçado.

— Quem precisa de normalidade? — ele perguntou, suavemente. — Normalidade é como *nós* definimos, não os outros. Assim, o "normal" de todo mundo é diferente. O nosso é do jeito que quisermos. Além disso, se não ficar com você me torna normal, então foda-se. Prefiro ser anormal com você.

Ela sorriu, seu humor estava melhorando. Deus, mas, para o que havia planejado para mais tarde, ela estava jogando um grande balde de água fria. Ou no mínimo estava sabotando seus esforços com toda aquela normalidade sobre a qual estava falando.

Seus pedidos chegaram e Kylie se viu comendo rapidamente. Sua mente estava ocupada com o resto da noite. A comida era a última coisa na qual estava pensando. Ela olhou para cima e viu que Jensen já havia acabado e falou, antes que perdesse a coragem.

— Está pronto para ir para casa? — perguntou, ansiosa para dar continuidade aos seus planos.

Uma faísca surgiu nos olhos dele. Reconhecimento. Ela era tão óbvia? Ou talvez estivesse simplesmente desesperada. O pensamento a divertiu porque Kylie nunca se descreveria como desesperada antes de conhecer Jensen. Agora, tudo o que conseguia pensar era deixá-lo nu e ficar pele a pele com ele.

Um tumulto perto da porta chamou a atenção de Kylie, que queria ver o que estava acontecendo. Sua boca franziu de desgosto quando viu um homem, obviamente bêbado — e escandaloso —, sendo afastado do bar por atormentar sua companhia feminina.

Ela parou de olhar para lá, sem querer que nada arruinasse aquela noite.

Jensen pagou a conta, levantou-se e pegou a mão dela, ajudando-a a ficar em pé. Ele a colocou ao seu lado e eles andaram até a porta, noite adentro.

Ela não percebeu nada de errado até Jensen ficar rígido ao seu lado. Kylie olhou na direção para onde ele estava olhando, assustada quando um grunhido baixo saiu de seu peito.

O casal no qual ela reparara anteriormente continuou a discutir no estacionamento. O homem estava segurando o cabelo da mulher, gritando obscenidades para ela.

Então, para completar seu horror, o homem golpeou a mulher com seu punho, jogando-a no chão.

Jensen avançou no homem, derrubando-o com um golpe certeiro. O homem caiu no chão. Duro. Kylie ficou paralisada, incapaz de reagir ou se mover enquanto Jensen abaixava-se ao lado da mulher caída e a ajudava a se levantar.

O coração de Kylie estava batendo forte em seu peito e o suor aparecia em sua testa. Sentiu uma náusea subindo pela garganta, e então ela teve que engolir de volta a vontade de esvaziar seu estômago.

— Você está bem? — Jensen perguntou à mulher com uma voz gentil. — Deixe-me ajudá-la. Vou ligar para a polícia para prender esse imbecil.

— Não! — a mulher gritou. — Por favor, só nos deixe sozinhos. Você só vai piorar as coisas!

A voz dela implorava. Ela agarrou a mão de Jensen e o chacoalhou, mostrando o desespero em seus olhos e suas palavras.

Jensen a encarou, chocado, e então olhou para onde o homem estava gemendo no chão.

— Você quer que eu vá embora depois do que ele fez com você? — Jensen perguntou com a voz rouca.

— Por favor, apenas vá — a mulher implorou. — Vou levá-lo para casa. Ele não fez de propósito, só está bêbado. Não tem ideia do que está fazendo. Não vai se lembrar de nada pela manhã.

— E como você vai explicar esse machucado no rosto? — Jensen exigiu saber.

A mulher olhou em pânico para o homem, que estava tentando se levantar.

— Não importa. Certo? Apenas vá, por favor. Vou lidar com ele. Ele não fez nada de propósito. Por favor, apenas vá. Será pior para mim se você interferir.

Kylie sentiu seus pés e sua língua finalmente. Ela foi até onde Jensen estava e deu a mão para ele. Ele virou como se acabasse de se lembrar que ela estava lá. A escuridão inundava os olhos dele. A raiva o invadiu e o queimou, deixando tenso todo o seu corpo.

— Vamos, Jensen — ela sussurrou. — Ele não vai mais machucá-la. Ela não quer que você chame a polícia.

— Escute a moça — a mulher insistiu. — Não é nada que eu não tenha aturado antes. Ele vai se arrepender de manhã, se ele se lembrar.

— Isso *não* é desculpa — Jensen disse de forma fria. — Você deveria jogar esse babaca na cadeia e pedir uma ordem de restrição contra ele.

Kylie agarrou a mão dele, desesperada para sair dali antes que a situação piorasse. O homem estava se esforçando para ficar em pé e estava olhando em volta, obviamente procurando por sua companheira. A mulher na qual ele acabara de bater.

A mulher deu um último olhar desesperado para eles e então foi até onde o homem estava, erguendo-o, fazendo-o se apoiar nela.

Jensen xingou, violentamente, baixinho. Seu corpo inteiro tremia contra o corpo de Kylie. Seus dedos apertavam os dela tão fortemente que ela percebia o quanto estava difícil para que ele se controlasse.

Ela o puxou mais uma vez, preocupada que ele corresse atrás do cara de novo. Para seu alívio, dessa vez ele foi com ela. Por todo o caminho até o carro, ele ficou olhando por cima do ombro, com a preocupação evidente no olhar conforme procurava pelo homem e pela mulher.

— Merda, isso me deixa enjoado — Jensen xingou conforme guiava Kylie até o banco do passageiro.

Kylie olhou pela janela e viu a mulher se esforçando para colocar o homem no banco do passageiro do carro deles. Seu coração apertou ao imaginar a vida que aquela mulher levava. Uma vida onde tinha que inventar desculpas para o abuso de seu marido ou namorado. Ela fechou os olhos, querendo apenas que as imagens parassem de bombardeá-la por todos os lados.

A noite acabara arruinada, seu otimismo anterior se esvaía rapidamente.

O silêncio pesado pairou dentro do carro por todo o caminho de volta para casa. As mãos de Jensen estavam apertadas em volta do volante, seu olhar fixo no horizonte enquanto seguia no trânsito. Muitas vezes ela olhou para ele, mas ele não tirou os olhos da estrada.

A tensão estava densa, um manto tangível os circundava, quase sufocando-os de tão intenso. Ela vira a raiva tremenda nos olhos de Jensen e então... *tristeza*. Tanta dor e mágoa que a tinham atingido.

Que escuridão ele tinha em seu passado? Eles tinham falado brevemente sobre isso. Ele havia mencionado que tinha os próprios demônios com os quais lutar e, quando ela perguntou, ele fugiu da conversa, dizendo que contaria a ela depois.

Agora ela percebera que tinha que saber. Agora, não depois.

Ela esteve tão absorta em seus próprios problemas que não tinha nem pensado nos dele, um descuido que ela pretendia corrigir imediatamente.

Se ele se abrisse com ela.

Kylie estremeceu porque não havia se aberto para ele, mas, ali estava, esperando que Jensen mostrasse sua alma para ela. Ele conhecia um pouco do passado dela, mas ela não conhecia nada do dele. E, se eles tinham alguma esperança de seguir em frente, não apenas tinham que contar todo o resto dos demônios dela, mas os dele também. A partir de agora.

21

Jensen abriu a porta de sua casa e guiou Kylie para dentro. Ele a olhou de canto de olho para ver seu rosto ansioso e pálido. Ela estava com os braços em volta de si mesma e esfregava as mãos na pele para cima e para baixo, agitada.

Ele xingou baixinho porque a noite foi arruinada. Sabia muito bem o que Kylie havia planejado, para o que ela provavelmente esteve se preparando a semana toda. E agora? Quem saberia dizer pelo que ela estava passando depois do comportamento daquele babaca no estacionamento?

Foi contra cada instinto dele ir embora quando ele sabia muito bem que aquele imbecil machucaria aquela mulher mais vezes. Ele continuaria a fazer isso até ela reagir, até ela colocar um ponto final em tudo. Mas Jensen apenas ir embora e fingir que não havia testemunhado aquilo?

Isso o enojava.

Os demônios dele voltaram à vida rugindo, não mais contidos pelas barreiras que ele erguera ao longo dos anos. Eles estavam borbulhando logo abaixo da superfície, arranhando e cavando o caminho para a mente dele.

— Jensen?

A voz baixa de Kylie o tirou daqueles pensamentos. Ele olhou para ela de novo enquanto ela o estudava, com a expressão perturbada.

— Sim, amor?

— Precisamos conversar — ela disse em voz baixa.

Ele assentiu, incapaz de responder qualquer coisa.

Ela pegou a mão dele, surpreendendo-o com o jeito que parecia tentar acalmá-lo. Como se não fosse ela que havia visitado novamente o inferno por ter assistido em tempo real a tudo o que acontecera no passado. Só o que ela sofrera era muito pior. Tomar um tapa na cara nem chegava perto de tudo o que havia acontecido com ela.

— Venha para o quarto — disse ela, baixinho. — Vamos para a cama e conversaremos lá.

Ele a puxou para seus braços, simplesmente querendo segurá-la por um momento. Para se certificar de que ela estava segura. Que estava ali com ele e não a um milhão de quilômetros, em outro lugar e outra hora.

Ele beijou o topo de sua cabeça, inalando o cheiro de seus cabelos sedosos. Ela colocou os braços em volta dele, abraçando-o firmemente, como se, de novo, o estivesse tranquilizando, e não o contrário.

— Eu adoraria — ele disse.

Ela se afastou, mas continuou segurando a mão dele, e então puxou-o em direção ao quarto. Quando eles entraram, ela foi até a gaveta onde a maioria de suas roupas estavam e pegou um pijama.

Ela se despiu eficientemente, nem um pouco incomodada por ele estar olhando para ela. Ele estava aliviado, em grande parte, que ela não parecia tão traumatizada pelos eventos da noite. Talvez fosse ele quem estava remoendo mais o acontecimento. Ver aquela mulher sendo agredida brutalmente no estacionamento trouxe memórias dolorosas para ele. Um sentimento de impotência agarrou-se a ele quando a mulher implorou para que não chamasse a polícia.

Deus, ele não queria se sentir tão impotente de novo nunca mais.

As mãos dele estavam tremendo. Ele não tinha percebido isso até Kylie dar a mão para ele, apertando-a de forma reconfortante.

— Precisamos despir você e prepará-lo para dormir — ela disse.

Ele ficou parado ali enquanto ela o despia, peça por peça. Kylie se moveu devagar e quase respeitosamente, como se tivesse assumido o papel de cuidadora, o qual geralmente era dele. E, mesmo assim, ele permitiu, saboreando aquela sensação de ter alguém que amava cuidando dele quando estivesse vulnerável.

Só com aquela mulher ele permitiria que aquele seu lado fosse exposto. Com mais ninguém ele se sentira seguro o bastante para deixar o controle nas mãos alheias.

Quando ele estava só de cueca, ela o guiou em direção à cama, puxando as cobertas para que pudessem entrar debaixo delas.

Assim que os dois se ajeitaram, Kylie se aconhegou nos braços dele, deitando a cabeça em seu ombro.

— O que aconteceu hoje, Jensen? — ela perguntou, gentilmente. — Com exceção do óbvio. Vi seu olhar. Vi mais do que raiva e fúria. Vi tristeza e... desespero. Uma vez você me disse que eu não era a única que sofria com os demônios do passado. Você pode me contar sobre eles agora?

Ele fechou os olhos por um instante, se perguntando o quanto deveria contar para ela. Não que não quisesse contar ou não confiasse nela para compartilhar sua história. Ele ficava preocupado que isso trouxesse memórias desagradáveis para ela novamente se relatasse o tormento de sua infância.

Como se pudesse entrar na mente dele e arrancar seus pensamentos, ela segurou seu rosto e o acariciou com a mão sobre a bochecha.

— Hoje falaremos sobre você — ela disse com uma voz suave. — Não quero que se preocupe comigo. Pelo menos uma vez, me deixe ser forte por você. Vou escutar qualquer coisa que me disser. E nunca vou contar para ninguém, pode confiar em mim.

Ele virou o rosto em direção à mão dela, beijando sua palma.

— Ah, Kylie, confio totalmente em você. Confio em você mais do que em qualquer outra pessoa. Só não quero magoá-la ou trazer de volta memórias dolorosas para você.

— Não vai acontecer isso — ela disse, solenemente. — Não esta noite. Hoje estou aqui para ouvir. Para ser forte por você como você tem sido forte por mim.

Deus, como ele amava aquela mulher. A ideia de não ficar com ela causava um buraco no coração dele. Ele não queria imaginar a vida sem ela. Não agora que ele a tinha. Ela pertencia a ele, e Jensen nunca a deixaria ir embora.

Ela tocou o rosto dele novamente, afagando suavemente a curva de seu rosto.

— Eu amo você. Lembre-se disso. Nada que disser mudará isso.

Ele fechou os olhos, pensando em como era tão sortudo. Quem imaginaria que ele encontraria sua alma gêmea em uma mulher pela qual não era possível ter dominação sexual? Mas, até aí, ela provavelmente nunca havia ponderado ou pensado em algum momento se envolver com um homem dominador, então talvez eles fossem iguais.

— Espero muito que seja sempre assim — ele disse.

Ela assentiu, com uma sinceridade ardendo em seus olhos.

Ele inspirou, tomando coragem. Ele queria superar aquilo. Era como tirar um curativo rapidamente.

— Como você, eu venho de um ambiente de abuso. Meu pai...

Ele engasgou com as palavras, odiando dar ao homem que tinha sido tão monstruoso a honra desse título.

A dor encheu os olhos dela. E a compreensão. Mas ela continuou quieta, sem interrompê-lo, enquanto ele lutava para continuar.

— Diferente do seu caso, a maioria dos abusos dele não eram diretamente para mim. Queria muito que *tivessem* sido, pois eu poderia lidar com isso. Mas ele descontava sua raiva na minha mãe e eu não podia fazer nada a não ser assistir e então pegar os pedaços que restavam depois. Odeio esse sentimento. *Odeio*.

Uma lágrima rolou pelo rosto de Kylie, sua dor era tão grande quanto a dele. Ela entendia muito bem os sentimentos dele quanto a esse assunto. Conhecia mais do que qualquer um a dor e a miséria das memórias dele.

A mão dela tremia contra o rosto dele, mas ela a manteve lá, um sinal silencioso de seu amor e apoio.

Ele parou em algum momento? — ela perguntou, baixinho.

Jensen fechou os olhos, a dor queimava como fogo em seu peito. Era difícil demais para ele voltar àquela época de sua vida. Ele não abria aquela porta há muito tempo e agora estava sendo tudo arremessado, não conseguia controlar.

Flashes apareciam em sua mente, cada vez mais rápido, deixando-o tonto.

— Não — ele sussurrou. — Deus, não. Ele foi um babaca até o último segundo. O dia em que foi diagnosticado com câncer terminal, eu comemorei. Deus do céu. Eu estava *animado* que o velho teria uma morte dolorosa. Eu *desejava* que isso acontecesse. Toda vez. E tudo o que eu podia pensar quando aconteceu foi que Deus havia ouvido minhas preces. O quanto isso é confuso?

— Não é — ela defendeu. — Era a justiça. Era o que ele merecia.

— E minha mãe. Deus, ela ficou com ele até o final. Nunca entendi isso. Mas, quando tudo acabou, ela limpou as contas bancárias, me deu o dinheiro e me disse para eu ser feliz. Ser *feliz*. Como se fosse fácil. Ela esperava que eu fosse embora e a deixasse, seguisse com minha vida e esquecesse o inferno no qual ele nos colocou.

Kylie franziu o cenho.

— E você fez isso?

Jensen balançou a cabeça.

— Não podia simplesmente abandoná-la. Fiquei ofendido por ela ter ficado com ele durante a doença, mas não podia simplesmente ir embora. Não entendi por que *ela* não foi embora na primeira oportunidade. Talvez nunca entenderei.

— O que aconteceu? — ela perguntou suavemente.

Ela percebera que havia mais naquela história.

Ele deitou, olhando para o teto, sentindo raiva e... que fora traído, um sentimento de traição. Sentimento que ele nunca tinha reconhecido completamente até agora. Ele se sentia traído por sua mãe, só que agora ele não podia fazer nada além de se perguntar se ela havia feito a melhor coisa.

— Ela foi embora — ele disse, tentando não expressar a amargura nas palavras. — Já que eu não a deixaria e não seguiria meu caminho, ela o fez.

Kylie ficou boquiaberta, em choque. A raiva apareceu em seus olhos, mas depois ela a sufocou e piscou para que aquele sentimento desaparecesse.

— Ela foi embora? Simples assim?

Jensen assentiu.

— Nunca mais a vi ou soube dela desde então. Houve uma época em que procurei por ela. Depois da faculdade, quando arranjei um emprego e comecei a ganhar dinheiro. Queria ver como ela estava. Queria retribuir o que ela tinha dado para mim, porque ela não ficou com nada. Sempre me perguntei como ela estaria. Mas ela desapareceu. Não tenho ideia se está viva ou morta. Nos meus momentos mais obscuros, pergunto se ela não foi embora para que *pudesse* morrer. Isso se ela mesma não tirasse a própria vida. Talvez ela quisesse me poupar de mais dor. Quem sabe? Sei que isso é horrível de imaginar, mas não consigo encontrar outra explicação.

— Ah, Jensen — ela disse, com a voz cheia de emoção. — Sinto muito. Como deve ser horrível para você não saber. Não consigo imaginar como se sente. Precisar de uma resposta e não ter a possibilidade de encontrá-la.

— Só quero saber se ela está bem — ele disse em voz baixa. — Que talvez ela esteja feliz. Às vezes, acho que encontrei a paz nisso tudo e outras reconheço que nunca terei paz completa em relação à coisa toda.

— Isso é compreensível.

— E às vezes me pergunto se ela me culpa — ele disse, simplesmente. — Por não protegê-la, por permitir que ele a machucasse. Se ela me odeia por isso. Por minha fraqueza.

Kylie escorregou para cima dele, com o olhar arrasado.

— Jensen, não! Você era só uma *criança*. Era você quem deveria ter sido protegido. Por seu pai e sua mãe. Não era sua responsabilidade protegê-la. Você não é culpado pelo que ele fez.

— Queria acreditar nisso — ele disse, cansado. — Só queria poder pedir perdão a ela. Ela era uma mulher boa. Mas foi abatida muitas vezes. Seu espírito estava apenas despedaçado. Ela foi completamente derrotada e, no fim, acho que ela não tinha mais nada. Talvez ela não quisesse que eu a visse daquele jeito. Talvez seja por isso que tentou me afastar e, quando não o fiz, ela decidiu fazer. Acho que nunca saberei.

Kylie colocou os braços em volta dele e o abraçou. Ele podia sentir que a bochecha dela estava molhada. Suas lágrimas por ele brilhavam na pele dela.

A última coisa que ele queria era causar dor a ela. Fazê-la se lembrar. Ele colocou os braços em volta dela, enfiando os dedos nos cabelos dela, segurando-a perto dele.

— Duas almas feridas encontrando a luz — ela sussurrou no pescoço dele. — Precisamos um do outro, Jensen. Nos entendemos muito bem.

— Realmente preciso de você — ele disse, as palavras eram uma bênção. — Muito, amor. Não consigo explicar nem para mim mesmo o quanto você passou significar para mim em tão pouco tempo. Nunca acreditei em destino, mas certamente você é minha. Foi feita para mim.

— E você foi feito para mim — ela disse, subindo nele novamente. Seus cabelos escorregaram de seus ombros, caindo no rosto dele, acariciando sua pele. Então, ela encostou os lábios nos dele, respirando-o conforme o beijava.

De forma calorosa e muito doce. Macia e tranquilizante. Ela provou dele, saboreando e depois sugando-o profundamente.

Kylie hesitou por um breve momento, com a dor ocupando seu olhar.

— Vou pegar a corda.

As palavras dela eram mais uma desculpa do que um comentário ou uma declaração. Ela estava se desculpando por precisar da maldita corda. Ela não sabia que ele se amarraria à cama pelo resto da vida se fosse só assim que poderia tê-la?

— Na gaveta — ele disse, ignorando seu olhar, dizendo sem palavras para que não se desculpasse. Não por isso. Nunca por isso.

Ela escorregou para fora da cama e voltou um instante mais tarde com a corda e, então, de maneira muito gentil, amarrou os punhos dele na cabeceira. Ela não olhava para ele e o fato de ela sentir vergonha pelo jeito que faziam amor o dilacerava.

— Kylie, amor, olhe para mim, por favor.

Ela acabou de dar o último nó e então se sentou nos calcanhares, erguendo o olhar devagar até encontrar o dele.

— Não tenho problema com isso. Preciso que você também não tenha. E não temos que fazer isso agora. Foi uma noite tensa. Estou feliz só de você estar em meus braços.

Ela balançou a cabeça, suavizando os olhos com amor. Então se inclinou para baixo e o beijou, mordendo e puxando seu lábio inferior de uma maneira brincalhona.

— Quero fazer amor com você agora — ela sussurrou contra a boca dele. — Preciso mostrar a você o meu amor. Não apenas dizer. Você tem sido tão forte por mim. É minha vez de ser forte por você. Permitir que se apoie em mim pelo menos uma vez. Me deixe fazer isso. Por você. Por nós.

Ele gemeu, seu pênis ameaçava fazer um buraco em sua cueca. Estava desesperado por ela. Precisava dela. Queria o seu toque. Sua doçura e sua leveza. Esta noite mais do que nunca.

Ela esfregou a boca no queixo e no pescoço dele, escorregando pelo peito e, sem parar, sobre seu abdome definido. Ele estremeceu, seus músculos se contraíram conforme a língua dela trilhou um caminho sobre sua carne.

Ela fazia amor com ele tão docemente com sua boca, de um jeito que ele nunca havia experimentado. Ele estava excitado por ela, sua necessidade era tangível e desesperada.

Ela enfiou seus dedos na cueca dele e gentilmente a puxou para baixo. O pênis dele apontou para cima, libertando-se do tecido. A umidade já surgia e derramava da ponta. Ele não tinha controle perto dela, estando amarrado ou não.

Ela lambeu a ereção dele para cima e para baixo, girando a língua e esbanjando doçura sobre seu saco. Ele fez força contra as cordas que o restringiam, tentando alcançá-la mesmo sabendo da impossibilidade de tal ação. Um dia. Um dia ele a tocaria como ela o estava tocando. Ele acariciaria e acenderia o seu fogo até ela explodir de prazer.

Ela circulou a cabeça do pênis dele com a língua e então o enfiou profundamente na boca. Ele virou os olhos conforme o prazer explodia em sua virilha. Então, ela se levantou, deixando a ponta cair de seus lábios.

Os olhos dela brilhavam com determinação. Ela levantou a parte de cima do pijama e a retirou, deixando que ele olhasse de forma ávida para seus seios. Ele prendeu a respiração, esperando, quando ela foi para as próprias peças abaixo da cintura.

Ela demorou um pouco para tirar as calças e depois a calcinha, deixando-a completamente nua.

Ele absorveu cada centímetro da pele dela, de suas curvas e formas, um banquete de carne feminina que o deixava salivando com a necessidade de prová-la e de tocá-la.

— Amor, você não tem que fazer isso.

Havia excitação e determinação nos olhos dela. — Sim, eu tenho. Eu quero e preciso.

— Vá no seu tempo, então — ele pediu, gentilmente. — Temos a noite toda.

— Você terá que me ajudar — ela disse, hesitante. — Diga o que devo fazer.

O coração dele amoleceu. Ela estava tentando tanto e ele nunca a amara mais do que naquele momento.

— Monte em cima de mim — ele disse, com uma voz rouca. — Coloque meu pau no meio de suas pernas. Deixe-o apoiado na sua barriga. Vamos fazer isso gentilmente e devagar.

E então outro pensamento passou pela cabeça dele, um que o fez xingar. Eles precisavam da maldita camisinha. Ele estava quase cego com a necessidade de estar pele a pele com ela, sem barreiras entre eles, mas ele não queria que houvesse uma gravidez indesejada. Não quando tinham tanta coisa para decidir em seu relacionamento.

— Kylie, amor, você está protegida? Tenho camisinhas na gaveta onde fica a corda.

Devagar, ela assentiu.

— Eu estou bem — ela sussurrou. — Não quero usar camisinha. A não ser que você queira, quero dizer. Tudo bem?

O alívio surgiu nas veias dele, deixando-o fraco e tonto.

— Sim, amor. Tudo bem. Faz um tempo que não faço isso.

Ela deu um sorriso torto.

— Faz um tempo que nunca fiz isso.

Apesar de ele saber que ela não era fisicamente virgem, em todos os outros sentidos ela realmente era. A única coisa que faltava nela era a frágil barreira, mas em todos os outros aspectos ela era completamente inocente.

Ele desejava que as coisas fossem diferentes. Que ele pudesse fazer amor gentilmente na primeira vez dela. Ele queria mostrar-lhe como poderia ser lindo fazer aquilo com alguém que a amava tanto quanto ele. O único arrependimento dele em deixá-la no controle era que ele não podia retribuir tudo o que ela estava dando a ele.

— Se toque — ele disse, mantendo a voz baixa e calma. — Quero ter certeza de que está pronta para mim, amor. Não quero machucá-la.

Ela hesitou por um instante, a autoconsciência tomando conta, e então ela finalmente baixou uma mão e a escorregou entre suas pernas.

As costas dos dedos dela tocavam a virilha dele, com seu toque delicado. Ela emitiu um gemido suave quando começou a se tocar. Ele desejava que a estivesse tocando intimamente. A pele dele estava queimando. Parecia que milhares de formigas estavam correndo sob sua pele. Ele estava inquieto e excitado, o pensamento de estar dentro dela levando-o ao limite.

Ele prendeu a respiração, determinado a se controlar. Aquilo tinha que ser perfeito para ela. Ele seguraria seu alívio até ela encontrar o dela. Estava determinado.

— Deixe-me ver — ele murmurou.

As pálpebras dela tremiam abertas e seus olhos estavam letárgicos e cheios de paixão. Quase um olhar drogado e intoxicado, que ele ficava feliz em ver. Ela estava tão excitada quanto ele.

Ela levantou a mão, seus dedos brilhavam com o líquido. O líquido o chamava, pedindo para que ele o provasse. Desta vez, ele não precisou pedir. Ela tomou a iniciativa e estendeu sua mão para ele, passando o dedo sobre seus lábios.

Ele lambeu a ponta, provando-o e sugando-o. Ele mordeu gentilmente o dedo e depois o soltou.

— Você está pronta para mim, amor?

— Sim — ela exalou. — Diga o que devo fazer, Jensen. Quero que seja perfeito para nós.

— Não é possível não ser perfeito com você. Levante seus quadris e me guie. Me coloque dentro de você devagar e gentilmente. Vá devagar até se acostumar que eu esteja dentro de você.

O lábio inferior dela desapareceu entre seus dentes conforme ela se levantou. Segurou a base do pênis dele e de repente ele estava envolvido em seu calor. Sua maciez sedosa estava envolvendo a cabeça. Ele nunca sentira alguma coisa tão perfeita assim na vida.

— Isso — ele encorajou. — Coloque-me mais para dentro. Gentil e devagar.

Ela começou a se abaixar, centímetro por centímetro, ficando mais intenso, deslizando como se fosse um veludo quente, agarrando-se a ele. Quando ela estava na metade do caminho, arregalou os olhos e os baixou, preocupada.

— Não sei se isso vai dar certo — ela disse, tremendo.

Ele sorriu, segurando-se para não se erguer e entrar nela. Ele queria se enterrar o mais profundo que conseguia, mas se esforçou para respirar e se acalmar para se manter parado até ela ser capaz de acomodá-lo.

— Vai dar certo. Se toque com a outra mão. Você precisa ficar um pouco mais molhada. Você é tão apertadinha, amor. Deus, isso é tão gostoso.

Ela lhe obedeceu, ajoelhando-se em cima dele quando começou a tocar seu clitóris. Ela emitiu um som de prazer e fechou os olhos. Ele sentiu a explosão de umidade em volta de seu pênis, a sentiu aberta, sugando-o mais fundo.

Ela baixou mais um centímetro, arrancando um gemido de ambos. Ele estava quase lá. Muito perto.

E então ela jogou todo o peso em cima dele, envolvendo-o completamente.

Ela gemeu, arregalou os olhos com o volume repentino. Foi irresistível para ele também. Ele apertou a mandíbula, segurando o gozo com todas as forças.

— Cavalgue, amor. Faça o que é bom para você. Quero que goze. Se toque, se precisar. Faça o que for preciso. Você é tão linda. Nunca tive uma visão tão maravilhosa quanto esta de você montada em mim.

Ela se mexia sem parar, indo para frente e para trás. Depois de tentar alguns movimentos, ela encontrou o ritmo confortável e começou a ir para cima e para baixo, levantando-se e então se abaixando em direção à ereção dele.

O pênis dele estava revestido com o líquido dela. Escorregadio devido à sua excitação e ao líquido que ele soltava. Cada vez ela o colocava mais para dentro, ele estava envolvido pelo calor exuberante de sua vagina. Era um espetáculo para ser lembrado, aquela mulher pequena e cheia de curvas montada em sua estrutura, muito maior. Os cabelos dela caíam sobre os ombros, brincando de um esconde-esconde erótico com os mamilos.

A ideia de ele ser seu primeiro amante, o primeiro homem no qual ela confiou para fazer amor, o deixava tonto. Ele estava honrado pelo presente tão precioso. Ele iria cuidar dela pelo resto da vida. Jensen a protegeria por toda sua vida.

— Estou perto — ela disse com um gemido. — Quero você comigo.

— Sempre estarei com você, amor. Goze para mim. Vou alcançá-la. Apenas deixe acontecer.

Ela se inclinou para frente, apoiando as mãos no peito dele, e começou a se mexer mais rápido, colocando-o mais fundo e mais violentamente. Sua respiração estava irregular, seu rosto estava corado devido ao calor e à excitação.

Seu alívio estava quase explodindo, aumentando como uma tempestade iminente. Ele a sentia tremer em volta dele, apertando-o forte conforme ela gritava durante seu orgasmo. Isso estimulou o dele próprio. Ele estava impossibilitado de fazer qualquer coisa a não ser arquear para dentro dela, cada vez mais, sua entrada estava mais fácil conforme seu alívio revestia toda a passagem dela.

A visão dele ficou embaçada. O quarto escureceu à sua volta até restar apenas ela. Ela era tudo o que ele via, tudo o que sentia, tudo o que conhecia. Seus braços tensionaram contra a corda, que o mantinha no lugar. Ele tentava alcançá-la, desesperado para segurá-la, tocá-la.

Ela caiu para frente, com o peito arfando, sua respiração jorrava sobre o peito dele. Ele ainda estava firme dentro dela, ainda duro, excitado. Estava hipersensível, ainda pulsando, cada movimento dela provocava uma nova onda de êxtase.

Ele esperou, paciente. Esperou que ela o desamarrasse para que pudesse segurá-la. Para que pudesse tocá-la e compartilhar aquele momento após algo selvagem, lindo e inocente.

Finalmente, ela se levantou, seus seios tentadores em sua linha de visão. Eles eram, ela era, de uma perfeição extraordinária, seus mamilos eram de um delicado cor-de-rosa. Ele salivou pela ideia de prová-la. De chupar aqueles picos rígidos.

Ela se esticou por cima da cabeça dele para tirar a corda de seus punhos. E, quando ele finalmente estava livre, colocou os braços em volta dela e a apertou, ignorando o desconforto doloroso em suas mãos dormentes.

Ele rolou, virando-a para o lado, ainda a penetrando. Ele não se libertou. Queria ficar conectado, manter a grande intimidade na qual estavam.

Ele a beijou ferozmente, os quadris dele iam para frente e para trás contra ela. E então, percebendo o que estava fazendo, parou, pronto para se desculpar.

Como se soubesse o que ele estava pensando, ela colocou um dedo sobre a boca dele.

— Está tudo bem — ela sussurrou. — Sei que não vai me machucar.

Ele fechou os olhos e a puxou para perto. Mas era muito cuidadoso para continuar dentro dela. Ele havia prometido lhe dar todo o controle. Se e quando fizessem amor sem ele estar amarrado, seria ela quem teria que fazer. Não ele.

— Eu amo você — ele sussurrou na orelha dela. — Nunca amei ninguém assim.

Ela se aconchegou mais no abraço dele, a boca dela pressionava o seu pescoço.

— Também amo você, Jensen. Obrigada por se abrir comigo hoje. Por confiar em mim para falar sobre seus demônios.

Ficou implícito que ela ainda tinha que confiar nele para falar tudo sobre os próprios demônios, mas ele não levou aquilo para o lado pessoal nem ficou bravo ou decepcionado. O que ela dera para ele aquela noite era definitivamente mais precioso. Ela dera a ele a si mesma, o que seria sempre o bastante para ele.

22

Jensen acordou engasgado, com o coração batendo violentamente em seu peito. O suor descia de sua testa e ele se sentou, seu pulso soava como um martelo para suas orelhas. Imediatamente procurou por Kylie, o alívio explodiu através de suas veias quando viu que ela estava dormindo tranquila ao lado dele.

Ele se acalmou e voltou a deitar, a náusea atingira seu estômago. Ele expirou através das narinas e então sugou o ar regularmente para dentro conforme deixava as imagens violentas irem embora.

Ele fechou os olhos, como se aquilo fosse protegê-lo de suas memórias. De sua mãe apanhando enquanto ele gritava e chorava para seu pai parar de machucá-la. Ah, Deus, ele só queria que elas desaparecessem. Queria paz. Não queria mais ser aquele menininho, incapaz de impedir que um monstro abusasse de sua mãe.

Ele desejava que não tivesse contado a Kylie sobre seu passado. Que tivesse deixado seguramente encoberto, suprimido por anos de controle. Ele fechou as mãos, apertando seus dedos e cerrando os punhos, e depois relaxou-os novamente, flexionando-os em um esforço de se livrar um pouco daquela tensão horrível que agarrava seu corpo.

As memórias o enojavam. Ele só queria que elas desaparecessem de sua mente para sempre. Mas não era possível. Ele abrira a porta e não tinha como voltar atrás. Não havia mais nada que pudesse fazer a não ser lidar com aquilo tudo novamente e começar o processo doloroso de supressão mais uma vez.

Como ele poderia ser bom para Kylie quando era incapaz de proteger a própria mãe? Como ela poderia confiar nele depois de tudo que ele contara?

Ele a olhou na escuridão, observando o suave subir e descer de seu peito. Ele queria tocá-la, mas se conteve porque a violência ainda fervia em sua consciência, e ele não queria esse contato com ela nem superficialmente. Ele não a acordaria para assustá-la, não queria que ela passasse por esse pesadelo e temesse seu toque.

Ele voltou a olhar para o teto, desistindo de tentar dormir aquela noite. A dor queimava sua alma, doía cruelmente como não acontecia há muito tempo. Se o fato de se abrir deveria ser tão libertador, por que ele se sentia preso novamente?

23

Kylie se sentia no topo do mundo na segunda de manhã, quando foi para o trabalho com Jensen. Otimismo, um conceito inexistente para ela até agora, fervilhava em sua mente.

Ela não fora capaz de fazer amor com Jensen sem amarrá-lo na cama. Ainda. Mas eles *tinham* feito amor! Esse era um grande passo para ela.

Ela estava... feliz. Quando foi a última vez que podia dizer isso e realmente sentir? Sua versão antiga de felicidade era meramente uma bolha, um código para sua simples existência. Só quando se envolveu com Jensen percebeu o quanto estava deixando a vida passar enquanto se mantinha numa bolha.

O fim de semana foi uma alegria completa. Eles não fizeram amor desde sexta-feira à noite, e ambos pareciam relutantes em pressionar muito, mas, a intimidade crescera a tal ponto entre eles que Kylie sabia que não demoraria para que eles fizessem de novo.

E talvez, *desta* vez, ela tivesse coragem de não amarrar Jensen para aquele momento.

Ela estava preocupada com Jensen depois de ele ter contado sobre sua infância, mas, apesar de ter ficado mais quieto do que o normal no sábado de manhã, ele não parecia mais desgastado.

Propositalmente, ela manteve o clima e o tom suave entre eles, sem querer que ele voltasse à escuridão do passado. Ela disse a ele que o amava infinitas vezes e estava totalmente aberta para ele.

Ela não quis confessar para Jensen sua infância, não porque não confiava nele, mas o fato de ele ter confessado seu passado foi um sacrifício emocional enorme, e ela não queria piorar a situação. No tempo certo, ela tocaria no assunto. Quando fosse o momento. Não estava ansiosa para isso, mas também não estava evitando o assunto a qualquer custo.

Lidar com aquilo. Era isso o que estava fazendo e o que iria fazer. Com a ajuda de Jensen. Seu amor e apoio. O que mais ela poderia querer?

Próximo ao meio-dia, Dash colocou a cabeça para dentro de sua sala.

— Posso entrar? — ele perguntou da porta.

Ela gesticulou para que ele entrasse.

— É claro. E aí?

Ele se sentou em uma das cadeiras, a mesma que Jensen ocupara há o que parecia muito tempo, quando ela pensou em se livrar delas. Agora? Ela não se importava com a intromissão dele nem de Dash em sua sala. Principalmente da de Jensen.

— Você parece bem, Kylie. Parece feliz.

Ela piscou, surpresa, com o desconforto subindo por suas costas pelo caminho pessoal que a conversa tomou. Mas, claramente, a sinceridade estava gravada nos traços lindos de Dash, então ela deixou de lado seus instintos de não responder. Era o que ela teria feito no passado, sem dúvida. Mas estava tentando ser uma nova Kylie. Alguém que pudesse se abrir mais com os amigos. Com as pessoas em geral.

Ela nunca seria como a Chessy, que era tão amigável e extrovertida. Nem seria tão doce e amável como Joss. Mas eles estavam se adaptando a ela assim como Jensen fazia, e isso a deixou mais relaxada com seus amigos. Mais disposta a baixar a guarda. No mínimo, queria perder o aspecto arrogante e maldoso de sua personalidade. Artifícios que utilizava como um mecanismo de defesa anteriormente.

— Eu estou feliz — ela disse, simplesmente.

— Joss quer que eu convide você e Jensen para jantar em casa nesta sexta-feira. Chessy e Tate irão também. Não é nada chique. Ela está louca para fazer uma boa comida e reunir os amigos.

As bochechas de Kylie ficaram quentes e ela baixou o olhar, envergonhada com o que aconteceu na sua última ida à casa de Dash.

— Será muito bom — Kylie disse com a voz baixa. — Tenho certeza de que Jensen achará também. E, Dash, sei que me desculpei com Joss, mas nunca me desculpei realmente com *você* pela forma como reagi quando me disse que Jensen seria seu sócio.

— Já esqueci — Dash disse, com uma voz carinhosa. — Sei que não quis magoar Joss. Fiquei bem irritado na hora, mas conheço seu coração, Kylie. E sei que ama Joss e nunca a magoaria intencionalmente.

— Estou tentando ser uma amiga melhor. Uma pessoa melhor — ela adicionou. — Sei que não sou sempre tão amável.

Ela disse a última palavra com um sorriso largo, maravilhada por poder até fazer piada sobre assuntos em que normalmente se sentiria extremamente sensível.

Dash riu.

— Bem, nem eu. Acho que todos já sabem disso agora. Mas também quero me desculpar com você.

Ela ergueu o olhar novamente, levantando as sobrancelhas, confusa.

— Por quê?

— Por me aproveitar de você.

— O quê?

— Você trabalha duro. Muito duro. E Jensen está certo. É capaz de contribuir mais para a empresa do que só cumprindo suas funções como assistente administrativa. Analisei a proposta que preparou para o contrato com a S&G. Fiquei muito impressionado.

Ela ruborizou, desconfortável com aquele elogio sincero. Mas ficou extremamente agradecida.

— Havia ideias do Jensen também. Não posso levar todo o crédito.

— Mas é o trabalho de Jensen — Dash disse convicto. — Espero muito mais dele. Só sinto que levou tanto tempo para ele me acordar para o fato de que você daria uma sócia inestimável.

Ela sorriu.

— Tudo bem, Dash. Eu não estava pronta antes. Não confiava o suficiente em mim mesma. Mas estou melhor. Estou trabalhando nisso. Certamente não desperdiçarei tal oportunidade ou desafio. Mas não quero receber nada sem mérito. E quero sua aprovação e a de Jensen e talvez uma sociedade também.

— Você tem minha aprovação, Kylie. Sempre teve. Tem minha confiança e certamente a de Jensen. Ele reconheceu suas habilidades em pouco tempo, algo que me envergonho de dizer que não fiz.

— Ele é bom mesmo — ela disse com um sorriso discreto, o calor inundava sua mente ao pensar em Jensen e no quanto ele acreditou nela quando ela mesma não acreditava.

— Estou muito feliz por você — Dash disse, com a voz sumindo. — Sei que não tem sido fácil para você desde que Carson morreu. Sinto falta dele também. Era meu melhor amigo. Ele e você são minha família.

Ela engoliu o nó que havia em sua garganta, orgulhosa pelo jeito que manteve a compostura quando seu irmão foi mencionado. Realmente estava progredindo. Avançou muito em poucas semanas. Graças a Jensen.

Ela sabia que não podia dar todos os créditos a ele pelo seu progresso. Ela havia se esforçado muito. Era seu dever. Ninguém podia obrigá-la a fazer aquilo. Ela precisava estar disposta a seguir em frente, e não estava até pouco tempo. Mas Jensen tinha, definitivamente, dado o pontapé inicial para ela tentar. Sem ele, ainda estaria se escondendo do mundo, passando por cada dia sem vivê-lo. Sem *realmente* vivê-lo.

— Também sinto falta dele — ela disse, sentindo um pouco de dor no peito. — Mas como Joss fez, preciso seguir em frente. Não posso parar de viver minha vida só porque ele perdeu a dele.

— Fico feliz em ouvi-la dizer isso, querida. Carson iria querer que fosse feliz em primeiro lugar.

— Eu sei — ela disse, baixinho. — E estou tentando. Vou chegar lá.

Jensen enfiou a cabeça na porta, franziu discretamente a testa quando viu Dash.

— Estou perdendo alguma coisa? O que está fazendo na sala de Kylie?

Dash virou os olhos.

— Estamos conversando. Sabe, conversando? Algo que colegas de trabalho *fazem* frequentemente no ambiente de trabalho.

Jensen parecia desconfiado e Kylie sorriu, animada com a possessividade nos olhos de Jensen. Era um absurdo ele ficar com ciúme porque Dash estava na sala dela. O homem era muito bem casado com a melhor amiga dela. Mas, mesmo assim, ela não se importava que Jensen expressasse seu sentimento.

— Estava falando para Kylie que Joss quer que vocês vão até nossa casa na sexta à noite — Dash disse enquanto Jensen entrava no escritório.

Jensen se apoiou na mesa de Kylie, escorregando a mão sobre a dela. Um calor instantâneo invadiu a pele dela onde os dedos dele se encostaram. Ela realmente tinha progredido. Se Jensen alguma vez tivesse entrado em sua sala e violado o relacionamento profissional antes como estava fazendo agora, ela teria chutado o saco dele.

Deus, ela estava se tornando uma *garota*. Como se não conseguisse viver sem um homem para salvá-la. Ela estremeceu só de pensar nisso. Só porque Jensen a estava apoiando muito, ela não queria se transformar em uma tola inútil que não conseguia fazer as coisas sozinha ou viver sem ele.

Mas ela não queria viver sem ele e essa era a verdade. Amar Jensen, apoiar-se nele, não significava que era uma dependente dele, inútil e impotente. Só queria dizer que ela ficava melhor com ele.

Todos os casais não ficavam melhor por causa de seus parceiros ou cônjuges? Se um era bom, dois unidos contra o mundo tinha que ser bem melhor. Ou pelo menos esse era o ponto de vista dela, mas definitivamente não era uma especialista em relacionamentos dadas as situações extremas às quais sempre recorreu para evitar um relacionamento.

— Chessy e Tate estarão lá — Dash continuou. — Joss quer receber todos vocês em casa. Comida boa, vinho bom e bons amigos.

Jensen sorriu satisfeito ao ouvir o convite de Dash, mas o que ele faria em seguida faria com que Kylie o amasse mais ainda. Ele não aceitou prontamente o convite de Dash. Em vez disso, virou para Kylie, em questionamento.

— O que acha? Está pronta para algo assim?

Ela tomou a iniciativa e agarrou os dedos dele mais forte. Ela o amava por conter suas tendências dominadoras quando estava perto dela. Por não se apressar ficando no controle e tomando decisões por ela. E isso, mais do que qualquer coisa, mostrava para ela o quanto ele se importava genuinamente com ela. Ao negar uma parte de si mesmo, uma parte que o fazia ser quem era, por *ela*. Uau. Ela ainda não conseguia compreender totalmente a magnitude de amar alguém tanto assim para se comprometer a tal nível.

— Acho que será uma noite ótima — ela disse, sorrindo para ele.

Jensen se virou para Dash.

— Então nos veremos lá. A que horas? E Joss quer que levemos alguma coisa?

Dash se levantou, deixando claro que iria voltar para sua sala e deixar Kylie e Jensen sozinhos.

Devia ser muito estranho um dos chefes dela deixar sua sala para que ela pudesse ficar sozinha com o outro chefe. Bem, ela concluiu, qualquer traço espinhoso que ela tivesse antes definitivamente tinha se esvaído. Quem diria que seria tão fácil de lidar e ser compreensiva?

— Só vocês dois — Dash disse. — Se bem conheço Joss, ela irá exagerar na comida. Já está planejando o cardápio. Então eu iria com bastante fome se fosse vocês.

Depois disso, deixou a sala de Kylie, e Jensen se virou, apoiou-se de costas na ponta da mesa dela para que pudesse encará-la.

— Venha aqui — ele disse de um modo áspero, puxando-a da cadeira para colocá-la entre suas pernas.

Colocou os braços em volta dela, abraçando-a apertado. Então, se afastou um pouco e depois a beijou demorada e tranquilamente. Quando ele parou de beijá-la, ela estava sem fôlego, com o rosto corado e os hormônios descontrolados.

— Fiquei com saudade — ele murmurou.

Ela riu daquele comentário.

— Você acabou de me ver há meia hora quando me convidou para almoçar com você!

A expressão dele mudou completamente, ficando triste.

— Foram os trinta minutos mais longos da minha vida.

Ela virou os olhos, mas se ajeitou nos braços dele, apoiando-se em seu peito. Emitiu um suspiro satisfeito, maravilhando-se com o sentimento tão leve que a consumia. Tão livre. O passado não estava pesando sobre suas costas, uma pressão insuportável com a qual vivera por tanto tempo.

Seus sonhos estavam livres de pesadelos. Toda noite, ela ia para a cama com Jensen, que se tornara uma barreira sólida para o mundo e seu passado.

E ele a amava.

A cada dia que passava, ela estava mais convencida de que eles estavam caminhando para um relacionamento duradouro. Ela odiava agourá-los com seu recém-descoberto otimismo e sua confiança, mas, pela primeira vez, conseguia olhar para frente e realmente ver um futuro diferente para si mesma.

Um homem que a amava, com seus problemas e tudo o mais. Bons amigos. Uma promoção desafiadora.

Sua vida estava *finalmente* se acertando.

24

Kylie e Jensen saíram do carro ao chegar à casa de Dash e Joss, e Jensen deu a volta pela frente do carro e a encontrou, estendendo a mão em um gesto automático o qual ela amava. Ela deu a mão para ele, apertando gentilmente.

Ela estava sorrindo de um jeito bobo que não era típico dela. Bom Deus, podiam até dizer que ela estava *animada*. Ela balançou a cabeça, afastando aquele pensamento. Talvez Chessy estivesse passando suas características para ela mais do que podia notar.

Ou talvez ela só estivesse ridiculamente feliz.

— Você está linda — Jensen disse depois de tocar a campainha.

Seu olhar correu o corpo dela como se fosse um pincel, sem perder nenhum detalhe em sua análise.

— Sabe o que mais eu estou? — ela perguntou com aquele mesmo sorriso bobo.

— O quê?

— Feliz.

Havia um tom de convencimento em sua voz que não deixou de ser notado. Ela parecia positivamente pretensiosa, e realmente havia um clima de romance. Feliz, confiante e pretensiosa? O mundo devia estar acabando.

Jensen sorriu calorosamente para ela e então a beijou, assim que a porta se abriu.

— Ei, vocês dois! — Joss os cumprimentou, seu rosto e seus olhos brilhavam com a mesma felicidade com a qual Kylie estava se maravilhando. — Entrem, entrem. Agora que todos chegaram, podemos jantar!

Kylie entrou e abraçou sua cunhada. Joss parecia surpresa e encantada com a demonstração espontânea de afeto de Kylie. A velha Kylie era reservada e raramente procurava ter contato físico. A nova Kylie iria se esforçar mais para deixar seus amigos saberem o quanto significavam para ela.

— Você está maravilhosa, Joss. O casamento lhe fez muito bem — Kylie elogiou.

Jensen se inclinou para beijar Joss na bochecha.

— Preciso concordar com Kylie. Você está definitivamente radiante. Não há nada mais lindo do que uma mulher feliz.

Joss corou, mas pareceu satisfeita com o elogio de Jensen.

— Concordo totalmente — Dash disse enquanto andava até onde os três estavam.

Ele colocou um braço em volta de Joss, puxando-a para mais perto. O amor dos dois era tão óbvio, e antes faria com que Kylie ficasse desconfortável. Ver seus amigos tão felizes e apaixonados só reforçava o fato de que ela nunca sentira aquilo. Pensava que nunca sentiria.

— Uma mulher feliz, de fato, é uma mulher linda. Tenho sorte em fazê-la se sentir desta forma — Dash adicionou com um sorriso.

Eles entraram na sala de estar onde Chessy e Tate estavam sentados. Chessy se levantou e se apressou para abraçar Kylie.

— Você está linda! — Chessy exclamou. — E, meu Deus, olhe seus sapatos! Alguém pegue uma câmera, e rápido! Isso precisa ser registrado. Kylie está usando *saltos*!

A risada invadiu a sala. Jensen a envolveu com o braço, acariciando-a, para cima e para baixo, por toda a extensão de seu braço. Ela ficara preocupada em estar muito produzida para a ocasião. Afinal, eles estavam apenas indo jantar na casa de Dash e Joss. Mas agora ela estava feliz pelo esforço.

Ela estava bem vestida. Sem falsa modéstia, sabia que estava linda. E agora que tinha ficado amiga dos saltos, realmente podia andar neles sem vacilar precariamente.

— Amei seus sapatos — Joss disse melancolicamente. — Onde você os comprou?

Dash resmungou.

— Obrigado, Kylie. Ela vai me falir agora.

Joss cutucou Dash com uma cara de brava e Kylie deu risada.

Joss certamente não precisava do dinheiro dele. Ela tinha tudo o que Carson deixara mais sua parte nos lucros da empresa. Ela, assim como Kylie, herdara uma parte da firma de consultoria de Dash — e agora de Jensen.

Kylie guardou no banco sua parte, sem tocá-la. Usava seu salário para pagar suas contas e necessidades. O dinheiro estava investido e raramente ela se lembrava dele. Mas talvez, com seu novo estilo de vida, ela pudesse considerar fazer algo divertido com um pouco do seu dinheiro. Talvez ela e Jensen pudessem viajar para algum lugar.

De repente, havia tanta coisa que ela queria fazer e provar. Uma oportunidade de mudar seu visual e seu estilo de vida a fazia ver tudo tão diferente agora. Ela via o mundo colorido em vez de preto e branco.

— Vamos todos para a sala de jantar — Joss disse, mexendo as mãos. — Vou à cozinha começar a servir.

— Vou ajudá-la, querida — Dash disse, seguindo-a.

Kylie se sentou ao lado de Jensen à mesa de jantar com doze lugares. Chessy e Tate se sentaram à frente deles enquanto Dash se sentou na ponta da mesa com um lugar para Joss reservado à sua direita, ao lado de Kylie.

Assim que a comida foi servida, foram emitidos vários *óóhs* e *aahs*. Joss havia se superado no banquete daquela noite. Conforme Kylie passou os olhos pela mesa, percebeu que deveria ser daquele jeito em feriados. Amigos. Não, não amigos, *família*. Ela passara tanto tempo vendo apenas Carson como família, e depois que ele se fora ela não tinha niguém, que não atentou para o fato de que família era o que você considerava como tal. Aquela era sua família agora. Joss, Dash, Chessy e Tate. E Jensen.

Joss havia assado frango com um marinado com cheiro maravilhoso. Havia pelo menos três travessas de frango, batatas, vegetais e, claro, uma boa garrafa de vinho.

— Ah! Uau! Eu quero! — Kylie disse quando Joss descobriu uma das travessas para revelar seu macarrão caseiro de quatro queijos.

— Cuidado com ela, Jensen — Dash avisou. — Ela se torna possessiva quando o assunto é o macarrão com queijo de Joss. O resto de nós precisa lutar contra ela para pegar um pouquinho.

— Vou dar a sobra para você, Kylie — Joss a acalmou.

— Não vai sobrar nada depois que todos se servirem — Kylie reclamou.

— Fiz mais para deixar para você — Joss sussurrou.

— Ei, eu ouvi isso! — Chessy protestou. — E eu? Não estou valendo nada?

— Fiz sobremesa para você — Joss respondeu em um tom pacificador.

Chessy virou os olhos só de imaginar.

— Ah, por favor, me diga que você fez sua torta de caramelo.

Joss assentiu.

— E um pouco mais para você levar para casa.

— Só se ela concordar em dividir comigo — Tate disse resoluto.

Chessy olhou para ele com uma careta falsa.

— Só se você for *realmente* um bom garoto.

— Meu Deus, Joss. Onde você achou tempo para fazer tudo isso? — Kylie perguntou. — Há comida suficiente para alimentar um exército, sem contar os extras que fez para mim e para Chessy!

— Está maravilhoso — Jensen elogiou depois de muitas garfadas. — Acho que estou no paraíso.

Muitos outros elogios foram mencionados e, quando Joss se sentou, seu rosto estava rosado por tantas congratulações.

— Está excelente, querida. Obrigado — Dash disse, sorrindo para a esposa de um jeito que fez Kylie se arrepiar.

Agora que havia encontrado o amor, ela conseguia enxergar seus amigos e os relacionamentos deles de uma nova forma. Ela não ficava mais com inveja deles. Agora ela compartilhava da maravilha que era estar envolvida em um relacionamento de verdade. Estar apaixonada e toda a novidade que isso trazia.

Ela colocou a mão no colo de Jensen, apoiando os dedos na coxa dele. Ele abaixou a mão, trocando o garfo da mão esquerda para a direita, e entrelaçou os dedos nos dela, apertando-os.

A satisfação preencheu a alma de Kylie. Dizem que o amor melhora com o tempo, e se isso fosse verdade Kylie estava esperando ansiosamente pelos próximos dias. Porque agora já estava tão impressionante. E ainda melhoraria? Ela não conseguia nem imaginar.

Eles brincaram e conversaram durante o jantar. Era uma ocasião feliz e barulhenta. O clima estava tranquilo, e até Chessy parecia plenamente feliz, seus olhos brilhavam com alegria e amor.

Então o celular de Tate tocou e o brilho sumiu dos olhos de Chessy. Ela desviou o olhar para que ninguém visse, mas Kylie já havia testemunhado a renúncia na expressão da amiga.

Kylie tentou ouvir a conversa de Tate, torcendo para que não fosse nada que arruinasse a noite de Chessy. Mas rapidamente ficou evidente que, independente da situação, exigia a atenção imediata de Tate.

Ela ainda não entendia. Kylie não entendia os detalhes do trabalho de Tate como conselheiro financeiro. Pensava que aquele trabalho só exigisse presença no horário comercial, não tarde da noite. O que será que exigia sua atenção imediata e o arrancava de sua esposa com tanta urgência frequentemente?

A dúvida se instalou na mente de Kylie quando ela refletiu sobre a situação e a expressão no rosto da amiga. Sem dúvida, Chessy estava preocupada que ele estivesse tendo um caso. Não era uma possibilidade absurda. Fingir uma ligação de um cliente precisando de sua atenção e então se encontrar com outra mulher por algumas horas.

Ela realmente precisava pôr um ponto final em sua imaginação. Chessy precisava de apoio, não de validação para sua suspeita.

— Vocês podem deixar Chessy em casa depois? — ele perguntou. — Não sei quanto tempo vou demorar.

A dor inundou os olhos de Chessy. Como Tate não conseguia ver o quanto ele a estava machucando? Ele conseguia realmente ser tão distraído? Todos perceberam. Até Jensen observou Tate com o cenho franzido, seu olhar revezava entre Tate e Chessy. Havia preocupação nos olhos de Jensen em relação a Chessy e irritação em relação a Tate.

— É claro — Dash disse, apesar de estar franzindo a testa também. — Não se preocupe. Joss e eu a levaremos para casa.

— Obrigado, cara — Tate agradeceu. Então se inclinou para beijar a testa de Chessy e, depois, acariciou suavemente a bochecha dela com a mão. — Não me espere acordada, querida.

Então ele se afastou, deixando Chessy olhando para baixo, para o próprio prato.

Depois que ele saiu, o silêncio reinou e ficou um clima esquisito. Quando Chessy decidiu olhar para cima, havia humilhação em seus olhos. E derrota.

Jensen e Dash trocaram olhares rapidamente e Joss observou Chessy com preocupação.

Sabendo que a atenção deveria ser desviada de Chessy, Kylie rapidamente lançou um tópico diferente para a conversa. O que era novidade para ela, porque geralmente só ficava sentada e observava ou comentava algo sobre o que todos estavam falando.

— Como foi a lua de mel? — Kylie perguntou para Joss e Dash.

Chessy olhou para ela com gratidão e até tentou sorrir, mas a luz havia se esvaído de sua atitude normalmente amigável e extrovertida.

— Foi maravilhosa — Joss disse, apesar de continuar observando Chessy. Então olhou diretamente para Kylie, levantando uma sobrancelha, como se dissesse "O que vamos fazer em relação a isso?".

Kylie fez uma careta e deu de ombros. Não fazia ideia do que fazer ou dizer para fazer a amiga se sentir melhor. O que ela podia fazer? A única pessoa que podia fazer Chessy se sentir melhor naquele momento era *Tate*.

— A praia era linda — Joss continuou. — E a comida, deliciosa. Nosso quarto tinha uma varanda com vista para o mar, e à noite, quando nos deitávamos, ouvíamos as ondas. Não sei se já havia dormido tão bem quanto dormi naquelas duas semanas.

— Você dormiu? — Kylie perguntou, se divertindo. — Estou chocada.

Dash tossiu e deixou sua bebida na mesa. Jensen riu e Joss ficou chocada com o comentário de Kylie. Então ela ruborizou intensamente e riu junto com Jensen.

— Está bem, talvez tenha dormido pouco — Joss murmurou.

Dash sorriu e apertou a mão dela.

— A comida era boa? Não sei dizer porque não me lembro de muita coisa, exceto de você. Havia uma praia? Minha memória está um pouco nebulosa.

— Shhh! — Joss resmungou.

— Uma praia seria perfeita agora — Kylie disse, melancólica.

Toda vez que ela pensava em viver a vida e talvez aproveitar um pouco o dinheiro que tinha investido, pensava cada vez mais em viajar. Tirar umas férias. Talvez mais de uma. Finalmente ela tinha coragem de ver um pouco do mundo além de sua restrita existência. E tinha alguém para partilhar tudo com ela.

— Você deveria ir — Joss disse, aproveitando a abertura. — Alguma vez você já tirou férias?

— Nunca — Dash interrompeu.

Jensen a analisou, pensativo.

— Talvez pudéssemos tirar umas férias logo.

As bochechas de Kylie se esquentaram de prazer.

— Gostaria muito — ela disse suavemente.

Chessy parecia mais triste ainda. As lágrimas inundavam seus olhos, mas ela desviava o olhar, escondendo de todo o resto da mesa. O coração de Kylie se condoeu por ela.

— Chessy, por que não sai de férias com Tate? — Kylie perguntou, arriscando encarar o problema.

Eles estavam entre amigos. Amigos confiáveis. Não havia por que fingir que não estava acontecendo nada. Todos sabiam. Todos podiam sentir a dor de Chessy. Fugir daquele assunto não mudaria nada.

— Ele nunca iria — Chessy disse, desinteressada.

— Talvez você poderia planejar um sequestro — Dash disse, pensativo.

Chessy fez uma careta.

— Ele me mataria. Está trabalhando tanto para tentar conciliar todos os clientes depois que seu sócio saiu de repente. Está determinado a não perder ninguém. Só preciso conseguir lidar com isso e torcer para que não seja assim para sempre.

Jensen limpou a garganta e pareceu pensar se queria dizer alguma coisa ou não. Então, olhou para Chessy, com os olhos cheios de preocupação e compreensão.

— Já tentou dizer a ele como se sente, meu bem? Sei que se a mulher que eu amo vier até mim para dizer que está infeliz, vou mover céus e terra para mudar isso.

O sorriso de Chessy era triste e doloroso. Os olhos dela se encheram de água de novo, mas ela olhou para todos na mesa diretamente, sem tentar esconder que estava chateada.

— Obrigada, gente — ela disse, se esquivando da pergunta de Jensen. — Só estou sendo infantil. Não quero ser mais um peso para

Tate quando as coisas estão tão malucas no trabalho. Só preciso ser paciente e apoiá-lo. Nosso aniversário está chegando e ele prometeu que sairia comigo, sem nada de trabalho.

Dash e Jensen não pareciam convencidos. Joss estava obviamente preocupada por ver Chessy tão infeliz. Era da natureza de Joss querer ajudar os outros. Ela era tão solícita e generosa. Seu coração era incrivelmente puro.

Percebendo que Chessy queria mudar a conversa e parar de falar sobre ela e Tate, Kylie se levantou e pegou seu prato.

— Vamos, Joss. Vou ajudá-la a tirar a mesa. Podemos comer a sobremesa na sala de estar, certo?

Joss também se levantou e começou a pegar os pratos.

— Com certeza. Vou pedir a Dash que escolha um vinho bom para beber com a sobremesa e então servirei a todos um pedaço de torta.

Quando Kylie estava passando por Chessy, ela se inclinou e beijou a bochecha dela.

— Vai ficar tudo bem, Chessy — Kylie sussurrou. — E sabe que estou aqui para quando precisar de mim, não é?

Chessy olhou para Kylie com gratidão.

— Obrigada, querida. Muito obrigada mesmo. Mas vou ficar bem. Nós vamos ficar bem — ela completou.

Torcendo para que sua amiga estivesse certa, Kylie continuou indo para a cozinha para deixar a pilha de pratos na pia. Joss a seguiu alguns segundos mais tarde, com o cenho franzido de preocupação.

— Odeio vê-la tão infeliz — Joss disse, brava. — Não há nada que possamos fazer?

— Além de virar Tate de cabeça para baixo e perguntar qual é o problema dele? — Kylie disse, seca.

Joss emitiu um som de desgosto.

— Você sabe que amo Tate, mas agora ele está difícil de aturar. Não acredito que ele não perceba a tristeza nos olhos de Chessy sendo que qualquer um sabe o quanto ela é extrovertida e alegre. Mas ela só é desse jeito quando está *feliz*. Chessy não consegue fingir. Quando está infeliz, dá para ver em cada traço de sua personalidade. E Tate não consegue ver isso?

— Ele provavelmente não *quer* ver — Kylie disse, sussurrando. — Porque se ele mostrar que sabe que ela está infeliz, terá que lidar com o fato de que ele a está deixando assim. Acho que ele sabe. Lá no fundo. Mas está negando ao fingir que está tudo normal, assim ele não se sente culpado.

— Isso é tão covarde — Joss murmurou. — Sei que ele a ama. Sei disso. Mas, ah! Esse não é ele, Kylie! Nunca o vi desse jeito. Tão distante. Tão disposto a colocar Chessy em segundo ou terceiro lugar. No passado, ele era tão focado nela. Ele precisa ser assim pelo tipo de relacionamento que eles mantêm.

— Não quero saber qual o tipo de relacionamento que mantêm — Kylie disse, cuidadosa. — Mas, pelo que aprendi com vocês, diria que ele está falhando na função de dominador. Vocês não disseram que é responsabilidade do dominador perceber cada necessidade do submisso? Colocá-la em primeiro lugar e à frente de tudo? Não era para ele cuidar e ser grato por ela ser submissa?

— Sim — Jensen disse da porta da cozinha. — Completamente. Sempre. Sem dúvida.

Kylie olhou para cima rapidamente. Ela não havia percebido sua presença. Estava tão entretida na conversa com Joss.

Jensen deixou os pratos que estava carregando e então pegou a mão de Kylie, levando-a até os lábios dele.

— É para ele fazer tudo isso — Jensen disse. — E parece, pelo menos neste momento, que ele não está cumprindo seu papel.

— Estou feliz que não fomos somente Joss e eu que percebemos isso — Kylie murmurou.

— Bom, vocês duas a conhecem melhor. Conhecem melhor Tate também. Sou só um observador imparcial. Mas, pelo que me contou e pelo que testemunhei hoje, concordo que Chessy está muito infeliz.

Joss suspirou, fechando os olhos.

— Queria saber o que fazer.

Jensen sorriu gentilmente para ela.

— Não há nada que você possa fazer a não ser estar lá quando ela precisar. Ouvi-la e ser sua amiga. Tate precisa consertar isso. Ninguém mais pode.

— Precisa de ajuda com a torta, Joss? — Kylie perguntou.

Joss balançou a cabeça.

— Volte para a Chessy para não deixá-la sozinha. Vou levar os pratos e servir o maior e o primeiro pedaço para ela.

Kylie sorriu para a amiga.

— Você é a melhor, Joss. Acho que não falo muito isso para você, mas eu a amo.

Os lábios de Joss tremeram e, por um instante, ela ficou em silêncio, como se estivesse se recompondo. Os olhos de Joss mostravam que estava totalmente emocionada. Kylie sentiu uma onda de culpa por não cuidar melhor de suas amizades. Ela iria progredir. Joss e Chessy eram tudo para ela. Era hora de Kylie mostrar isso e de elas saberem disso também.

— Também amo você, Kylie. E estou tão contente que está feliz. Vocês dois — ela disse, incluindo Jensen.

— Obrigado, Joss. Kylie me faz feliz. Sou um homem muito sortudo.

A sinceridade naquela simples declaração acertou o coração de Kylie e a encheu de uma profunda felicidade. Ela quase saiu *saltitando* para a sala de estar. Estava dando pulos de alegria. Mas quando seu olhar pousou em Chessy se sentiu culpada por estar desagradavelmente feliz enquanto sua amiga estava claramente desolada.

— Não se sinta culpada por estar feliz, amor — Jensen murmurou na orelha dela.

Ela olhou para cima, boquiaberta.

— Como diabos você *faz* isso?

Ele riu.

— Faço o quê? Leio sua mente? Não precisa ter sexto sentido para saber o que está pensando. Em um minuto parecia que tinha engolido o brilho do sol e, assim que viu Chessy, ficou boquiaberta, com cara de culpada, e perdeu o sorriso. Não fique assim, amor. Você merece ser feliz e Chessy seria a primeira a concordar comigo. Ela nunca trocaria sua felicidade pela dela.

Kylie balançou a cabeça, encantada.

— Você é incrível, sabia?

— Fico feliz que ache isso — ele disse com um sorriso.

Ainda balançando a cabeça, Kylie foi se sentar ao lado de Chessy. Ela colocou o braço ao redor do ombro da amiga e a abraçou forte.

— Cabeça erguida, amiga. Não é isso que você sempre me fala? Você sempre tem tantos conselhos maravilhosos, então vou lhe retribuir com um pouco do que você sempre fez por mim de graça. Não deixe as coisas a derrubarem. Dê um fora em Tate e então ele vai implorar pelo seu perdão, e você vai perdoá-lo e vocês vão viver felizes para sempre.

Chessy sorriu. Um pouco da sombra que estava em seus olhos sumiu e o brilho estava de volta. O coração de Kylie ficou aliviado. Essa era a Chessy. Não a concha na qual ela tinha se transformado recentemente. Chessy apenas... brilhava. Mas era como Joss havia dito. Só brilhava quando estava *feliz*. Maldito Tate que não percebia que sua esposa estava infeliz.

— Juro que você se apaixonou e se tornou positivamente arrogante. Gosto disso! É tão... *você*.

— É minha nova versão — Kylie disse, convencida. — Minha versão antiga? Não tanto. Mas agora ela se foi e gosto muito mais da nova.

— Amo suas *duas* versões — Chessy disse. — Não havia nada de errado com a antiga, mas você não estava feliz. Agora está. Essa é a única diferença.

— Não é verdade, mas amo você por dizer isso — Kylie disse.

Joss se aproximou animada e entregou um prato com um pedaço gigante de torta de caramelo para Chessy. Dash apareceu com duas taças de vinho e Chessy brindou com Kylie.

— Por dar um fora. Independente em quem.

— Vou brindar a isso — Kylie disse.

25

O coração de Kylie ficou um pouco mais pesado no caminho de volta para casa do que estava quando eles foram jantar com Dash e Joss. Mas nem a preocupação com sua amiga conseguiu desfazer o otimismo que estava sentindo em relação ao seu futuro.

Ela deu a mão para Jensen e apoiou sobre o console central enquanto ele dirigia de volta para a casa dele — deles. Quando ela começou a considerar a casa dele como sua também? Era possível contar nos dedos quantas vezes ela havia voltado para sua casa desde que Jensen a havia deixado ficar na casa dele. Só para pegar roupas e algumas coisas das quais precisava.

Não houve nenhuma menção em voltar a morar na própria casa. Mas também não haviam mencionado diretamente o fato de ela se mudar de vez. Jensen a tinha simplesmente arrastado para sua casa e informado que ela ficaria lá.

Uau, ela estava mesmo relaxando com a idade e a experiência. Achou engraçado quando imaginou alguém dizendo para ela há um mês que ela e Jensen ficariam juntos e que ele a arrastaria do escritório para seu lar e diria que ela não iria a lugar nenhum.

Ela teria achado essa ideia maluca.

E, então, ali estava ela, apaixonada. Feliz. Morando com Jensen. Fazendo *sexo*.

Ela estremeceu com a palavra *sexo*. Era verdade, *era* sexo, mas parecia uma descrição fria do amor que eles faziam. Ela nunca percebeu completamente a diferença entre sexo e "fazer amor". Nunca teve motivo para isso. E certamente não havia se imaginado fazendo sexo. Com qualquer homem, mas principalmente com um homem como Jensen.

Apesar de sua experiência ser limitada, ela realmente sabia a diferença entre sexo sem sentimento e fazer amor de verdade. Era tolo de sua parte estar discutindo, ou melhor, conversando consigo mesma sobre aquilo. A antiga Kylie não era muito de refletir ou analisar a si mesma e com certeza nunca incentivou a ideia de fazer amor.

E, mesmo assim, aquela era a melhor descrição para a intimidade que ela e Jensen compartilhavam. Sexo era... Bem, era sexo. Nada mais, nada menos. Fazer amor envolvia muito mais coisa. Confiança. Respeito mútuo. E, bem, *amor*.

— Você está quieta, amor.

Ela olhou para Jensen e viu que ele a olhava de canto de olho quando chegaram no bairro deles.

— Há alguma coisa errada? — ele perguntou.

— Não é nada — ela disse com um sorriso irônico. — Estava refletindo sobre as diferenças entre fazer sexo e fazer amor.

Ele levantou uma das sobrancelhas.

— Então, conte-me. Parece uma conversa interessante essa que estava tendo consigo mesma.

Ela riu.

— Estou sendo tola e filosófica, tudo ao mesmo tempo.

— E? Vai me dar alguma pista ou não vai me falar sobre essa epifania que teve?

Ela apertou a mão dele, gostando de apenas... estar com ele. Feliz. Ela nunca usara tanto a palavra *feliz* em toda sua vida como havia feito naquelas últimas semanas com Jensen.

— Eu estava pensando que sexo não é a palavra certa para descrever o que fazemos — ela disse, um pouco envergonhada de ficar toda "menininha" com ele.

Mas ele não riu nem deu sinal de que ela estava sendo tola. Apertou a mão dela e acariciou os ossinhos com o dedo.

— Pela primeira vez na vida reconheço verdadeiramente a diferença entre fazer sexo e fazer amor.

Assim que disse isso, ela desejou ter ficado de boca fechada. Não conseguia imaginar que ele fosse concordar com ela quando as duas vezes em que fizeram sexo foram com ele amarrado à cama. Raramente essa era a marca do tradicional "fazer amor". Ela estava sem jeito e, de repente, ficou envergonhada pelo fato de que confessava seu amor por um homem no qual não confiava para deixá-lo fazer amor com ela.

— Amor, por que está olhando assim? — Jensen disse baixinho quando estacionou e desligou o carro.

— Queria não ter dito isso — ela respondeu, sincera.

— Por quê?

Havia uma incredulidade óbvia na voz dele. Ele virou, ficando de lado no banco, para que pudesse vê-la melhor.

Ela fechou os olhos.

— Porque faço essas declarações de amor e de confiança, mas não lhe mostrei nada disso ainda. Ações falam muito mais do que palavras e duvido que a maioria das pessoas consideraria "fazer amor" sabendo que você fora amarrado à cama.

— Agora você está me irritando — ele disse, com um rosnado.

Ela piscou, voltando a olhar para ele. Ele nunca ficara bravo com ela. Ah, era inevitável. Que casal não discutia ou ficava irritado um com o outro de vez em quando? Mas ele parecia realmente... irritado.

— Não quero conversar sobre isso dentro da porra do carro — ele disse, abrindo a porta. — Mas vamos falar sobre isso. Lá dentro.

Ela abriu a porta, hesitante, uma agitação instantânea surgiu em sua cabeça. Seu coração estremecia e seu pulso saltava. Conforme saiu do carro, engoliu o medo que ficou parado em sua garganta.

Ela estava sendo tão idiota. Independentemente do quanto Jensen ficasse bravo com ela, ele nunca a machucaria. Ela sabia disso. E, mesmo assim, ao primeiro sinal de raiva, sua reação foi duvidar disso. Raiva era a mesma coisa que violência em seu mundo. As duas sempre andaram juntas na sua infância. Ela odiava discutir. Detestava brigas, mesmo que sua personalidade arrogante e grossa indicasse o contrário.

Jensen esperou por ela na frente do carro e ela apertou uma mão na outra, perguntando-se se deveria tentar pegar a mão dele. É o que ela faria a qualquer hora que eles tivessem saído e voltassem para casa. Só que agora ela não tinha tanta certeza disso, enquanto brigava consigo mesma por estar sendo tão boba.

Jensen colocou a mão no ombro dela, com o olhar decidido enquanto a encarava.

— Está com *medo* de mim?

Havia um sinal de reconhecimento chocante nos olhos dele que a fez arrepiar. Ela estava tornando aquilo pior conforme o tempo passava.

— Não. Sim. Não, droga, não estou!

Ela balançou a cabeça para enfatizar, mas ele não se mexeu. Não parecia que ele acreditara nela. Quem podia culpá-lo? Ela se contradisse com apenas aquelas poucas palavras.

Ela fechou os olhos e exalou um longo suspiro.

— Não estou com medo de você, Jensen. Estou com medo da *raiva*. Das repercussões da raiva. Me pegou desprevenida. Ainda não o tinha deixado irritado, com certeza não por falta de tentativa da minha parte — ela disse, lamentando. — Eu também não estava esperando por isso. Não consegui repreender a mim mesma ou pensar no quanto estou sendo idiota. Medo foi minha reação instintiva e natural. Odeio discutir. Detesto brigas. Normalmente faço de tudo para evitá-las. E sei que vamos discutir. Não espero que sejamos perfeitos. Nem sei por que o medo me atingiu desse jeito. Bem, na verdade sei, sim — ela disse, com a voz sumindo.

— Venha para dentro comigo, Kylie — ele disse com a voz baixa, mas suave.

Ela olhou para ele e encontrou conforto nos olhos dele. Sua sinceridade. Seu amor por ela e sua compreensão.

Ele pegou a mão dela e a guiou até a porta da frente. Uma vez que estavam lá dentro, ele a direcionou até o quarto.

— Vista-se para dormir — ele disse. — Vamos conversar aconchegados na cama.

O alívio atingiu a garganta e o peito dela. Eles estavam bem. Ela estava bem.

Ela colocou o pijama enquanto ele ficou só de cueca boxer. Então ele subiu na cama, puxando as cobertas e indicando o lugar ao seu lado para ela se sentar.

Ela foi instantaneamente aconchegando-se no corpo dele. Sua autorrepreensão dos minutos anteriores ainda martelava em sua cabeça. Estava na hora de retribuir suas palavras com ações. Provar para ele que ela confiava nele. Ela podia começar sendo mais aberta e estando disposta a se aproximar dele sem persuadi-lo.

— Agora, quero que me escute — ele disse com a voz firme.

Ele colocou uma mão nos cabelos dela e foi descendo até o seu braço. A ponta dos dedos dele tocavam levemente sua pele, provocando arrepios.

— Só porque minhas mãos estavam amarradas à cama durante o ato de fazer amor, e sim, é fazer amor, não significa que fizemos sexo sem sentimento. Você me deu algo precioso ambas as vezes. Sua confiança.

— Como pode dizer isso sendo que o amarrei as duas vezes? — ela perguntou aflita.

Ele a apertou contra ele em um abraço forte.

— Porque você foi em frente. Fizemos amor de uma maneira linda. Estive dentro de você. Foi lindo como deve ser, amor.

Ela suspirou e inalou profundamente o cheiro dele, deixando-o envolver e confortar sua agitação.

Ele beijou o topo de sua cabeça.

— Amo você, Kylie. Meu amor não depende de como fazemos sexo ou *se* fazemos.

— Fico feliz — ela disse, com a voz abafada pelo corpo dele. — Quero ser normal, Jensen. Só não sei como fazer isso.

Ele riu, com um ligeiro sinal de dor em sua voz.

— Foda-se o normal. Já falamos sobre isso e você já sabe minha opinião sobre esse assunto.

Ela suspirou e fechou os olhos, apreciando ser envolvida por ele. Firme. Tão forte. Seu porto seguro.

Por longos instantes, o silêncio pairou entre eles. Um silêncio confortável que não ansiava por terminar. E então ela o sentiu tenso contra ela, como se ele estivesse se preparando para dizer algo.

Ela levantou a cabeça, procurando o olhar dele.

— Você está pronta para conversar comigo, amor? Sobre seu passado?

Os olhos escuros dele varreram a face dela intensamente, refletindo sua preocupação e seu amor.

Sua respiração disparou e seu pulso acelerou. Era realmente idiota. Eram só palavras. Memórias. Não podiam machucá-la, a não ser que ela deixasse.

E essa era a última barreira entre eles. A última peça do quebra--cabeça da confiança.

— Sim — ela sussurrou. — Estou.

Ele a apertou de novo e deu um beijo encorajador na sua testa.

— Leve o tempo que precisar. Não vou a lugar algum.

Ela apertou o corpo contra o dele. O fato de ela não estar à beira de um ataque de pânico com a ideia de contar algo tão pessoal a surpreendera. Algo que ela nunca confessara a ninguém. Nem a Carson. Ela percebeu que queria — precisava — desabafar. Finalmente.

— Nem sei por onde começar — ela disse. Lágrimas inundaram seus olhos e ela engoliu o nó que já se formava na garganta.

— Pelo começo. Ou por onde quiser. Estou aqui para ouvir.

— Ele sempre foi um abusador — ela disse, com a voz tremendo. — Nem me lembro de quando ele não era. Mal consigo me lembrar da minha mãe, então não sei se ela era muito melhor do que ele. Meus sentimentos são influenciados pelo fato de que ela abandonou Carson e eu com aquele babaca. Como uma mãe vai embora desse jeito?

Jensen ficou tenso e ela mordeu o lábio, triste por ter de falar isso logo depois de Jensen ter confessado o abandono da própria mãe. Ela nunca considerou realmente o quanto ela e Jensen tinham em comum. Duas metades formando um todo.

— Desculpe — ela disse com uma voz preocupada. A última coisa que queria era fazer Jensen relembrar seu passado. O dela era ruim o suficiente.

— Não, amor, não. Não peça desculpa. Você precisa falar disso com alguém que a ama. Alguém que vai ouvi-la. Hoje não vamos falar de mim. Falaremos de você.

Ela assentiu e então apertou os olhos, fechando-os. O resto seria... difícil. Vergonha e um senso de degradação inundaram suas memórias.

— Ele me estuprou pela primeira vez quando eu tinha treze anos.

Jensen ficou rígido ao lado dela. Ela apertou os dedos no peito dele, precisando de algo firme, tangível. Ele colocou a mão entre os dedos dela, abrindo-os.

— E havia violência. Tanta violência — ela sussurrou. — Tudo que Carson e eu fazíamos nunca estava certo. Quando ele estava bêbado, sempre procurava Carson. Mas era quando ele estava completamente sóbrio que jogava sua ira em mim. Eu quase poderia entender, bom, não totalmente, mas faria mais sentido se ele fosse apenas um mau caráter pinguço e somente abusasse de mim quando estivesse bêbado. O que mais me assustava era a sua escolha vingativa contra mim com ele plenamente consciente do que estava fazendo. Parecia *pessoal.* Pelo menos, com Carson, parecia ser o fato de Carson estar no lugar errado na hora errada. É triste que eu me sentisse mais segura quando ele estava bebendo.

Jensen beijou o topo de sua cabeça, deixando os lábios lá pressionados contra a cabeça dela.

— Nunca disse isso a ninguém — ela revelou. Começou a tremer, sem condições de manter as memórias superficiais. Controladas. Elas passavam pela mente dela deixando um rastro de escuridão e dor.

— O quê, Kylie? — ele gentilmente persuadiu. — O que não contou a ninguém?

— Houve uma época em que pensei seriamente em me suicidar.

Jensen prendeu a respiração e então expirou demoradamente, tremendo.

— Ah, Deus, amor. Sinto muito. Isso é uma carga muito pesada para se carregar sozinha. Por que nunca disse a ninguém?

— Porque demonstra o quanto sou fraca — ela disse, cansada. — Outra falha minha para a lista. Foi só o pensamento de deixar Carson para trás, sozinho, que me impediu de fazê-lo. Não que eu não quisesse morrer. Eu queria. Muitas vezes teria sido muito mais fácil fazer aquilo parar. Eu estava brava com minha mãe por nos abandonar e, mesmo assim, ali estava eu, pensando em fazer a mesma coisa com Carson.

— Kylie, você não é fraca. Precisou de muita coragem e muita garra para não fazer isso. Para continuar naquela situação sem esperança de sair dela. Você era apenas uma criança que pensava que jamais sairia do inferno. Não posso dizer que a culpo por ter considerado o suicídio.

— Saber o que nosso pai estava fazendo comigo acabou com Carson. Acho que ele se sentiu como você de algum jeito. Impotente de fazer tudo parar.

— Conheço esse sentimento muito bem — Jensen murmurou.

Ela não queria discutir cada detalhe sórdido. Não havia necessidade de fazer aquilo com ela mesma nem com Jensen. Ele saber já era o bastante. E ela havia dito a ele.

— Quando e como acabou? — Jensen perguntou, depois de ela ter ficado em silêncio durante um tempo.

— Carson trabalhou em subempregos e guardou dinheiro para fugirmos. Fomos embora no meio da noite quando nosso pai estava desmaiado. Estava tão preocupada com Carson, porque nosso pai havia batido nele mais do que o normal. Ele estava com hematomas e costelas quebradas. Deus sabe o que mais. Mas ele nos tirou dali.

— Para onde vocês foram? — Jensen perguntou delicadamente. — Como se viraram? Como conseguiu ir para a faculdade?

— Ficamos sem casa por um tempo. Enquanto tínhamos algum dinheiro, não podíamos nos dar ao luxo de gastar com um aluguel, e quem alugaria algo para duas crianças? Teríamos sido levados à polícia e devolvidos para nosso pai. Tínhamos que comer e usamos o dinheiro com moderação. Carson se matriculou na faculdade e eu arranjei subempregos para ajudar. Quando ele começou a trabalhar, retribuiu me ajudando a fazer a faculdade.

— E você se acha fraca — Jensen disse espantado. — Como pode pensar assim? Você percebe o tanto de força de que precisou para sobreviver; ficar sem casa, sem ninguém para cuidar de vocês exceto um ao outro? Não conheço muitas pessoas que teriam esse tipo de determinação.

— Queria poder enxergar do jeito que você enxerga — ela disse melancolicamente.

— Você é uma mulher corajosa e valente. Nunca duvide disso.

— Amo você — ela disse.

— Amo você também, amor. Você ou Carson o viram alguma vez depois disso?

Kylie balançou a cabeça. — Não, mas Carson o procurou anos depois. Acho que ele queria vingança.

— Não posso culpá-lo — Jensen murmurou. — Ele o encontrou?

— Ele nunca me disse. Só descobri porque vi o arquivo que ele deixou aberto em cima da mesa dele. Quando perguntei, bem, pode imaginar que surtei. Isso não o surpreenderia. Não há dúvida de que ele não me diria nada. Ele provavelmente estava preocupado de que eu enlouquecesse e fizesse algo estúpido. Quem sabe? Talvez eu fizesse mesmo. Mas o tipo de vingança que Carson queria não era do tipo que o jogaria na cadeia por acusação de homicídio. Ele não arriscaria seu casamento com Joss. Ele queria ver se nosso pai estava vivendo bem porque queria arruiná-lo. Queria tirar tudo que ele tinha, se ele tivesse alguma coisa. E queria que nosso pai *soubesse* quem o arruinara e por quê.

— Discordo que ele não lhe daria nenhuma informação — Jensen murmurou. — Era seu direito e você não teria feito nada estúpido. O que Carson não percebeu era que você teria colocado um ponto final nessa história se soubesse que ele não era mais ameaça para você.

Ela franziu o cenho.

— Não havia pensado nisso dessa forma. Acho que é a incerteza que me atinge às vezes. Como se eu tivesse medo de que ele fosse aparecer do nada. Ele poderia estar morto até onde eu sei.

— Eu poderia descobrir para você se realmente quisesse saber — Jensen disse, baixinho.

Ela paralisou, uma onda de medo surgiu em seu peito.

— Talvez um dia — ela deixou vago. — Talvez nunca. Só sei que não quero saber agora.

— Quando estiver pronta, me avise. Vou fazer de tudo para que ele não saiba nada sobre você. E talvez possa apenas verificar se Carson foi bem-sucedido na busca pela vingança.

— Obrigada — ela disse.

De repente, ela se sentiu... vazia. Como se tivesse levantado um peso gigante, deixando-a sem força. Ela estava ferida emocionalmente, apesar de mal ter tocado na parte de seu abuso. Talvez nunca dissesse tudo a Jensen. Ou talvez um dia estivesse pronta para se livrar do veneno que a infectava por tanto tempo.

— Não precisa agradecer, amor. Eu amo você. E estou tão orgulhoso de você. Agora você precisa ficar orgulhosa de si mesma e ver a grande conquista que é para você estar onde está agora e não deixar o passado guiar seu futuro.

Ela fez uma careta.

— Não faz muito tempo eu estava fazendo exatamente isso.

— Você se cobra muito, Kylie. Relaxe. A única pessoa que a está pressionando é você mesma. Todo mundo à sua volta vê o que eu vejo. Uma mulher resiliente e destemida.

— Gosto disso — ela disse com um sorriso. — Destemida. Definitivamente está no topo da lista de palavras que eu nunca usaria para me descrever.

— Então revise essa maldita lista e remova todas as palavras depreciativas sobre si mesma — Jensen resmungou.

Ela bocejou, exausta dos acontecimentos emocionantes do dia.

— Talvez pudéssemos fazer essa lista juntos um dia. No topo, a palavra mais importante usada para me descrever seria *amada*.

— Sempre. E você é amada, Kylie. Por mais gente do que apenas eu.

— Sei disso agora — ela disse, aconchegando-se mais contra Jensen.

— Acha que consegue dormir? — ele perguntou, com preocupação em sua voz. — Fico preocupado de que isso irá tirar seu sono. Sei o que fez comigo quando lhe contei sobre meu passado.

— Enquanto estiver comigo, consigo dormir — ela disse.

Ele a abraçou.

— Então, durma, amor. Vou abraçar você o quanto quiser.

26

O medo de que Kylie fosse atormentada por pesadelos manteve Jensen acordado por muito tempo depois de ela ter entrado num sono pesado. E quando ele finalmente fez o mesmo, não foi Kylie quem teve pesadelos.

Jensen ficou lá imóvel, paralisado, incapaz de se mover, incapaz de fazer qualquer coisa a não ser olhar o pai dele bater em Kylie ininterruptamente. Seus sonhos, normalmente sobre sua mãe sendo abusada enquanto Jensen era incapaz de impedir, agora eram sobre Kylie no lugar da sua mãe.

Ele estava assistindo através dos olhos de um adulto, mas preso nas limitações de uma criança.

— Não — ele resmungou. — Ah, Deus, não! Pare de machucá-la. Por favor.

Seu pai ficou em pé e olhou diretamente para Jensen, sua boca estava formando um sorriso cruel.

— Você não vale nada. Não pode protegê-la. Você a decepcionou do mesmo jeito que decepcionou a idiota da sua mãe.

E então Kylie chamou seu nome. Era um pedido de ajuda que ele não conseguia ignorar nem no sonho.

Finalmente, finalmente era capaz de se mexer. Não estava mais preso no chão. Não estava mais no corpo do menino que foi. Ele gritou e se lançou em direção ao pai como o adulto que era, com toda a força que faltava quando ele era apenas um garoto.

Ele bateu no pai, jogando-o para longe, e então o atacou, colocando as mãos em volta do seu pescoço. Jensen conseguiu pará-lo desta vez. Nunca machucaria outra mulher. Jensen não era mais a criança impotente que fora anos atrás.

Toda sua raiva e todo seu ódio o inundavam em ondas negras, dando a ele ainda mais força.

Ele não decepcionaria sua mãe desta vez. Não decepcionaria Kylie.

Ele apertou, observando o rosto do seu pai ficar roxo, seus olhos saltando com a pressão.

Kylie chamou de novo, com desespero em sua voz. Estava rouca. Ela estava implorando para ele. Para... parar?

Ele congelou. Por que Kylie imploraria pela vida do pai dele?

Desta vez, quando ela disse o nome dele, mal dava para distinguir, e foi acompanhado por um gemido de dor. Ele se esforçou para sair do pesadelo nebuloso, confuso pelas atitudes de Kylie.

Então, como se tivesse levado um balde de água fria, ele despertou do sono.

O horror o atingiu com uma velocidade agonizante. A mão dele estava envolvendo o pescoço de *Kylie*, seus dedos cravados na pele dela. Lágrimas desciam pelo rosto dela conforme lutava sem sucesso para se soltar. Tentando tirar, desesperada, a mão dele do seu pescoço.

Deus do céu, ele ia vomitar.

Ele a soltou instantaneamente e ela caiu, segurando a garganta e tentando respirar, ofegante. Ela tossia e sufocava, se curvava, com o cabelo desgrenhado caindo nos ombros. Ela se espremeu na ponta da cama, colocando as pernas no peito, de maneira protetora. Ela balançava para trás e para frente, seus soluços irregulares provocavam feridas horríveis na alma dele. Feridas que ele podia ser incapaz de curar para sempre. Como ele pôde?

— Kylie?

Seu grito agoniado falando o nome dela soou mais como um barulho de um animal ferido.

O que foi que ele fez? Como ele pôde ter feito algo tão terrível? Ele havia se tornado o monstro que seus pais foram.

— Kylie, ah, meu Deus, você está bem, amor?

Ele foi para cima dela, ainda tremendo por causa do sonho. Estava com medo de tocá-la, mas tinha que consolá-la.

Ele a pegou nos braços, lágrimas molhavam as bochechas dele conforme ele a ninava para trás e para frente.

— Me perdoe — ele murmurou. — Ah, meu Deus, amor, sinto muito.

O desespero tomou conta dele, tornando tudo preto. Dor e arrependimento o colocavam para baixo, martelando em sua cabeça.

Ele havia feito aquilo que jurara nunca fazer. Ele a machucou.

Ele não era melhor do que o pai dele. Todas as coisas que ele dissera, tudo que imaginou nunca fazer contra outro ser humano, agora se apoderava dele. Os sussurros em sua mente, os fantasmas do passado riam dele. Tiravam sarro e diziam o quanto ele era hipócrita.

Ele fechou os olhos, seus pensamentos ficavam sombrios conforme ele percebia a magnitude do que havia feito. Conforme percebia as *consequências* do que fizera.

As lágrimas embaçavam sua visão. A tristeza o atingia pelo que havia perdido em um curto espaço de tempo.

Ele precisava deixá-la ir.

Kylie estava rígida em seus braços. Ela não havia emitido nenhum som a não ser os soluços de medo. Ele se perguntou se ela conseguiria falar depois de ele quase tê-la matado.

Ela ficaria com hematomas no dia seguinte. Marcas que ele havia causado nela.

Ele nunca se perdoaria por isso.

— Estou bem — Kylie sussurrou.

Suas palavras roucas retomaram sua consciência, tirando-o da escuridão de seus pensamentos.

Ele a soltou e se afastou, sem encará-la. Não conseguia. Não havia nada a dizer, nenhuma desculpa sincera o bastante pelo que tinha feito. Não havia como consertar aquilo.

— Vou arrumar suas coisas e então a levarei para sua casa — ele disse, rude.

Ela se encolheu e levantou a cabeça de forma que ele conseguisse vê-la totalmente, aqueles olhos assustados. Só agora a confusão havia substituído o medo e a incerteza.

— O *quê*? — ela sussurrou.

Ele estremecia toda vez que ela falava. Ela mal conseguia falar em um tom alto o bastante para que ele pudesse ouvir.

— Vou levá-la para casa — ele disse, desviando o olhar para longe dela. Ele não conseguia sentar ali e ver o que havia perdido. Não conseguia encarar o que havia feito. Era uma faca dilacerando seu coração.

— Não entendo.

A voz dela tremia e lágrimas inundavam seus olhos, tornando--os brilhantes e molhados.

— Não podemos ficar juntos, Kylie.

Ele não queria que as palavras tivessem saído tão grosseiras. Ou com tanta emoção. Mas ele estava morrendo lentamente, a cada respiração. Toda sua dor ficou expressa naquelas malditas palavras.

— Está desistindo de nós?

A mágoa na voz dela jogou mais sal na ferida aberta que ele tinha.

— Amo você, Jensen. E você está simplesmente desistindo? Simples assim?

— Merda, Kylie. Veja o que eu fiz — ele quase rugiu. — Como você pode considerar ficar com um homem como eu? Poderia tê-la *matado*... *Tentei* matá-la.

— Foi um sonho — ela disse. — Você não fez de propósito.

A bile subiu pela garganta dele. Deus, ela estava tentando racionalizar o comportamento dele. Seus pensamentos foram até a mulher que ele e Kylie viram no estacionamento aquela outra noite. Como ela explicaria as atitudes de seu marido ou seu namorado. E agora Kylie estava fazendo a mesma coisa por ele.

Ele não permitiria isso. Ela merecia alguém melhor do que ele.

— Escute o que está dizendo, Kylie — ele disse com uma voz fria. — Pense em como explica meu abuso. Como o racionaliza. Vista-se enquanto eu pego suas coisas. Vou levá-la para sua casa hoje.

— Você disse que me amava — Kylie sussurrou, lágrimas rolavam por seu rosto. — Você prometeu...

— Sim, o que eu prometi? — Jensen quis saber. — Prometi nunca machucá-la.

Kylie se virou, escondendo o rosto dele, mostrando o ombro. O ombro que balançava enquanto ela soluçava silenciosamente quando começou a se vestir.

Jensen demorou meia hora para pegar todos os pertences de Kylie. Ele os colocou no porta-malas do carro e então voltou para pegar Kylie, que agora estava sentada na poltrona na sala de estar.

Ela estava pálida, com os olhos vermelhos e devastada pelas lágrimas. Seu cabelo estava desgrenhado, despenteado não só por ter dormido, mas pelo que ele fizera. A ponta dos seus dedos estava marcada no pescoço dela, uma forte lembrança do quão perto ele chegou de matá-la.

— Vamos — ele disse, seco.

Kylie se levantou tremendo. Ela ainda não olhava para ele, e ele estava grato por isso. Ele tinha arrependimento suficiente por eles dois.

Ele se sentou no banco do motorista enquanto ela escorregou para o banco do passageiro. A ida até a casa dela foi silenciosa, um silêncio opressivo e sufocante. E a cada minuto que passava sua dor e sua aversão contra si mesmo aumentavam até ele ter certeza de que seria consumido por elas.

Finalmente parou na porta da casa de Kylie. Ele saiu do carro e foi em direção ao porta-malas para pegar as coisas dela. Coisas que ela levara para a casa dele. Coisas que ele havia se acostumado em ver espalhadas pela casa.

Ele colocou tudo na porta dela, querendo acabar com aquilo o mais rápido possível. Quando ele se virou para voltar para o carro, quase bateu de frente com ela. Ele colocou as mãos nos ombros dela, equilibrando-a, e ela se afastou do toque dele.

Com um suspiro, ele foi em direção ao carro, dando as costas para ela pelo bem da mulher que amava.

— Eu nunca desistiria de nós como você está fazendo — ela gritou.

Ele parou de andar, hesitante pela acusação.

— Não faça isso, Kylie. Não torne isso mais difícil do que já é.

— Eu amo você — ela disse com a voz embargada.

Ele fechou os olhos e suas feridas começaram a sangrar novamente.

— Também amo você, Kylie, e é por isso que preciso ir.

Ele se apressou para chegar no carro, sem esperar pela resposta dela. Não aguentava mais. Precisava ir embora antes que desmoronasse completamente.

A volta para casa foi apenas um borrão. Imagens de Kylie com a mão dele em volta do seu pescoço o bombardeavam por todos os lados, fazendo-o ficar tonto.

Ele nunca amara outra mulher. Não do jeito que amava Kylie.

Logo que estacionou na sua garagem, abriu a porta, pulou para fora do carro e vomitou tudo no jardim.

27

Kylie observou o sol aparecer no horizonte enquanto estava sentada em uma cadeira no deque, enrolada num cobertor. Estava bem quente e mesmo assim ela estava tremendo por dentro. Ela tinha o ligeiro pensamento de que nunca ficaria quente novamente.

Jensen a esquentava com seus sorrisos, sua gentileza, seu amor. E agora ele tinha ido embora.

Ela queria ter a força emocional de odiá-lo. Mas tudo o que conseguia ver era desolação e horror nos olhos dele. A aversão e a autorrecriminação pelo que fizera.

Distraidamente, ela passou a mão pela garganta ainda dolorida onde os hematomas, com a forma da ponta dos dedos dele, tinham tomado sua pele.

Ele poderia tê-la matado.

Foi o que ele disse e o que ela havia concluído, mas mesmo assim não conseguia acreditar. Assim que ele despertou do sonho, soltou-a. Ele nunca a machucaria conscientemente. Ela acreditava naquilo com todo seu coração. Então por que ele não acreditava?

Ele a criticava o tempo todo pela sua autoconfiança, e mesmo assim parecia não confiar em si mesmo. Ou, pelo menos, quando o assunto era ela.

Ela suspirou e olhou para baixo, para o papel em frente a ela. Sua carta de demissão, endereçada a Dash. Ela não pioraria a situação ao incluir Jensen em sua carta.

Seu notebook e celular estavam na mesa, ao lado da carta. Ela passara a maior parte da noite pesquisando e procurando empresas de hipoteca e corretores de imóveis. Não precisava fazer uma hipoteca. Tinha dinheiro suficiente investido para comprar uma casa e ainda sobrar bastante. Além disso, quem lhe faria uma hipoteca quando estivesse desempregada?

Ainda demorariam horas para qualquer empresa abrir. Ela hesitou por um momento quando teve essa ideia. Ela deveria ir agora e colocar a carta na mesa de Dash. Antes de ele ou Jensen chegarem nesta manhã.

O fim de semana era apenas uma névoa. Ela não fizera nada a não ser ficar deitada na cama, coberta até o pescoço. Com acessos de choro. Não havia comido ou dormido. Mal havia feito a façanha de ir até o banheiro para fazer o essencial.

Então sua mente entrou no modo de recuperação. Não poderia se esconder em casa para sempre. As pessoas tinham os corações partidos todos os dias. Ela não era especial nessa questão. A vida seguia. A pergunta era se ela seguiria em frente ou ficaria como sempre foi no passado. Tímida. Medrosa. Se enfiaria numa bolha, adotando o mantra "ignorância é uma bênção".

Ela sabia de duas coisas. Uma, não poderia continuar trabalhando para Dash e Jensen. E duas, precisava se mudar. Era uma ideia que teve no passado, mas nunca quis passar muito tempo pensando nela.

Agora a carta estava escrita, e ela tinha o telefone de uma imobiliária local. Era hora de agir e parar de ser tão passiva em relação à sua vida.

Seus músculos protestaram conforme ela tentava ficar em pé. Mas ela afastou o desconforto, pegou a carta e entrou na casa, então se vestiu e pegou as chaves do escritório.

Trinta minutos mais tarde, ela colocava a carta na mesa de Dash junto com uma lista de afazeres do dia. Sentiu um breve momento de culpa por fazer isso com Dash. Ele fora sempre tão paciente e compreensivo com ela. Era um sonho trabalhar com ele. E demitir-se repentinamente, quando ainda não haviam encontrado ninguém para substituí-la, não era justo com ele. Mas ela não poderia ir ao trabalho onde Jensen estaria e fingir que seu coração não tinha sido destruído.

Então, ela entrou na própria sala e começou a pegar seus pertences.

Quando terminou, ela se virou, olhando uma última vez para a empresa que seu irmão construíra. O lugar que ela trabalhava desde que se formara. Sim, ela era boa no que fazia. Ela teria sido uma sócia muito boa também. Mas havia outros empregos por aí. Era hora de cortar o cordão umbilical, se desprender e seguir em frente.

Carson se fora. Nunca mais voltaria. E ela não seria mais um fardo para ninguém.

Com um suspiro, ela se arrastou até o elevador. No hall, acenou para o guarda noturno que a observava, curioso, enquanto ajeitava a caixa que estava segurando mais para cima, para que não a deixasse cair.

Quando chegou em casa, deixou a caixa no carro, não se importando em levá-la para dentro. Tudo o que ela queria era voltar para a cama e ficar lá por uma semana. Talvez fizesse isso. Ou pelo menos até todos ficarem sabendo o que aconteceu e Chessy e Joss irem atrás dela.

Ela deveria ligar para elas. Dizer a elas. Mas não conseguia. Não havia nada que suas amigas pudessem fazer, de qualquer forma, exceto oferecer o ombro para ela chorar e dizer que estava tudo bem e que havia outras pessoas no mundo.

É... tanto faz.

Talvez ela não tivesse tanta experiência em se apaixonar e com relacionamentos, mas até ela sabia que nunca encontraria outro amor como o de Jensen.

Ela passou pelas coisas que Jensen havia carregado de volta para a casa dela e pela cozinha. Viu a garrafa de vinho no balcão e deu de ombros. Por que não?

Ela se serviu de uma taça generosa de vinho e começou a seguir em direção ao quarto quando se virou e pegou a garrafa. Economizaria uma ida até a cozinha, e assim que deitasse na cama, não sairia por nada.

28

— Você se importaria em me dizer que porra é essa? — Dash berrou.

Jensen olhou para cima, exausto, enquanto Dash balançava a folha de papel na frente do seu nariz. Jensen não estava no clima de adivinhar jogos. Não havia dormido desde sexta à noite. Ele estava numa ressaca dos infernos, depois de fazer algo que nunca tinha feito. Havia enchido a cara e passou mal o fim de semana inteiro.

Apenas mais uma prova de que era mais parecido com seu pai do que pensava. Aparentemente, tal pai, tal filho.

— Cristo, você está acabado — Dash disse, com desgosto.

— Vá se foder — Jensen resmungou.

— Ela se demitiu — Dash afirmou conforme apoiava as mãos na mesa de Jensen e se inclinava para frente.

Ele jogou a carta de demissão onde Jensen pudesse vê-la.

O desespero tomou conta de Jensen, sufocando-o. A escuridão girava à sua volta, afogando-o em dor.

— Não a deixe fazer isso — Jensen disse, triste. — Eu saio. Nunca faria nada para *forçá-la* a ir embora. Posso trabalhar em outro escritório e deixar vocês dois aqui.

— Joss passou na casa dela hoje, superpreocupada por eu ter dito que Kylie havia se demitido. Ela não estava em casa. Ninguém sabe onde ela está. E ela colocou sua maldita casa à venda — Dash berrou. — Que merda você fez para ela?

Jensen fechou os olhos. As lágrimas queimavam seus olhos como ácido.

— Eu a machuquei — ele sussurrou. — Jurei que nunca faria isso.

Dash olhou para ele perplexo.

— Machucou como?

Jensen balançou a cabeça.

— Não importa. O que importa é que você não pode deixá-la fazer isso. Diga a ela que fui embora. Faça o que tem que fazer. Tirarei minhas coisas daqui hoje. Ela pode ficar com a minha sala ou permanecer na dela.

— Jesus Cristo, ainda terei uma empresa depois disso tudo? — Dash exigiu saber.

— Não dou a mínima para a maldita empresa — Jensen resmungou. — Só o que me importa é a Kylie.

Dash balançou a cabeça.

— Para alguém que diz que a machucou, diria que se importa demais com o que ela faz.

— É claro que me importo — Jensen gritou, com raiva. — Eu a amo. Nunca vou amar nenhuma maldita pessoa desse jeito.

— Então, porra, por que você está aqui e não aos pés dela implorando perdão? — Dash berrou de volta.

— Porque algumas coisas são imperdoáveis — Jensen falou engasgado. — Algumas vezes não é possível voltar atrás ou refazer as coisas. Não importa se ela me perdoa... ela provavelmente perdoaria. Não consigo perdoar *a mim mesmo*. Você entende isso?

Dash suspirou.

— É, cara. Eu entendo. Mas, Jensen? Vou dar uma dica para você. Você disse que a machucou. O que você acha que está fazendo agora?

Jensen se recostou na cadeira e passou uma mão pelo cabelo. Deus, ele estava tão cansado. Ele queria que só por uma noite não fosse engolido pelos demônios do passado. Onde ele não visse suas mãos em volta da garganta de Kylie ou não ouvisse que ela o chamava.

Apenas queria... paz. Era pedir muito?

Mas como ele podia realmente querer ficar em paz quando a mulher que amava não estava mais em seus braços?

— Não a deixe se demitir, Dash — Jensen pediu, a fadiga evidente em cada palavra dele. — Faça qualquer coisa para convencê-la. Pode fazer. Irei embora até o fim do dia.

29

Pacientemente, Kylie se sentou e ouviu as dúzias de mensagens de voz de Chessy, Joss *e* Dash. Ela deu um gole no café forte enquanto se sentava no pequeno café no bairro no qual estava procurando uma casa.

Incrível como ela era tão mais produtiva quando não estava desagradavelmente bêbada com todo o vinho que havia consumido aquela semana.

Sua mente clareou quando ela descobriu que tinha acabado o vinho. Então observou as garrafas que estavam largadas pela cozinha com desgosto. Já era o bastante. Uma semana era suficiente para se afogar em sua tristeza. Era hora de seguir em frente com o resto da sua vida.

Ela se encolheu ao ouvir a mensagem de Dash. Jensen tinha saído do escritório e trabalharia em outra empresa. Dash queria que ela voltasse ao trabalho e que ligasse para Joss antes que ela enlouquecesse.

A culpa a agarrou. Ela evitara seus amigos — todos — por uma semana inteira. Ouvira os incessantes toques de campainha e as batidas na porta. Apostava que as batidas eram da Chessy. Ela era muito persistente quando queria alguma coisa. Mas a névoa criada pelo álcool tornou impossível que ela fizesse outra coisa a não ser ficar deitada esparramada na cama olhando para o teto, rezando para Joss e Chessy desistirem e irem embora.

Apesar de sua casa ter ficado à venda na segunda-feira, não começaria a mostrá-la antes da outra segunda. Aquilo — e a percepção de quanto vinho havia bebido — havia lhe dado motivo suficiente para ficar sóbria e sair de casa.

Ela ouviu o resto das mensagens, mas estremeceu quando escutou a voz de Joss implorando para ela ligar. Havia lágrimas na voz dela. Dash iria matar Kylie por chatear Joss daquela maneira. E não podia culpá-lo.

Ela precisaria encará-los em algum momento. Não poderia se esconder para sempre. Jensen não era o único componente do seu círculo de amigos. Ele havia se tornado parte daquilo através de Kylie. Então, ela não precisava se preocupar em encontrar com Jensen quando visitasse seus amigos. Ela podia tê-lo perdido, mas estaria arruinada caso perdesse seus amigos também.

Sua cabeça estava doendo muito, resultado de todo o vinho que bebera. Ela mal conseguia se lembrar dos últimos cinco dias.

O que ela queria fazer era ir ao mercado, estocar mais vinho e então retornar à sua casa e beber. Muito.

Mas o que ela *precisava* era escrever para Joss e Chessy e superar aquilo.

Suspirando, ela digitou uma mensagem rápida para as duas.

Estou pronta para aparecer e desabafar. Alguma chance de ter vinho envolvido?

Ela apertou Enviar e colocou o celular de volta sobre a mesa. Ela sabia que estava um lixo. Ela recebera mais de uma olhada curiosa dos outros clientes do café. Como ela deveria estar quando tomara um fora do homem que amava e passara o resto da semana entorpecida pelo álcool?

Seu celular vibrou e, hesitante, Kylie o pegou.

Cacete, venha já para a minha casa. E, sim, haverá vinho. Pode vir agora?

A mensagem era de Joss. Antes que ela pudesse responder, Chessy enviou uma também.

Estou indo agora mesmo! Preciso de quinze minutos no máximo. Joss, tem vinho suficiente ou quer que eu leve mais?

Kylie sorriu, um pouco de sua tristeza se esvaía de seu coração.

Tenho o suficiente. Só venham para cá!

Ela respondeu e apertou Enviar.

Estou indo. Vinte minutos, dependendo do trânsito.

Ela pegou as chaves, tomou o resto do café e foi em direção à saída.

Ela estava aterrorizada. Não mentiria para si mesma sobre isso. A ideia de jogar todo seu desespero em *qualquer um* fazia seu estômago se contorcer. Mas ela tinha que se lembrar da promessa que tinha feito para si mesma sobre ser mais aberta com suas amigas. Suas *melhores* amigas. Não eram quaisquer pessoas. Eram especiais.

Ela dirigiu em um silêncio tenso. Mudou de estação de rádio quando uma daquelas músicas sentimentais de término de namoro começou a tocar. Silêncio, apesar de insuportável, era ainda melhor do que ouvir seus problemas cantados em tempo real.

Vinte e dois intermináveis minutos mais tarde, Kylie parou na frente da casa de Joss e ficou ali sentada por um tempo, tomando coragem para entrar. Se ela não saísse logo, Chessy e Joss viriam arrastá-la pelos cabelos.

Ela se forçou para sair do carro e andar até a porta. Estava quase chegando quando a porta se abriu. Dash. Ficou pasma. Encarar as garotas já era ruim. Encarar seu chefe também? Por que ela não deixara claro para Joss que era um encontro apenas das garotas?

O olhar de Dash estava fixo nela, quando ela chegou mais perto, ele ficou pálido.

— Ele disse que havia machucado você, mas pensei que fosse emocionalmente — Dash disse rangendo os dentes. — Que merda ele fez com você, Kylie? Vou matá-lo por causa disso.

Ela ergueu a mão numa tentativa de esconder o hematoma em seu pescoço. Mas já era tarde. Dash tinha visto as marcas na sua pele pálida.

Joss veio por trás de Dash e reprovou o que via assim que chegou no último degrau. Ela colocou os braços em volta de Kylie e a abraçou por um longo tempo.

Kylie olhou para Dash por cima do ombro de Joss e o viu vermelho de raiva.

— Não é o que você está pensando — ela disse em voz baixa.

— E o que é então? — Dash perguntou em um tom frio.

— Deixe-a em paz, Dash. Ela vai contar para mim e para Chessy e, então, se alguém precisar levar uma surra, vamos lhe informar — Joss disse.

Kylie quase murchou de alívio. Deus, ela amava seus amigos. Por que os havia evitado por uma semana? Ela poderia ter ido lá há dias, ser envolvida com o amor e o apoio de suas melhores amigas em vez de ficar bêbada em casa, sozinha e miserável.

Joss puxou Kylie pela mão e, passando por Dash, a arrastou para dentro de casa. Dash não parecia satisfeito, mas engoliu qualquer resposta e deixou Joss passar. Graças a Deus.

— Fique de fora por enquanto, querido — Joss falou para Dash. — Essa é a noite das garotas e o código das garotas é "o que acontece aqui morre aqui" e "homens não são permitidos".

Dash virou os olhos.

— Estarei no quarto assistindo à TV. Mas quero um relatório depois. Se aquele filho da puta encostou a mão nela, vou quebrar a cara dele.

— Amo quando ele fica todo macho alfa — Joss sussurrou para Kylie. — Me faz querer pular em cima dele agora mesmo.

Kylie suspirou.

— Sério, Joss? Acabei de levar um fora e você fica jogando na minha cara a masculinidade alfa de Dash? Não é justo.

Joss franziu o rosto em solidariedade.

— Ele terminou?

— Ei, não falem nada até chegarem aqui para que eu possa ouvir — Chessy reclamou conforme as duas mulheres entraram na sala de estar.

Chessy se levantou do sofá e correu para perto, jogando os braços em volta de Kylie.

— *Nunca* nos assuste assim de novo — Chessy disse. — Joss e eu estávamos tão preocupadas, Kylie. O que aconteceu, querida? Você está horrível!

Então ela se afastou, com o olhar correndo do rosto para o pescoço de Kylie. Joss e Chessy levaram um susto.

— Ele fez isso com você? — Chessy perguntou, com a voz sumindo.

Kylie suspirou.

— Realmente é uma longa história, gente. Podemos nos sentar e abrir uma garrafa, ou três, de vinho? Vou precisar.

— Já vou buscar — Joss disse.

— Preciso, no mínimo, de três taças para começar a contar — Kylie murmurou.

— Então beba logo porque queremos saber cada detalhe — Chessy avisou.

Joss retornou um instante mais tarde, com uma garrafa de vinho em cada mão. As taças já estavam sobre a mesa de centro. Joss serviu o vinho, enchendo todas as taças, e então entregou uma para Kylie.

Ela bebeu avidamente, secando a taça em segundos. Joss levantou uma sobrancelha, mas rapidamente serviu Kylie de novo.

— É nessas horas que me pergunto se não deveríamos beber algo mais forte — Kylie disse.

— Bom, se vamos encher a cara, sugiro assaltarmos o armário de bebidas de Dash — Chessy disse.

Joss franziu o cenho.

— Se vamos encher a cara, então nenhuma de vocês vai embora hoje. Vou entregar a chave do carro de vocês para Dash e vocês terão que passar por ele para ir embora.

Kylie e Chessy resmungaram, mas entregaram suas chaves. Joss saiu para entregá-las a Dash e depois retornou à sala de estar.

— Certo, então o que vai ser? — Joss perguntou, dramática, enquanto abria o armário de bebidas.

— Qual é o velho ditado? — Chessy pensou. — Licor depois da cerveja, pode ser? Cerveja depois do licor, nem pensar?* Isso vale para o vinho também?

Kylie franziu o cenho. Ela já estava tonta por causa das duas taças que virou de uma vez. — Será que o vinho substitui a cerveja ou o licor? E isso significa que vou me acabar de vomitar por beber licor depois do vinho?

— Querida, nós três vamos nos acabar de vomitar mais tarde — Chessy disse, seca. — Vamos, Joss. Pegue qualquer coisa para que possamos continuar.

Joss deu de ombros, então se esticou para pegar duas garrafas de licor. Ela as colocou na mesa de centro e então voltou para pegar copos de doses no armário.

— Voto para encher todos agora — Chessy disse. — Se formos enchendo depois de ir bebendo, vamos fazer uma bagunça na sala de Joss.

— Boa ideia — Kylie disse. — Encha-os, Joss.

---

* Chessy está se referindo ao ditado "Beer before liquor, never sicker; Liquor before beer, you're in the clear!", muito popular nos Estados Unidos (N. do T.).

Joss cuidadosamente alinhou doze copos e então começou a enchê-los.

Chessy pegou dois deles e deu um para Kylie. Entregou o outro para Joss e então pegou outro da mesa de centro para si mesma. Ela segurou o copo no ar em direção a Joss e Kylie.

— Aos homens babacas — Chessy disse.

— Vou brindar a isso — Kylie disse.

— Vou brindar contanto que deixemos Dash de fora — Joss disse.

Chessy virou os olhos.

— Ele foi babaca no passado. E ele vai ser de novo alguma hora. Só brinde com a gente, merda.

Joss riu e então elas brindaram.

Depois, jogaram o álcool para dentro.

Os olhos de Kylie ficaram aguados, seu nariz ardeu, e ela quase engasgou com o fogo cortando sua garganta e chegando no estômago.

— Deus, isso é horrível! — Kylie falou engasgada.

— Você não bebe porque é bom — Chessy disse. — Bebe pelo efeito que causa. Dê outro a ela, Joss. Precisamos soltar a língua dela.

Joss empurrou outro copo na mão de Kylie e então Joss e Chessy apontaram para que ela bebesse.

A segunda dose desceu um pouco melhor do que a primeira. Graças a Deus.

Ela encostou no sofá para que seu estômago se ajeitasse e para deixar o álcool assumir o controle.

— Passei a semana completamente bêbada — Kylie admitiu.

— Ah, querida, queria que você tivesse atendido àquela maldita porta — Chessy disse. — Nunca deveria beber sozinha. Sempre estou mais do que disposta a ser sua companheira de bebedeira.

— Não podia — Kylie disse, com a voz falhada. — Precisava resolver algumas coisas.

— Como se demitir e colocar sua casa à venda? — Joss quis saber.

Kylie estremeceu.

— É, essas coisas.

— Que cacete aconteceu, Kylie? E como você conseguiu esse hematoma? — Chessy perguntou.

Kylie fechou os olhos, tentando controlar as lágrimas para não caírem. Elas queimavam seus olhos. Pensou que tivesse chorado o bastante e que não tivesse mais lágrimas. Aparentemente, estava errada.

Joss e Chessy se sentaram, uma de cada lado de Kylie. Chessy colocou um braço em volta de Kylie enquanto Joss gentilmente tirava o cabelo de Kylie de seus olhos.

— Fale com a gente, Kylie. Estamos tão preocupadas — Joss disse com a voz doce e amorosa.

— Ele não me machucou de propósito — Kylie disse. — Ele nunca faria isso. Eu sei disso, mas ele não. Ou pelo menos não sabe agora.

— Você não está falando coisa com coisa, querida. Acalme-se e comece do começo — Chessy pediu.

Kylie suspirou, mas fez como suas amigas pediram. Contou toda a triste história, começando quando confessou seu passado para Jensen até o presente. Ela não escondeu nada. Ela contou a elas que passara a semana bebendo vinho se desmanchando de chorar.

— Oh, uau — Joss respirou. — Essa história realmente é forte, querida. Coitado do Jensen. Não consigo imaginar como ele se sentiu quando acordou e viu suas mãos enroladas no seu pescoço. Dash morreria se alguma vez fizesse algo assim.

— É exatamente isso — Kylie disse. — Jensen nunca faria nada para me machucar. Era um sonho... um pesadelo. Ele não sabia o que estava fazendo. Mas ele me enxotou depois. Não poderia ter me mandado embora mais rápido. Como é possível convencer alguém de que está errado se a pessoa não está por perto para falar sobre isso?

Todas ficaram em silêncio por um momento e Chessy se esticou para pegar a garrafa, servindo uma dose para cada uma.

Kylie bebeu, agradecida, torcendo para ficar adormecida logo. Um remédio para a dor que sentia na alma. Pelo menos, por algum tempo, ela não sentiria mais nada além do entorpecimento do álcool. E pensar que ela sempre abominara a ideia de ficar bêbada. Aquela semana a ensinou muito sobre suas velhas ideias e seu jeito antigo.

Ela deu seu copo para Chessy e fez um gesto para que colocasse mais.

Depois de beber quatro doses, Kylie estava definitivamente sentindo o efeito. Então por que diabos ela ainda estava chorando e fungando como uma idiota?

Ela caiu no sofá de novo e olhou para o teto, esperando que girasse.

— Eu devia saber — Kylie disse, com o desespero arranhando sua voz mais uma vez. —Nunca fui tão otimista. Estava condicionada desde muito nova a esperar pelo pior. Certamente foi tudo o que sempre recebi. E mesmo assim não previ isso, mas deveria ter previsto. Estava tão envolvida na alegria de superar tudo e ser capaz de ter um relacionamento que nunca pensei na possibilidade de não ficarmos juntos. E isso foi estúpido da minha parte. Talvez depois serei capaz de culpar o fato de estar apaixonada pela primeira vez na vida. Dá para ver porque nunca fiquei com alguém. Quem diabos quer passar por isso toda vez que terminar com alguém?

— Amém — Chessy murmurou.

Kylie virou a cabeça para que pudesse ver sua amiga, mesmo que naquele momento estivesse enxergando duas Chessys.

— Como você e Tate estão?

Chessy fez uma cara.

— Bem. Mal. Não sei.

— Me sinto culpada por estar tão feliz — Joss disse, pesarosamente.

Kylie se esticou para apertar a mão dela.

— Não faça isso. Você merece ser feliz. Com certeza já teve sua parcela de tristeza.

Elas beberam outra dose. E então mais uma. Um pouco antes de terminar a primeira garrafa, as três estavam no chão, em frente à lareira.

— Você sabia que seu teto está girando? — Chessy perguntou para Joss.

— Não é o teto. É o seu cérebro — Kylie disse, sabiamente.

— O que vamos fazer em relação ao Jensen? — Joss perguntou, trazendo o tópico de volta em relação à situação de Kylie.

Uma onda de raiva tomou conta de Kylie. Era a primeira vez que ela ficava irritada. Realmente irritada. Ela sentiu várias emoções diferentes na semana anterior. A maioria foi tristeza, mágoa, mas não raiva.

Atingiu-a como um trem carregado, turvando sua mente até sua visão ficar vermelha.

Como ele ousou simplesmente desistir deles? Ele estava disposto a lidar com os problemas dela e dar o tempo que ela precisasse para superá-los. Passar por eles. Ele planejava se afastar no minuto em que os problemas dele fossem maiores que os dela?

— Estou puta — Kylie disse, apesar de parecer que aquela declaração havia saído de alguém do outro lado da sala.

— E é para estar — Chessy disse.

— Concordo — Joss disse solenemente.

— Espere. Com quem você está puta? — Chessy perguntou com um tom confuso.

— Jensen — Kylie respondeu.

— Ah, sim — Chessy disse.

— O que dá a ele o direito de simplesmente desistir de nós desse jeito? — Kylie exigiu saber.

— Isso mesmo — Joss encorajou.

— Ele estava tão disposto a se amarrar à cama por mim. A me dar o tempo que precisasse para superar meus problemas do passado. Ele espera que eu desista e fuja no minuto em que os problemas dele aparecem?

Kylie se sentou rápido e imediatamente se arrependeu. A sala girou ferozmente em volta dela e ela precisou fechar os olhos para não vomitar.

— É isso! — ela exclamou quando se recompôs. — Ah, meu Deus. Sou tão idiota.

— O que foi? — Joss e Chessy perguntaram juntas.

Kylie se deu um tapa na testa e depois caiu para trás emitindo um gemido.

— Talvez você devesse ter mais cuidado ao fazer isso — Chessy disse. — Pode se nocautear.

— Importa-se em compartilhar sua epifania conosco? — Joss solicitou.

— Vou amarrar a bunda dele na cama — Kylie anunciou. — Espere. Primeiro vou fazer com que ele faça amor comigo. Sem a maldita corda. Mas depois? Quando estivermos prontos para dormir? É aí que vou amarrá-lo — ela disse, triunfante.

— Estou confusa — Chessy disse. — Mas pode ser só o álcool assumindo o controle. Você terá que explicar, querida. Fico meio burra quando bebo.

Joss e Kylie deram risada.

— Ele faz questão de eu amarrá-lo à cama quando fazemos amor. Para que ele não me machuque. Para que me sinta segura. Tudo bem, então o motivo pelo qual ele me largou, ou pelo menos o motivo pelo qual ele disse ter largado de mim, era porque estava com medo de me machucar de novo. Então, se eu amarrá-lo à cama quando ele for dormir e tiver um pesadelo, *voilà*! Ele não poderá me tocar — ela disse, presunçosa.

— Você é genial pra caralho! — Chessy disse, admirando-a.

— Vou beber para comemorar isso — Joss disse.

— Hum, talvez devêssemos parar com o álcool — Chessy sugeriu.

— É, tenho que ficar sóbria agora — Kylie concluiu.

— Por quê? — Joss perguntou.

Kylie se levantou de novo, equilibrando-se com uma mão para que não caísse em cima de Chessy.

— Porque quando eu ficar sóbria, vou até a casa dele. Se ele acha que pode simplesmente me dar um fora para o meu bem e me deixar miserável durante o processo, ele precisa pensar em outra coisa!

— Ahn, senhoras? Sem querer interromper essa conversa brilhante, mas vocês sabem que horas são? E notaram que vocês beberam pelas últimas horas e que estão deitadas no chão?

As cabeças se viraram na direção da voz de Dash. Joss sorriu de um jeito deslumbrante para ele.

— Olá, querido — ela disse com uma voz sonolenta. — Você veio para me levar para a cama?

Dash riu.

— Já que não imagino nenhuma de vocês indo para a cama a não ser que eu as carregue, acho que é seguro dizer que vim levar todas para a cama.

Kylie fez uma careta.

— Não posso dormir agora. Tenho um plano de sedução. Ei, Dash. Você é um homem.

— Porra, eu espero que sim — Dash disse, brincando.

Ela apontou um dedo para ele.

— Se uma mulher se atirar em você... pelada... você não falaria não, certo?

Dash riu.

— Acho que depende de qual mulher me atacar.

— Muito bem! — Joss disse. — Vou socar quem se oferecer para você!

— Acalme-se, querida. Não vai acontecer. Agora, vocês terminaram por hoje? Kylie, talvez você devesse descansar um pouco, ãh, para que seu plano de sedução não dê errado. Pode também querer repensar nisso quando estiver sóbria. Às vezes pode ser o álcool decidindo por você.

Kylie fez uma careta.

— Que estraga-prazeres, Dash.

— Desculpe, meu bem.

Joss suspirou.

— Vocês estão prontas para dormir? Chessy, você e Kylie podem dividir a cama de hóspedes. É uma *queen,* então terão bastante espaço.

— Passo tantas noites sozinha atualmente que ter alguém na cama comigo será uma novidade. Mesmo se for a Kylie. — Chessy disse, mal-humorada.

Dash se inclinou sobre Kylie e passou os braços por baixo do corpo dela. Ele a levantou, o estômago dela se contorceu. “Ah, Deus, por favor, por favor, não deixe que eu vomite em Dash. Não aguentaria tanta humilhação.”

— Vou levar Kylie. Acho que ela está um pouco mais bêbada do que vocês duas — ele disse para Joss. — Voltarei para pegar vocês assim que puser Kylie na cama.

Joss acenou como se não se importasse com nada. E por que se importaria? Ela tinha um marido maravilhoso que a amava como ninguém.

Se Kylie não amasse tanto Joss, seria fácil odiá-la.

Dash entrou no quarto de hóspedes e deixou Kylie na cama. Então foi ao banheiro e voltou com um balde de plástico que colocou no chão ao lado da cama.

— Se precisar vomitar, é só se virar — ele disse, gentilmente. — Talvez você não consiga chegar ao banheiro a tempo.

— Você é o melhor, Dash — ela murmurou. — Joss é muito sortuda.

A risada de Dash foi a última coisa que ela ouviu antes de as luzes escurecerem e ela apagar.

30

Kylie sentia como se alguém tivesse batido com uma marreta em sua cabeça. Sua boca estava seca e só de pensar no álcool a fez querer vomitar.

Naquele momento parecia uma boa ideia. Agora? Não tanto.

Dash deixou que todas dormissem até tarde e, quando se levantaram e apareceram na cozinha parecendo zumbis, Dash lhes serviu café da manhã e uma bebida com um cheiro horrível que ele jurava que curaria a ressaca.

Ele havia mentido.

Ela saiu do carro, devagar, olhando de novo para se certificar de que Jensen estava lá, porque seu carro estava. Para sua sorte, ela ainda tinha a chave, então não precisava se preocupar de ele fazer como ela e não atender a porta.

Era sábado. Dia de folga. E era bem cedo, então Jensen ainda poderia estar na cama.

Aquele pensamento a animou consideravelmente. Com certeza tornaria mais fácil de aplicar seu plano de sedução.

Ela balançou a cabeça por ter esse pensamento maluco. Ela, uma sedutora? Alguém provavelmente estava se matando de rir no além por causa disso.

Ela parou na porta da frente e ficou em dúvida entre usar a chave ou bater na porta.

O elemento surpresa era importante, então usaria a chave.

Ela colocou a chave na fechadura, tentando fazer o mínimo de barulho possível. Então, ela abriu a porta e entrou em silêncio.

Até agora estava indo bem.

Quando chegou na sala de estar, Kylie paralisou, absorvendo a cena à sua frente. Jensen estava esparramado no sofá, com a cabeça para trás, parecendo que estava dormindo ou desmaiado. A julgar pelas garrafas espalhadas, desmaiado era a melhor opção.

Se não fosse uma cena tão familiar, Kylie teria ficado indignada.

Os dois eram dignos de pena. Obviamente eram miseráveis separados. Era muito bom que um deles tinha um pouco de noção. Aquela situação ia acabar agora mesmo.

— Jensen. Jensen! — ela disse mais alto. — Acorde agora.

Ela chegou mais perto e então se inclinou para ficar de frente para o rosto dele. — Acorde, Jensen!

As pálpebras dele tremeram lentamente e então ele pareceu se dar conta de quem estava em pé na sua frente na sala.

— Sonho — ele murmurou. — Bebi demais. Me fodi.

— Não sou um sonho. Estou mais para um pesadelo, mas vamos consertar isso — Kylie disse, brincando.

Ele piscou de novo e esfregou um braço nos olhos. Então franziu o cenho.

— Que porra você está fazendo aqui?

— Legal. É bom ver você também, Jensen. Como anda a vida? Espere, não responda. Eu diria que é bem óbvio, olhando todas essas garrafas de bebida vazias.

Ela se inclinou mais, chegando mais perto até ficar bem de frente com ele, então fez uma careta.

— Então, me ajude, Deus, porque se você não for capaz de se levantar por estar com muita ressaca, eu vou matá-lo.

Ele ficou boquiaberto e ela sentiu o bafo dele. Tudo bem, ela podia lidar com aquilo. Não era tão forte, então imaginou que havia horas que ele havia bebido. Possivelmente na noite passada, e então dormiu ali mesmo.

— Do que você está falando? — Jensen exigiu saber. — Não é para você estar aqui. Nós terminamos, Kylie.

— Continue falando — ela disse com sarcasmo. — Quem sabe você não se convença. Mas eu sei que isso é uma mentira e você também sabe muito bem disso.

— O que quer de mim? — ele perguntou, desnorteado.

Ela tocou a bochecha dele e o encarou diretamente nos olhos para que ele pudesse ver o quanto ela estava falando sério.

— Você confia em mim, Jensen?

— É claro — ele disse, impaciente. — Não é em você que não confio. É em mim. Merda, Kylie, por que você está tornando isso tão difícil? Era para ver o quanto estou arruinado agora? Bem, pode olhar. Este sou eu sem você.

O coração dela se despedaçou. A vulnerabilidade dolorosa na voz dele acabou com ela.

— Prove — ela desafiou.

— Provar o quê?

Ele estava ficando mais irritado a cada minuto que passava e ela tinha que agir rápido antes de ele jogá-la para fora de sua casa. De novo.

— Que confia em mim — ela disse suavemente.

— Não há nada para provar. Confio em você mais do que em qualquer um no mundo.

— Então venha para o quarto comigo — ela pediu.

Ele fechou os olhos.

— Não posso fazer isso, Kylie. Não me peça, por favor.

— Estou pedindo para confiar em mim, Jensen. Você disse que confia. Então me mostre, agora. Por favor — ela adicionou, a palavra soava estrangulada.

— Tá bom. Vamos para o quarto. Depois você vai me deixar em paz?

— Está tão desesperado para se livrar de mim, Jensen? Sua versão do amor significa esquecer a pessoa que ama, ou que supostamente ama, tão rápido?

Ele se levantou do sofá, com os olhos brilhando perigosamente. Antes? Tal atitude a aterrorizaria e se transformaria em um ataque de pânico. Mas agora? Ela estava muito aliviada por ter pelo menos uma parte do antigo Jensen de volta, e não aquele homem patético e de luto que bebera sozinho para se esquecer de tudo.

Ela havia feito a mesma coisa. Se ela não tivesse se escondido tanto, poderia ter tido essa ideia muito mais cedo, e nenhum dos dois precisaria ter ficado acabado daquele jeito durante aquela maldita semana.

— Nunca mais duvide de meu amor por você — ele disse, agitado. — É porque eu amo você que a quero o mais longe possível de mim.

Ignorando aquele ataque peculiar, e feliz por vê-lo de pé para que ela não precisasse tentar carregá-lo sozinha, ela pegou a mão dele e o guiou até o quarto.

Quando chegaram lá, ela se virou, colocando as mãos no peito dele e olhando nos olhos dele.

— Lembre-se do que você disse. Sobre confiar.

— Eu me lembro — Jensen disse, com uma voz embargada.

Ela assentiu e então se virou para a cama e começou a tirar a roupa. Ela rezava baixinho para que aquilo desse certo do jeito que esperava.

— O que está fazendo, Kylie? Você...

Ele parou de falar, sua boca ficou aberta quando ela se virou para ele, totalmente nua.

Ele fechou os olhos e soltou um gemido.

— Por que está me torturando desse jeito?

Ela passou os dedos pelo peito dele em direção à sua calça. Então se inclinou e o beijou.

Primeiro, ele não respondeu. Ele se segurou rigidamente conforme ela explorava sua boca. Então os lábios dele se abriram, o ar escapando dele. Devagar, os braços dele se arrastaram em volta dela, firmando-a no chão.

Ela afastou a boca, tentando respirar. Então, beijou a orelha dele e sussurrou, delicada:

— Faça amor comigo, Jensen. Faça amor comigo de verdade. Sem corda. Só você e eu.

Ele deixou um gemido escapar. O som parecia vir da alma dele. Era um som de agonia... e necessidade.

— Você disse que confiava em mim — disse ela, baixinho. — Dê-me isso, Jensen. Confie em mim. Faça amor comigo.

Ele a levou para a cama, de costas, tirando as próprias roupas até ficar nu do mesmo jeito que ela estava. Ele certamente a queria. O corpo dele não mentia sobre isso. Não importava o que ele dizia ou pensava, estava desesperado por ela tanto quanto ela estava por ele.

As panturrilhas dela encostaram na cama e então ela caiu para trás, deitando no colchão com ele sobre ela.

— Tem certeza de que é isso que você quer, amor — ele disse, ofegante. — Se você não quiser mais a qualquer momento, diga para eu parar. Vou parar, mesmo que seja difícil.

Ela acariciou o rosto dele com uma mão, acompanhando os traços fortes de sua face.

— Não quero que pare, Jensen.

Ele soltou um gemido e então abaixou a cabeça para beijá-la. Ele a beijou ferozmente, toda sua necessidade se expressava de um jeito rápido e quente. Seu corpo estava duro e pesado em cima dela e ela se deleitava com aquela sensação.

A ereção dele estava entre as pernas de Kylie. Ela podia senti-lo duro e pulsando contra seu clitóris. Ela se mexia, inquieta, querendo, precisando. Não queria esperar. Queria que ele entrasse nela. Queria se sentir completa e inteira pela primeira vez em uma semana.

— Jensen — ela sussurrou. — Faça amor comigo. Agora, por favor.

Ele ignorou o pedido dela e a beijou traçando uma linha ao longo do seu corpo. Ele lambeu e chupou seus mamilos, deixando-os tensos e deliciosamente doloridos. Ele foi no tempo que quis, provando e chupando até ela ficar fora de controle com tanta necessidade.

Então, ele continuou a descer pelo corpo dela, parando no umbigo para provocá-la e atormentá-la com a língua. Os dedos dela estavam cravados nos ombros dele empurrando-o para baixo, torcendo para que ele fosse direto ao ponto.

Ele riu suavemente, mas cumpriu a exigência silenciosa dela. Ele beijou o topo dos seus cachos, no ápice de suas pernas. As coxas dela automaticamente relaxaram e se abriram, convidando-o a explorar sua região mais sensível.

Ele brincou e acariciou com os dedos antes de finalmente explorar suas dobras suaves. Sua respiração estava ofegante, fazendo-a se arrepiar. Todo o corpo de Kylie se contorceu em ansiedade, esperando que ele desse a ela o que queria.

Então a língua dele tocou seu clitóris e ela se arqueou, expirando fortemente. Ele lambeu de novo antes de gentilmente chupar aquela saliência.

Ela gemeu, impotente. Ganidos eram emitidos de sua garganta. Ganidos desesperados com necessidade. Tanta necessidade. Ela sentia falta dele. Nunca sentira esse tipo de conexão com outro ser humano. Estava perdida sem ele. Ela tinha um desejo na alma que só ele podia satisfazer.

Ele colocou a boca sobre a entrada dela e então enfiou a língua lá dentro, entrando e saindo dela com a língua. Ele beijava e chupava até ela ficar fora de si. Ela falava o nome dele repetidas vezes, um apelo para ele fazer amor com ela.

Finalmente, ele foi para cima, encaixando seu corpo no dela conforme a olhava com aqueles olhos escuros e intensos. Ela encontrou seu olhar para saber o que ele estava sentindo. Se estava desesperado como ela. Se sentia pelo menos a metade da falta dela como ela sentia dele.

O que ela viu queimando nas profundezas daqueles olhos a deixou sem respirar e a encheu de esperança.

Ela viu amor. Ainda via amor. Não tinha desaparecido. Ele ainda a amava. Eles podiam dar certo juntos. Ele a amava e ela o amava. Ela se recusava a aceitar outra possibilidade.

Eles pertenciam um ao outro.

— Você está bem? — Jensen perguntou, ainda posicionado na beira da entrada dela.

— Eu quero isso — ela gemeu. — Quero você, Jensen. Estive tão sozinha e vazia sem você.

— Ah, Deus, amor. Eu também. Se você soubesse como fiquei arrasado.

— Então faça alguma coisa para mudar isso — ela disse, delicada. — Deixe-nos inteiros novamente.

Ele a pegou nos braços, segurando-a mais perto enquanto pressionava-se para dentro. Ela gemeu de prazer conforme ele empurrava cada vez mais. Ela levantou o quadril o máximo que conseguiu, convidando-o para ir mais fundo.

O corpo inteiro dele estava tenso. Seus músculos se tensionavam e se contorciam com a agonia de se controlar.

Ela enfiou as unhas nos ombros dele e então levantou a cabeça para sussurrar em seu ouvido:

— Você não vai me machucar, Jensen. Confio em você. Amo você. Não se segure. Não comigo. Mostre quem você realmente é. Porque é essa pessoa que eu amo.

As palavras dela estilhaçaram qualquer controle que ele ainda tinha. Um gemido agonizante rasgou a boca dele no momento em que ele introduziu mais, enfiando-se o mais profundo que conseguia.

O corpo dele se arqueou em cima do dela, formando uma concha protetora em volta de Kylie. Ele a segurava firme, seus corpos ondulavam num ritmo perfeito. Ela ergueu as pernas para colocá-las em volta dele, segurando-o mais perto para que nenhuma distância os separasse.

Ele se afastou e então enfiou, mais e mais fundo, o corpo dela se agarrava avidamente ao dele cada vez que ele enfiava mais. Ela estava molhada, escorregadia em volta dele, não havia dúvida de que ela o queria do mesmo jeito que ele a queria.

A paixão deles foi muito excitante. Foi rápida. Mas eles ficaram separados por muito tempo. Seus corpos e almas estavam pegando fogo. Duas metades formando um todo, finalmente juntos de novo. Ela nunca o deixaria ir. Independentemente do que ele dissesse ou tentasse fazer, ela nunca o deixaria ir embora. Mesmo se ela tivesse que segui-lo até o fim do mundo, ele era dela e ela nunca o deixaria. Nunca.

Ela o beijou desesperadamente, seu orgasmo ficava cada vez mais perto de deixá-la louca de desejo. Suas bocas estavam ardentes uma sobre a outra, as línguas se aprofundando, confrontando e então provando um ao outro. Os sons de seus corpos e de suas bocas se chocando eram os únicos sons no quarto. Eles se moviam em perfeita sincronia.

Eram um só.

Melhor juntos do que sozinhos.

— Você vai gozar, amor? — Jensen disse, direto. — Quero que goze comigo.

— Ah, sim — ela disse, emitindo um longo suspiro. — Estou quase lá. Faça nós dois gozarmos, Jensen.

Ele colocou a mão entre eles, levando o dedo sobre o clitóris dela conforme enfiava mais fundo e ia mais forte. Um caleidoscópio de cores e sentimentos explodiu na visão dela e correu por seu corpo.

O olhar dela não se afastava do dele, sem querer perder nada enquanto ele chegava ao orgasmo. Os olhos não mentiam. Eram uma janela aberta para a alma dele.

E o que ela viu naqueles abismos escuros a preencheram com alegria e alívio.

Ele a amava. Ele a queria. Ele sentiu falta dela a cada respiração.

Ele a abraçou e então rolou os dois até a beirada da cama, segurando-a conforme se viravam. Ela se sentiu como uma folha no outono, levada e dispersada pelo vento para todo o lado. Soprada pelo vento.

Ela se afastou lentamente para baixo, tonta e satisfeita, até chegar na beirada da cama, o calor do corpo de Jensen cobria o dela protetoramente.

Ele enfiou sua cabeça no pescoço dela e ela podia sentir que ele estava tentando se recompor, sua respiração estava irregular, seu corpo, arfando.

Ela passou a mão pelas costas dele para cima e para baixo, tolamente acariciando-o enquanto ele pulsava fortemente dentro dela. Finalmente, ela se sentiu completa. Depois de tantos dias perdida, estava finalmente em casa. No lugar onde devia estar.

Mas ela ainda tinha uma coisa a fazer.

Ela se virou, tentando se mexer, e afastou o corpo de Jensen para o lado. Quando ele percebeu o que ela queria, rapidamente virou os dois de lado.

— Desculpe, amor, estou machucando você? — ele perguntou, preocupado.

Ela colocou um dedo nos lábios dele para calá-lo.

— Volto já — ela murmurou. — Não se mexa.

Ignorando seu olhar inquisidor, ela saiu da cama, seu coração batia violentamente. Aquele era o momento da verdade. Se ele a recusasse, ela não sabia o que faria. Aquilo precisava funcionar. Ela tinha que convencê-lo de que tinha fé.

Ela pegou a corda da gaveta dele e então voltou para a cama, ignorando a confusão em seus olhos. Antes de ela desistir e antes de ele perceber o que ela estava fazendo, ela rapidamente enrolou a corda na mão esquerda dele e o prendeu à cama.

Satisfeita com o nó, ela se ajeitou na cama novamente e se curvou sobre ele, completamente saciada e satisfeita. E esperava pela pergunta inevitável.

— O que está acontecendo, Kylie? — Jensen perguntou, um olhar perplexo acompanhado pela testa franzida.

Ela expirou longamente e olhou para ele diretamente nos olhos.

— Ninguém confia em você mais do que eu — ela disse. — Mas você precisa confiar *em si mesmo* comigo. Não preciso de você amarrado à cama para fazer amor. Acabei de provar para você e para mim mesma. No entanto, proponho que, pelo menos até *você* ter tanta certeza quanto eu de que nunca me machucará, amarraremos você à cama enquanto *dorme*. Desse jeito, mesmo se tiver pesadelos, ficará impossibilitado de me machucar.

Jensen parecia totalmente triunfante. Lágrimas brilhavam nos olhos dele. Seus olhos estavam cheios de amor e... alívio.

— Venha aqui — ele disse com a voz embargada.

Ela se aninhou no braço dele e ele jogou o braço direito em volta dela, segurando-a o mais apertado que conseguia. Ele mergulhou o rosto no cabelo dela e o corpo dele estremeceu. Lágrimas queimavam os olhos de Jensen conforme ela se segurava nele firmemente. O alívio era tão intenso que ela se sentia fraca. Eles ficariam bem.

— Amo você — ele disse, diretamente. — Amo muito você, Kylie. Nunca vou amar ninguém como amo você.

— Também amo você — ela sussurrou.

Ele, enfim, permitiu que ela se afastasse apenas para que pudesse ver seu rosto. Ela esticou o braço para limpar as lágrimas no rosto dele e ele fez o mesmo com ela.

— Você realmente acha que isso pode dar certo? — ele perguntou, hesitante. — Você tem que entender, Kylie. Aquela noite... Ah, Deus, aquela noite foi a melhor e a pior noite da minha vida. A melhor porque você confiou em mim o suficiente para me contar sobre seu passado. E a pior... Você não imagina como me senti quando acordei e vi minhas mãos no seu pescoço, quando vi que eu a estava machucando, algo que jurei que nunca faria. Aquilo *me enojou*. Tudo o que eu conseguia pensar era afastá-la para o mais longe possível de mim para que eu nunca mais a machucasse. Eu morreria antes de permitir que isso acontecesse, amor.

Ela acariciou o rosto dele com amor.

— Ah, sim, isso vai dar certo. Vamos fazer dar certo. Faremos o que for necessário. — ela prendeu a respiração e tomou coragem. — Uma vez você me disse que eu deveria procurar ajuda, e estava certo. Mas eu acho... — ela suspirou. — Acho que nós dois deveríamos procurar ajuda... aconselhamento... juntos. Vamos trabalhar nisso juntos. Um dia de cada vez. E assim veremos como as coisas irão se desenrolar. Mas o que não vou fazer é ficar longe de você por causa de um medo ridículo de que você me machuque. Só me sinto segura quando estou com você. Eu sei que você nunca me machucaria de propósito, Jensen. Agora você também precisa acreditar nisso.

Ele pegou a mão dela, levou-a aos lábios e beijou a palma da sua mão. Sua respiração saía irregular sobre a mão dela conforme ele tentava se recompor para falar.

— Ninguém nunca teve tanta fé em mim como você — ele disse, com emoção na voz.

— E nunca ninguém acreditou tanto em mim como você — ela disse de volta. — Faz muito sentido que, já que nós dois somos tão fodidos, fiquemos juntos e sejamos fodidos juntos. Nós nos entendemos, Jensen. Quem mais nos entenderia e nos amaria como nós?

Ele riu baixinho, o alívio o atingia como uma onda.

— Gostei dessa. Fodidos juntos.

— Então estamos juntos de novo? — ela perguntou, hesitante.

Ele a apertou bem forte e então a beijou na boca.

— Nossa, é claro que estamos juntos de novo. Acho que só precisava que você desse essa dura em mim. E eu concordo. Acho que o aconselhamento é uma boa opção. Nunca mais quero arriscar machucá-la, então estou disposto a fazer o que for preciso para evitar isso.

O alívio tomou o coração e a alma de Kylie até ela ficar fraca de tanta emoção.

— Só sou uma pessoa melhor quando estou com você — ela sussurrou. — Você me faz acreditar, Jensen. Me faz acreditar que eu posso ter uma vida normal e um relacionamento normal. Você me faz acreditar, ter muita esperança no futuro. Mas só com você. Não quero essas coisas se não for com você.

— Não acredito que encontrei você — Jensen disse com admiração. — Você é tão perfeita para mim.

— Você se sacrificou muito por mim, Jensen. O altruísmo de suas ações ainda me deixam estarrecida. Você negou uma parte essencial de si mesmo por mim. O que posso fazer a não ser lutar por você, por nós, até meu último suspiro?

Gentilmente, ele acariciou o rosto dela, o amor brilhava vívido nos olhos dele.

— Não foi sacrifício, Kylie. O motivo de eu nunca ter me disposto a desistir do controle antes era porque nunca havia encontrado uma mulher que me fizesse *querer* isso. Quero fazer isso por você. É uma honra e um presente e digo isso do fundo do meu coração. Sempre vou colocar você e suas necessidades antes das minhas. Sempre.

— Amo você — ela disse, com o coração inchado de tanto amor que parecia que ia explodir.

— Também amo você, amor. Graças a Deus você teve força e determinação por nós dois. Graças a Deus você não desistiu de nós como eu estava disposto a fazer. Essa última semana foi a mais miserável de toda minha vida. Nunca mais quero passar pela dor de perder você novamente.

Ela fez uma careta irônica.

— Tenho uma confissão a fazer. Há tantas garrafas de vinho vazias na minha casa quanto aqui. E, bem, Chessy, Joss e eu demos muito prejuízo para o armário de bebidas de Dash ontem à noite. Estou tão de ressaca quanto você, talvez até pior.

A dor apareceu nos olhos dele.

— Sinto muito, amor. Na minha tentativa de não machucá-la, só a machuquei mais. Desculpe por isso. Se me der uma chance, vou provar para você que nunca vou machucá-la de novo.

— Já passou — ela disse baixinho. — Para nós dois. Está no passado. Agora tudo o que precisamos fazer é pensar num futuro mais brilhante que o sol. Render-me a você foi a melhor coisa que já fiz e nunca me arrependerei um único minuto disso.

— Fico feliz que se sinta assim, amor.

O rosto dele ficou sério conforme ele a encarou.

— Você aguentará meu jeito dominador? Porque ele vai aparecer, Kylie. Quando o assunto é você e sua proteção e segurança, simplesmente não sei ser de outro jeito. Mas na cama? Sempre lhe darei todo o controle por quanto tempo precisar. Mas quando estivermos fora da cama, vou querer assumir o controle. Você consegue suportar isso?

O coração dela ficou mole com a incerteza nos olhos dele.

— Ah, sim, consigo suportar isso — ela expirou. — Gosto do seu jeito mandão. Você e ele têm poder sobre mim. E um dia... — Ela prendeu a respiração antes de continuar. — Um dia, espero lhe dar o controle quando estivermos na cama.

O fogo se acendeu nos olhos dele. Ele acariciou a bochecha dela com a mão livre.

— Se isso acontecer um dia, apenas saiba que vou cuidar e tratar de você com o maior cuidado e muita gentileza. Nunca vou fazê-la se arrepender de me dar tal presente tão precioso.

Suas bocas se encontraram, suas línguas se enrolaram e Jensen se virou de costas, levando Kylie com ele.

— O que está fazendo? — ela sussurrou.

Seus olhos cintilavam e ele a beijou novamente.

— Estou preso e sem poder fazer nada, então acho que é hora de você se aproveitar do seu homem e fazer amor com ele.

Ela riu, o som era de alegria e tranquilidade. Havia tanto amor preenchendo seu coração, banindo a escuridão da semana anterior. Jensen era dela e ela era dele. Eles ainda tinham muito o que consertar, mas ela sabia, lá no fundo do coração, que eles conseguiriam superar tudo juntos.

Com o amor dele, ela conseguia ser a pessoa que sempre quis ser e ter a vida que sempre quis. O que poderia ser melhor do que isso?

E então ela fez exatamente o que Jensen pediu. Fez amor com o seu homem.

Confira um trecho do terceiro volume da trilogia Surrender.
Em breve nas livrarias!

MAYA BANKS

VENERAÇÃO

LIVRO TRÊS DA TRILOGIA SURRENDER

LeYa

Chessy e Tate estão casados por muitos anos. No começo, o relacionamento deles era tudo o que ela queria. Apaixonado. Completo. Ela ofereceu sua submissão voluntariamente a Tate, que tratou esse presente com uma gentileza que a fez se sentir segura. Satisfeita. *Desejada*. Amada em todos os sentidos. Mas, conforme os anos se passaram, Tate começou a ficar fissurado em tornar sua empresa um sucesso, e Chessy foi deixada de lado. Cada vez mais infeliz com o fato de o casamento feliz ter ficado no passado, Chessy sabe que é preciso fazer alguma coisa, ou eles podem perder tudo.

Tate ama sua esposa. Sempre amou. Fazê-la feliz sempre foi prioridade. Mas ultimamente ela parecia infeliz e ele estava preocupado. Preocupado o suficiente para reservar uma noite juntos, que ele espera que reacenda o fogo que uma vez queimara como o inferno entre eles.

Mas uma ligação de negócios na hora errada ameaça arruinar tudo. A segurança de Chessy, a concentração dele, a confiança de sua esposa nele como marido — um homem que jurou amá-la e protegê-la acima de tudo. Desesperado ao perceber que vai perdê-la — *já* havia perdido —, ele se prepara para a batalha de sua vida. Independentemente do que precisar, ele vai protegê-la, mostrar-lhe que nada é mais importante do que o amor dela. E, se ela permitir que ele prove isso mais uma vez, ele devolverá tudo para ela. Tudo. Mas vai devolver mais ainda: ele mesmo. Seu amor incondicional.

QUER SABER MAIS SOBRE A LEYA?

Fique por dentro de nossos títulos, autores e lançamentos.

Curta a página da LeYa no Facebook, faça seu cadastro na aba *mailing* e tenha acesso a conteúdo exclusivo de nossos livros, capítulos antecipados, promoções e sorteios.

A LeYa também está presente no Twitter, Google+ e Skoob.

www.leya.com.br

facebook.com/leyabrasil

@leyabrasil

google.com/+LeYaBrasilSãoPaulo

skoob.com.br/leya

1ª edição	Março 2015
papel de miolo	Pólen soft 70 g/m²
papel de capa	Cartão supremo 250 g/m²
tipografia	Sabon Lt Std